# 月牙儿
### YUE YA ER

# 猫城记·赶集
### MAO CHENG JI GAN JI

老舍 著

民主与建设出版社
·北京·

# 目 录
## contents

## 月牙儿

# 猫城记

# 赶　集

月牙儿

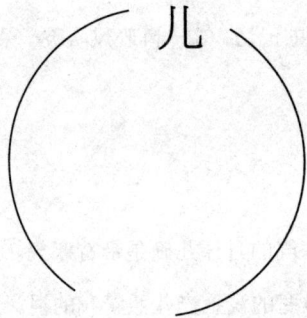

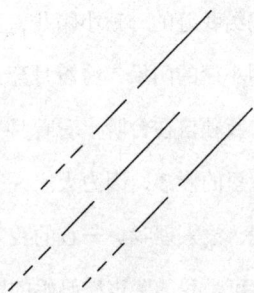

# 一

是的，我又看见月牙儿了，带着点寒气的一钩儿浅金。多少次了，我看见跟现在这个月牙儿一样的月牙儿；多少次了。它带着种种不同的感情，种种不同的景物，当我坐定了看它，它一次一次地在我记忆中的碧云上斜挂着。它唤醒了我的记忆，像一阵晚风吹破一朵欲睡的花。

# 二

那第一次，带着寒气的月牙儿确是带着寒气。它第一次在我的云中是酸苦，它那一点点微弱的浅金光儿照着我的泪。那时候我也不过是七岁吧，一个穿着短红棉袄的小姑娘。戴着妈妈给我缝的一顶小帽儿，蓝布的，上面印着小小的花，我记得。我倚着那间小屋的门垛，看着月牙儿。屋里是药味，烟味，妈妈的眼泪，爸爸的病；我独自在台阶上看着月牙，没人招呼我，没人顾得给我做晚饭。我晓得屋里的惨凄，因为大家说爸爸的病……可是我更感觉自己的悲惨，我冷，饿，没人理我。一直的我立到月牙儿落下去。什么也没有了，我不能不哭。可是我的哭声被妈妈的压下去；爸，不出声了，面上蒙了块白布。我要掀开白布，再看看爸，可是我不敢。屋里只有那么点点地方，都被爸占了去。妈妈穿上白衣，我的红袄上也罩了个没缝襟边的白袍，我记得，因为不断地撕扯襟边上的白丝儿。大家都很忙，嚷嚷的声儿很高，哭得很恸，可是事情并不多，也似乎值不得嚷：爸爸就装入那么一个四块薄板的棺材里，到处都是缝子。然后，五六个人把他抬了走。妈和我在后边哭。我记得爸，记得爸的木匣。那个木匣结束了爸的一切：每逢我想起爸来，我就想到非打开那个木匣不能见着他。但是，那木匣是深深地埋在地里，我明知在城外哪个地方埋着它，可又像落在地上的一个雨点，似乎永难找到。

三

妈和我还穿着白袍，我又看见了月牙儿。那是个冷天，妈妈带我出城去看爸的坟。妈拿着很薄很薄的一摞儿纸。妈那天对我特别的好，我走不动便背我一程，到城门上还给我买了一些炒栗子。什么都是凉的，只有这些栗子是热的；我舍不得吃，用它们热我的手。走了多远，我记不清了，总该是很远很远吧。在爸出殡的那天，我似乎没觉得这么远，或者是因为那天人多；这次只是我们娘儿俩，妈不说话，我也懒得出声，什么都是静寂的；那些黄土路静寂得没有头儿。天是短的，我记得那个坟：小小的一堆儿土，远处有一些高土岗儿，太阳在黄土岗儿上头斜着。妈妈似乎顾不得我了，把我放在一旁，抱着坟头儿去哭。我坐在坟头的旁边，弄着手里那几个栗子。妈哭了一阵，把那点纸焚化了，一些纸灰在我眼前卷成一两个旋儿，而后懒懒地落在地上；风很小，可是够冷的。妈妈又哭起来。我也想爸，可是我不想哭他；我倒是为妈妈哭得可怜而也落了泪。过去拉住妈妈的手："妈不哭！不哭！"妈妈哭得更恸了。她把我搂在怀里。眼看太阳就落下去，四外没有一个人，只有我们娘儿俩。妈似乎也有点怕了，含着泪，扯起我就走，走出老远，她回头看了看，我也转过身去：爸的坟已经辨不清了；土岗的这边都是坟头，一小堆一小堆，一直摆到土岗底下。妈妈叹了口气。我们紧走慢走，还没有走到城门，我看见了月牙儿。四外漆黑，没有声音，只有月牙儿放出一道儿冷光。我乏了，妈妈抱起我来。怎样进的城，我就不知道了，只记得迷迷糊糊的天上有个月牙儿。

## 四

刚八岁，我已经学会了去当东西。我知道，若是当不来钱，我们娘儿俩就不要吃晚饭；因为妈妈但凡有点主意，也不肯叫我去。我准知道她每逢交给我个小包，锅里必是连一点粥底儿也看不见了。我们的锅有时干净得像个体面的寡妇。这一天，我拿的是一面镜子。只有这件东西似乎是不必要的，虽然妈妈天天得用它。这是个春天，我们的棉衣都刚脱下来就入了当铺。我拿着这面镜子，我知道怎样小心，小心而且要走得快，当铺是老早就上门的。我怕当铺的那个大红门，那个大高长柜台。一看见那个门，我就心跳。可是我必须进去，似乎是爬进去，那个高门槛儿是那么高。我得用尽了力量，递上我的东西，还得喊："当当①！"得了钱和当票，我知道怎样小心地拿着，快快回家，晓得妈妈不放心。可是这一次，当铺不要这面镜子，告诉我再添一号来。我懂得什么叫"一号"。把镜子搂在胸前，我拼命地往家跑。妈妈哭了；她找不到第二件东西。我在那间小屋住惯了，总以为东西不少；及至帮着妈妈一找可当的衣物，我的小心里才明白过来，我们的东西很少，很少。妈妈不叫我去了。可是，"妈妈咱们吃什么呢？"妈妈哭着递给我她头上的银簪——只有这一件东西是银的。我知道，她拔下过来几回，都没肯交给我去当。这是妈妈出门子时，姥姥家给的一件首饰。现在，她把这末一件银器给了我，叫我把镜子放下。我尽了我的力量赶回当铺，那可怕的大门已经严严地关好了。我坐在

———————————
① 当当：典当的意思。

那门墩上，握着那根银簪。不敢高声地哭，我看着天，啊，又是月牙儿照着我的眼泪！哭了好久，妈妈在黑影中来了，她拉住了我的手，噢，多么热的手，我忘了一切的苦处，连饿也忘了，只要有妈妈这只热手拉着我就好。我抽抽搭搭地说："妈！咱们回家睡觉吧。明儿早上再来！"妈一声没出。又走了一会儿，"妈！你看这个月牙儿；爸死的那天，它就是这么斜斜着。为什么它老这么斜斜着呢？"妈还是一声没出，她的手有点颤。

## 五

妈妈整天地给人家洗衣裳。我老想帮助妈妈，可是插不上手。我只好等着妈妈，非到她完了事，我不去睡。有时月牙儿已经上来，她还哼哧哼哧地洗。那些臭袜子，硬牛皮似的，都是做买卖的伙计们送来的。妈妈洗完这些"牛皮"就吃不下饭去。我坐在她旁边，看着月牙，蝙蝠专会在那条光儿底下穿过来穿过去，像银线上穿着个大菱角，极快地又掉到暗处去。我越可怜妈妈，便越爱这个月牙儿，因为看着它，使我心中痛快一点。它在夏天更可爱，它老有那么点凉气，像一条冰似的。我爱它给地上的那点小影子，一会儿就没了；迷迷糊糊的不甚清楚，及至影子没了，地上就特别的黑，星也特别的亮，花也特别的香——我们的邻居有许多花木，那棵高高的洋槐总把花儿落到我们这边来，像一层雪似的。

## 六

妈妈的手起了层鳞，叫她给搓搓背顶解痒痒了。可是我不敢常劳动她，她的手是洗粗了的。她瘦，被臭袜子熏得常不吃饭。我知道妈妈要想主意了，我知道。她常把衣裳推到一边，愣着。她和自己说话。她想什么主意呢？我可是猜不着。

## 七

妈妈嘱咐我不叫我别扭，要乖乖地叫"爸"：她又给我找到一个爸。这是另一个爸，我知道，因为坟里已经埋好一个爸了。妈嘱咐我的时候，眼睛看着别处。她含着泪说："不能叫你饿死！"噢，是因为不饿死我，妈才另给我找了个爸！我不明白多少事，我有点怕，又有点希望——果然不再挨饿的话。多么凑巧呢，离开我们那间小屋的时候，天上又挂着月牙儿。这次的月牙儿比哪一回都清楚，都可怕；我是要离开这住惯了的小屋了。妈坐了一乘红轿，前面还有几个鼓手，吹打得一点也不好听。轿在前边走，我和一个男人在后边跟着，他拉着我的手。那可怕的月牙儿放着一点光，仿佛在凉风里颤动。街上没有什么人，只有些野狗追着鼓手们咬；轿子走得很快。上哪去呢？是不是把妈抬到城外去，抬到坟地去？那个男人扯着我走，我喘不过气来，要哭都哭不出来。那男人的手心出了汗，凉得像条鱼似的，我要喊"妈"，可是不敢。一会儿，月牙儿像个要闭上的一道大眼缝，轿子进了个小巷。

## 八

我在三四年里似乎没再看见月牙儿。新爸对我们很好，他有两间屋子，他和妈住在里间，我在外间睡铺板。我起初还想跟妈妈睡，可是几天之后，我反倒爱"我的"小屋了。屋里有白白的墙，还有条长桌，一把椅子。这似乎都是我的。我的被子也比从前的厚实暖和了。妈妈也渐渐胖了点，脸上有了红色，手上的那层鳞也慢慢掉净。我好久没去当当了。新爸叫我去上学。有时候他还跟我玩一会儿。我不知道为什么不爱叫他"爸"，虽然我知道他很可爱。他似乎也知道这个，他常常对我那么一笑；笑的时候他有很好看的眼睛。可是妈妈偷告诉我叫爸，我也不愿十分的别扭。我心中明白，妈和我现在是有吃有喝的，都因为有这个爸，我明白。是的，在这三四年里我想不起曾经看见过月牙儿；也许是看见过而不大记得了。爸死时那个月牙儿，妈轿子前面那个月牙儿，我永远忘不了。那一点点光，那一点寒气，老在我心中，比什么都亮，都清凉，像块玉似的，有时候想起来仿佛能用手摸到似的。

## 九

我很爱上学。我老觉得学校里有不少的花，其实并没有；只是一想起学校就想到花罢了，正像一想起爸的坟就想起城外的月牙儿——在野外的小风里歪歪着。妈妈是很爱花的，虽然买不起，可是有人送给她一朵，她就顶喜欢地戴在头上。我有机会便给她折一两朵来；戴上朵鲜花，妈的后影还很年轻似的。妈喜欢，我也喜欢。在学校里我也很喜欢。也许因为这个，我想起学校便想起花来。

## 十

当我要在小学毕业那年，妈又叫我去当当了。我不知道为什么新爸忽然走了。他上了哪儿，妈似乎也不晓得。妈妈还叫我上学，她想爸不久就会回来的。他许多日子没回来，连封信也没有。我想妈又该洗臭袜子了，这使我极难受。可是妈妈并没这么打算。她还打扮着，还爱戴花；奇怪！她不落泪，反倒好笑；为什么呢？我不明白！好几次，我下学来，看她在门口儿立着。又隔了不久，我在路上走，有人"嗨"我了："嗨！给你妈捎个信儿去！""嗨！你卖不卖呀？小嫩的！"我的脸红得冒出火来，把头低得无可再低。我明白，只是没办法。我不能问妈妈，不能。她对我很好，而且有时候极庄重地说我："念书！念书！"妈是不识字的，为什么这样催我念书呢？我疑心；又常由疑心而想到妈是为我才做那样的事。妈是没有更好的办法。疑心的时候，我恨不能骂妈妈一顿。再一想，我要抱住她，央告她不要再做那个事。我恨自己不能帮助妈妈。所以我也想道：我在小学毕业后又有什么用呢？我和同学们打听过了，有的告诉我，去年毕业的有好几个做姨太太的。有的告诉我，谁当了暗门子。我不大懂这些事，可是由她们的说法，我猜到这不是好事。她们似乎什么都知道，也爱偷偷地谈论她们明知是不正当的事——这些事叫她们的脸红红的而显出得意。我更疑心妈妈了，是不是等我毕业好去做……这么一想，有时候我不敢回家，我怕见妈妈。妈妈有时候给我点心钱，我不肯花，饿着肚子去上体操，常常要晕过去。看着别人吃点心，多么香甜呢！可是我得省着钱，万一妈妈叫我去……我可以跑，假如我手中有钱。我最阔的时候，手中有一毛多钱！

在这些时候，即使在白天，我也有时望一望天上，找我的月牙儿呢。我心中的苦处假若可以用个形状比喻起来，必是个月牙儿形的。它无倚无靠地在灰蓝的天上挂着，光儿微弱，不大会儿便被黑暗包住。

## 十一

　　叫我最难过的是我慢慢地学会了恨妈妈。可是每当我恨她的时候，我不知不觉地便想起她背着我上坟的光景。想到了这个，我不能恨她了。我又非恨她不可。我的心像——还是像那个月牙儿，只能亮那么一会儿，而黑暗是无限的。妈妈的屋里常有男人来了，她不再躲避着我。他们的眼像狗似的看着我，舌头吐着，垂着涎。我在他们的眼中是更解馋的，我看出来。在很短的期间，我忽然明白了许多的事。我知道我得保护自己，我觉出我身上好像有什么可贵的地方，我闻得出我已有一种什么味道，使我自己害羞，多感。我身上有了些力量，可以保护自己，也可以毁了自己。我有时很硬气，有时候很软。我不知怎样好。我愿爱妈妈，这时候我有好些必要问妈妈的事，需要妈妈的安慰；可是正在这个时候，我得躲着她，我得恨她；要不然我自己便不存在了。当我睡不着的时节，我很冷静地思索，妈妈是可原谅的。她得顾我们俩的嘴。可是这个又使我要拒绝再吃她给我的饭菜。我的心就这么忽冷忽热，像冬天的风，休息一会儿，刮得更要猛；我静候着我的怒气冲来，没法儿止住。

## 十二

　　事情不容我想好方法就变得更坏了。妈妈问我，"怎样？"假若我真爱她呢，妈妈说，我应该帮助她。不然呢，她不能再管我了。这不像妈妈能说得出的话，但是她确是这么说了。她说得很清楚："我已经快老了，再过两年，想白叫人要也没人要了！"这是对的，妈妈近来搽许多的粉，脸上还露出褶子来。她要再走一步，去专伺候一个男人。她的精神来不及伺候许多男人了。为她自己想，这时候能有人要她——是个馒头铺掌柜的愿要她——她该马上就走。可是我已经是个大姑娘了，不像小时候那样容易跟在妈妈轿后走过去了。

我得打主意安置自己。假若我愿意"帮助"妈妈呢，她可以不再走这一步，而由我代替她挣钱。代她挣钱，我真愿意；可是那个挣钱方法叫我哆嗦。我知道什么呢，叫我像个半老的妇人那样去挣钱？！妈妈的心是狠的，可是钱更狠。妈妈不逼着我走哪条路，她叫我自己挑选——帮助她，或是我们娘儿俩各走各的。妈妈的眼没有泪，早就干了。我怎么办呢？

## 十三

我对校长说了。校长是个四十多岁的妇人，胖胖的，不很精明，可是心热。我是真没了主意，要不然我怎会开口述说妈妈的……我并没和校长亲近过。当我对她说的时候，每个字都像烧红了的煤球烫着我的喉，我哑了，半天才能吐出一个字。校长愿意帮助我。她不能给我钱，只能供给我两顿饭和住处——就住在学校和个老女仆做伴儿。她叫我帮助书记员写写字，可是不必马上就这么办，因为我的字还需要练习。两顿饭，一个住处，解决了天大的问题。我可以不连累妈妈了。妈妈这回连轿也没坐，只坐了辆洋车，摸着黑走了。我的铺盖，她给了我。临走的时候，妈妈挣扎着不哭，可是心底下的泪到底翻上来了。她知道我不能再找她去，她的亲女儿。我呢，我连哭都忘了怎么哭了，我只咧着嘴抽搭，泪蒙住了我的脸。我是她的女儿，朋友，安慰。但是我帮助不了她，除非我得做那种我绝不肯做的事。在事后一想，我们娘儿俩就像两个没人管的狗，为我们的嘴，我们得受着一切的苦处，好像我们身上没有别的，只有一张嘴。为这张嘴，我们得把其余一切的东西都卖了。我不恨妈妈了，我明白了。不是妈妈的毛病，也不是不该长那张嘴，是粮食的毛病，凭什么没有我们的吃食呢？这个别离，把过去一切的苦楚都压过去了。那最明白我的眼泪怎流的月牙儿这回没出来，这回只有黑暗，连点萤火的光也没有。妈妈就在暗中像个活鬼似的走了，连个影子也没有。即使她马上死了，恐怕也不会和爸埋在一处了，我连她将来的坟在哪里都不会知道。我只有这么个妈妈，朋友。我的世界里剩下我自己。

## 十四

妈妈永不能相见了，爱死在我心里，像被霜打了的春花。我用心地练字，为是能帮助校长抄抄写写些不要紧的东西。我必须有用，我是吃着别人的饭。我不像那些女同学，她们一天到晚注意别人，别人吃了什么，穿了什么，说了什么；我老注意我自己，我的影子是我的朋友。"我"老在我的心上，因为没人爱我。我爱我自己，可怜我自己，鼓励我自己，责备我自己；我知道我自己，仿佛我是另一个人似的。我身上有一点变化都使我害怕，使我欢喜，使我莫名其妙。我在我自己手中拿着，像捧着一朵娇嫩的花。我只能顾目前，没有将来，也不敢深想。嚼着人家的饭，我知道那是晌午或晚上了，要不然我简直想不起时间来；没有希望，就没有时间。我好像钉在个没有日月的地方。想起妈妈，我晓得我曾经活了十几年。对将来，我不像同学们那样盼望放假，过节，过年；假期，节，年，跟我有什么关系呢？可是我的身体是往大了长呢，我觉得出。觉出我又长大了一些，我更渺茫，我不放心我自己。我越往大了长，我越觉得自己好看，这是一点安慰；美使我抬高了自己的身份。可是我根本没身份，安慰是先甜后苦的，苦到末了又使我自傲。穷，可是好看呢！这又使我怕：妈妈也是不难看的。

## 十五

我又老没看月牙儿了，不敢去看，虽然想看。我已毕了业，还在学校里住着。晚上，学校里只有两个老仆人，一男一女。他们不知怎样对待我好，我既不是学生，也不是先生，又不是仆人，可有点像仆人。晚上，我一个人在院中走，常被月牙儿给赶进屋来，我没有胆子去看它。可是在屋里，我会想象它是什么样，特别是在有点小风的时候。微风仿佛会给那点微光吹到我的心上来，使我想起过去，更加重了眼前的悲哀。我的心就好像在月光下的蝙蝠，虽然是在光的下面，可是自己是黑的；黑的东西，即使会飞，也还是黑的，我没有希望。我可是不哭，我只常皱着眉。

## 十六

我有了点进款：给学生织些东西，她们给我点工钱。校长允许我这么办。可是进不了许多，因为她们也会织。不过她们自己急于要用，而赶不来，或是给家中人打双手套或袜子，才来照顾我。虽然是这样，我的心似乎活了一点，我甚至想道：假若妈妈不走那一步，我是可以养活她的。一数我那点钱，我就知道这是梦想，可是这么想使我舒服一点。我很想看看妈妈。假若她看见我，她必能跟我来，我们能有方法活着，我想——可是不十分相信。我想妈妈，她常到我的梦中来。有一天，我跟着学生们去到城外旅行，回来的时候已经是下午四点多了。为是快点回来，我们抄了个小道。我看见了妈妈！在个小胡同里有一家卖馒头的，门口放着个元宝筐，筐上插着个顶大的白木头馒头。顺着墙坐着妈妈，身儿一仰一弯地拉风箱呢。从老远我就看见了那个大木馒头与妈妈，我认识她的后影。我要过去抱住她。可是我不敢，我怕学生们笑话我，她们不许我有这样的妈妈。越走越近了，我的头低下去，从泪中看了她一眼，她没看见我。我们一群人擦着她的身子走过去，她好像是什么也没看见，专心地拉她的风箱。走出老远，我回头看了看，她还在那儿拉呢。我看不清她的脸，只看到她的头发在额上披散着点。我记住这个小胡同的名儿。

## 十七

像有只小虫在心中咬我似的，我想去看妈妈，非看见她我心中不能安静。正在这个时候，学校换了校长。胖校长告诉我得打主意，她在这儿一天便有我一天的饭食与住处，可是她不能保证新校长也这么办。我数了数我的钱，一共是两块七毛零几个铜子。这几个钱不会叫我在最近的几天中挨饿，可是我上哪儿呢？我不敢坐在那儿呆呆地发愁，我得想主意。找妈妈去是第一个念头。可是她能收留我吗？假若她不能收留我，而我找了她去，即使不能引起她与那个卖馒头的吵闹，她也必定很难过。我得为她想，她是我的妈妈，又不是我的妈妈，我们母女之间隔着一层用穷做成的障碍。想来想去，我不肯找她去了。我应当自己担着自己的苦处。可是怎么担着自己的苦处呢？我想不起。我觉得世界很小，没有安置我与我的小铺盖卷的地方。我还不如一条狗，狗有个地方便可以躺下睡；街上不准我躺着。是的，我是人，人可以不如狗。假若我扯着脸不走，焉知新校长不往外撵我呢？我不能等着人家往外推。这是个春天。我只看见花儿开了，叶儿绿了，而觉不到一点暖气。红的花只是红的花，绿的叶只是绿的叶，我看见些不同的颜色，只是一点颜色；这些颜色没有任何意义，春在我的心中是个凉的死的东西。我不肯哭，可是泪自己往下流。

## 十八

我出去找事了。不找妈妈，不依赖任何人，我要自己挣饭吃。走了整整两天，抱着希望出去，带着尘土与眼泪回来。没有事情给我做。我这才真明白了妈妈，真原谅了妈妈。妈妈还洗过臭袜子，我连这个都做不上。妈妈所走的路是唯一的。学校里教给我的本事与道德都是笑话，都是吃饱了没事时的玩意。同学们不准我有那样的妈妈，她们笑话暗门子；是的，她们得这样看，她们有饭吃。我差不多要决定了：只要有人给我饭吃，什么我也肯干；妈妈是可佩服的。我才不去死，虽然想到过；不，我要活着。我年轻，我好看，我要活着。羞耻不是我造出来的。

## 十九

这么一想，我好像已经找到了事似的。我敢在院中走了，一个春天的月牙儿在天上挂着。我看出它的美来。天是暗蓝的，没有一点云。那个月牙儿清亮而温柔，把一些软光儿轻轻送到柳枝上。院中有点小风，带着南边的花香，把柳条的影子吹到墙角有光的地方来，又吹到无光的地方去；光不强，影儿不重，风微微地吹，都是温柔，什么都有点睡意，可又要轻软地活动着。月牙儿下边，柳梢上面，有一对星儿好像微笑的仙女的眼，逗着那歪歪的月牙儿和那轻摆的柳枝。墙那边有棵什么树，开满了白花，月的微光把这团雪照成一半儿白亮，一半儿略带点灰影，显出难以想到的纯净。这个月牙儿是希望的开始，我心里说。

## 二十

我又找了胖校长去，她没在家。一个青年把我让进去。他很体面，也很和气。我平素很怕男人，但是这个青年不叫我怕他。他叫我说什么，我便不好意思不说；他那么一笑，我心里就软了。我把找校长的意思对他说了，他很热心，答应帮助我。当天晚上，他给我送了两块钱来，我不肯收，他说这是他婶母——胖校长——给我的。他并且说他的婶母已经给我找好了地方住，第二天就可以搬过去，我要怀疑，可是不敢。他的笑脸好像笑到我的心里去。我觉得我要疑心便对不起人，他是那么温和可爱。

## 二十一

他的笑唇在我的脸上，从他的头发上我看着那也在微笑的月牙儿。春风像醉了，吹破了春云，露出月牙儿与一两对儿春星。河岸上的柳枝轻摆，青蛙唱着恋歌，嫩蒲的香味散在春晚的暖气里。我听着水流，像给嫩蒲一些生力，我想象着蒲梗轻快地往高里长。小蒲公英在潮暖的地上似乎正往叶尖花瓣上灌着白浆。什么都在溶化着春的力量，把春收在那微妙的地方，然后放出一些香味，像花蕊顶破了花瓣。我忘了自己，像四外的花草似的，承受着春的透入；我没了自己，像化在了那点春风与月的微光中。月牙儿忽然被云掩住，我想起来自己。我觉得他的热力在压迫着我。我失去那个月牙儿，也失去了自己，我和妈妈一样了！

## 二十二

我后悔，我自慰，我要哭，我喜欢，我不知道怎样好。我要跑开，永不再见他；我又想他，我寂寞。两间小屋，只有我一个人，他每天晚上来。他永远俊美，老那么温和。他供给我吃喝，还给我做了几件新衣。穿上新衣，我自己看出我的美。可是我也恨这些衣服，又舍不得脱去。我不敢思想，也懒得思想，我迷迷糊糊的，腮上老有那么两块红。我懒得打扮，又不能不打扮，太闲在了，总得找点事做。打扮的时候，我怜爱自己；打扮完了，我恨自己。我的泪很容易下来，可是我设法不哭，眼终日老那么湿润润的，可爱。我有时候疯了似的吻他，然后把他推开，甚至于破口骂他；他老笑。

## 二十三

我早知道，我没希望；一点云便能把月牙儿遮住，我的将来是黑暗。果然，没有多久，春便变成了夏，我的春梦做到了头儿。有一天，也就是刚晌午吧，来了一个少妇。她很美，可是美得不玲珑，像个瓷人儿似的。她进到屋中就哭了。不用问，我已明白了。看她那个样儿，她不想跟我吵闹，我更没预备着跟她冲突。她是个老实人。她哭，可是拉住我的手。"他骗了咱们俩！"她说。我以为她也只是个"爱人"。不，她是他的妻。她不跟我闹，只口口声声地说："你放了他吧！"我不知怎么才好，我可怜这个少妇。我答应了她。她笑了。看她这个样儿，我以为她是缺个心眼，她似乎什么也不懂，只知道要她的丈夫。

## 二十四

我在街上走了半天。很容易答应那个少妇呀，可是我怎么办呢？他给我的那些东西，我不愿意要；既然要离开他，便一刀两断。可是，放下那点东西，我还有什么呢？我上哪儿呢？我怎么能当天就有饭吃呢？好吧，我得要那些东西，无法。我偷偷地搬了走。我不后悔，只觉得空虚，像一片云那样地无倚无靠。搬到一间小屋里，我睡了一天。

## 二十五

我知道怎样俭省，自幼就晓得钱是好的。凑合着手里还有那点钱，我想马上去找个事。这样，我虽然不希望什么，或者也不会有危险了。事情可是并不因我长了一两岁而容易找到。我很坚决，这并无济于事，只觉得应当如此罢了。妇女挣钱怎么这么不容易呢！妈妈是对的，妇人只有一条路走，就是妈妈所走的路。我不肯马上就往那么走，可是知道它在不很远的地方等着我呢。我越挣扎，心中越害怕。我的希望是初月的光，一会儿就要消失。一两个星期过去了，希望越来越小。最后，我去和一排年轻的姑娘在小饭馆受选阅。很小的一个饭馆，很大的一个老板；我们这群都不难看，都是高小毕业的少女们，等皇赏似的，等着那个破塔似的老板挑选。他选了我。我不感谢他，可是当时确有点痛快。那群女孩子似乎很羡慕我，有的竟自含着泪走去，有的骂声"妈的"。女人够多么不值钱呢！

## 二十六

我成了小饭馆的第二号女招待。摆菜、端菜、算账、报菜名，我都不在行。我有点害怕。可是"第一号"告诉我不用着急，她也都不会。她说，小顺管一切的事；我们当招待的只要给客人倒茶，递手巾把，和拿账条；别的不用管。奇怪！"第一号"的袖口卷起来很高，袖口的白里子上连一个污点也没有。腕上放着一块白丝手绢，绣着"妹妹我爱你"。她一天到晚往脸上拍粉，嘴唇抹得血瓢似的。给客人点烟的时候，她的膝往人家腿上倚；还给客人斟酒，有时候她自己也喝了一口。对于客人，有的她伺候得非常的周到；有的她连理也不理，她会把眼皮一耷拉，假装没看见。她不招待的，我只好去。我怕男人。我那点经验叫我明白了些，什么爱不爱的，反正男人可怕。特别是在饭馆吃饭的男人们，他们假装义气，打架似的让座让账；他们拼命地猜拳、喝酒；他们野兽似的吞吃，他们不必要而故意地挑剔毛病、骂人。我低头递茶递手巾，我的脸发烧。客人们故意地和我说东说西，招我笑；我没心思说笑。晚上九点多钟完了事，我非常的疲乏了。到了我的小屋，连衣裳没脱，我一直地睡到天亮。醒来，我心中高兴了一些，我现在是自食其力，用我的劳力自己挣饭吃。我很早地就去上工。

## 二十七

"第一号"九点多才来，我已经去了两点多钟。她看不起我，可也并非完全恶意地教训我："不用那么早来，谁八点来吃饭？告诉你，丧气鬼，把脸别耷拉得那么长；你是女跑堂的，没让你在这儿送殡玩。低着头，没人多给酒钱；你干什么来了？不为挣子儿吗？你的领子太矮，咱这行全得弄高领子，绸子手绢，人家认这个！"我知道她是好意，我也知道设若我不肯笑，她也得吃挂落，少分酒钱，小账是大家平分的。我也并非看不起她，从一方面看，我实在佩服她，她是为挣钱。妇女挣钱就得这着，没第二条路。但是，我不肯学她。我仿佛看得很清楚：有朝一日，我得比她还开通，才能挣上饭吃。可是那得到了山穷水尽的时候；"万不得已"老在那儿等我们女人，我只能叫它多等几天。这叫我咬牙切齿，叫我心中冒火，可是妇女的命运不在自己手里。又干了三天，那个大掌柜的下了警告：再试我两天，我要是愿意往长了干呢，得照"第一号"那么办。

"第一号"一半嘲弄，一半劝告地说："已经有人打听你，干吗藏着乖地卖傻的呢？咱们谁不知道谁是怎着？女招待嫁银行经理的，有的是；你当是咱们低搭呢？闯开脸儿干呀，咱们也他妈的坐几天汽车！"这个，逼上我的气来，我问她："你什么时候坐汽车？"她把红嘴唇撇得要掉下去："不用你耍嘴皮子，干什么说什么；天生下来的香屁股，还不会干这个呢！"我干不了，拿了一块零五分钱，我回了家。

## 二十八

最后的黑影又向我迈了一步。为躲它，就更走近了它。我不后悔丢了那个事，可我也真怕那个黑影。把自己卖给一个人，我会。自从那回事儿，我很明白了些男女之间的关系。女人把自己放松一些，男人闻着味儿就来了。他所要的是肉，他所给的也是肉。他咬了你，压着你，发散了兽力，你便暂时有吃有穿；然后他也许打你骂你，或者停止了你的供给。女人就这么卖了自己，有时候还很得意，我曾经觉到得意。在得意的时候，说的尽是一些天上的话；过了会儿，你觉得身上的疼痛与丧气。不过，卖给一个男人，还可以说些天上的话；卖给大家，连这些也没法说了，妈妈就没说过这样的话。怕的程度不同，我没法接受"第一号"的劝告："一个"男人到底使我少怕一点。可是，我并不想卖我自己。我并不需要男人，我还不到二十岁。我当初以为跟男人在一块儿必定有趣，谁知道到了一块他就要求那个我所害怕的事。是的，那时候我像把自己交给了春风，任凭人家摆布；过后一想，他是利用我的无知，畅快他自己。他的甜言蜜语使我走入梦里；醒过来，不过是一个梦，一些空虚；我得到的是两顿饭，几件衣服。我不想再这样挣饭吃，饭是实在的，实在地去挣好了。可是，若真挣不上饭吃，女人得承认自己是女人，得卖肉！一个多月，我找不到事做。

## 二十九

我遇见几个同学，有的升入了中学，有的在家里做姑娘。我不愿理她们，可是一说起话儿来，我觉得我比她们精明。原先，在学校的时候，我比她们傻；现在，"她们"显着呆傻了。她们似乎还都做梦呢。她们都打扮得很好，像铺子里的货物。她们的眼溜着年轻的男人，心里好像作着爱情的诗。我笑她们。是的，我必定得原谅她们，她们有饭吃，吃饱了当然只好想爱情，男女彼此织成了网，互相捕捉；有钱的，网大一些，捉住几个，然后从容地选择一个。我没有钱，我连个结网的屋角都找不到。我得直接地捉人，或是被捉，我比她们明白一些，实际一些。

# 三十

有一天，我碰见那个小媳妇，像瓷人似的那个。她拉住了我，倒好像我是她的亲人似的。她有点颠三倒四的样儿。"你是好人！你是好人！我后悔了，"她很诚恳地说，"我后悔了！我叫你放了他，哼，还不如在你手里呢！他又弄了别人，更好了，一去不回头了！"由探问中，我知道她和他也是由恋爱而结的婚，她似乎还很爱他。他又跑了。我可怜这个小妇人，她也是还做着梦，还相信恋爱神圣。我问她现在的情形，她说她得找到他，她得从一而终。要是找不到他呢？我问。她咬上了嘴唇，她有公婆、娘家，还有父母，她没有自由，她甚至于羡慕我，我没有人管着。还有人羡慕我，我真要笑了！我有自由，笑话！她有饭吃，我有自由；她没自由，我没饭吃，我俩都是女子。

# 三十一

自从遇上那个小瓷人，我不想把自己专卖给一个男人了，我决定玩玩了；换句话说，我要"浪漫"地挣饭吃了。我不再为谁负着什么道德责任，我饿。浪漫足以治饿，正如同吃饱了才浪漫，这是个圆圈，从哪儿走都可以。那些女同学与小瓷人都跟我差不多，她们比我多着一点梦想，我比她们更直爽，肚子饿是最大的真理。是的，我开始卖了。把我所有的一点东西都折卖了，做了一身新行头，我的确不难看，我上了市。

## 三十二

我想我要玩玩，浪漫。啊，我错了。我还是不大明白世故。男人并不像我想的那么容易勾引。我要勾引文明一些的人，要至多只赔上一两个吻。哈哈，人家不上那个当，人家要初次见面便摸我的乳。还有呢，人家只请我看电影，或逛逛大街，吃杯冰激凌；我还是饿着肚子回家。所谓文明人，懂得问我在哪儿毕业，家里做什么事。那个态度使我看明白，他若是要你，你得给他相当的好处；你若是没有好处可贡献呢，人家只用一角钱的冰激凌换你一个吻。要卖，得痛痛快快的，拿钱来，我陪你睡。我明白了这个。小瓷人们不明白这个。我和妈妈明白，我很想妈了。

## 三十三

据说有些女人是可以浪漫地挣饭吃，我缺乏资本；也就不必再这样想了。我有了买卖。可是我的房东不许我再住下去，他是讲体面的人。我连瞧他也没瞧，就搬了家，又搬回我妈妈和新爸爸曾经住过的那两间房。这里的人不讲体面，可也更真诚可爱。搬了家以后，我的买卖很不错。连文明人也来了。文明人知道了我是卖，他们是买，就肯来了；这样，他们不吃亏，也不丢身份。初干的时候，我很害怕，因为我还不到二十岁。及至做过了几天，我也就不怕了，身体上哪部分多运动都可以发达的。况且我不留情呢，我身上的各处都不闲着，手、嘴……都帮忙。他们爱这个。多咱他们像了一摊泥，他们才觉得上了算，他们满意，还替我做义务的宣传。干过了几个月，我明白的事情更多了，差不多每一见面，我就能断定他是怎样的人。有的很有钱，这样的人一开口总是问我的身价，表示他买得起我。他也很嫉妒，总想包了我；逛暗娟他也想独占，因为他有钱。对这样的人，我不大招待。他闹脾气，我不怕，我告诉他，我可以找上他的门去，报告给他的太太。在小学里念了几年书，到底是没白念，他唬不住我。"教育"是有用的，我相信了。有的人呢，来的时候，手里就攥着一块钱，唯恐上了当。对这种人，我跟他细讲条件，干什么多少钱，干什么多少钱，他就乖乖地回家去拿钱，很有意思。最可恨的是那些油子，不但不肯花钱，反倒要占点便宜走，什么半盒烟卷呀，什么一小瓶雪花膏呀，他们随手拿去。这种人还是得罪不了的，他们在地面上很熟，得罪了他们，他们会叫巡警跟我捣乱。我不得罪他们，我喂着他们；及至我认识了警官，才一个个地收拾他们。世界就是狼吞虎咽的世界，谁坏谁就占便宜。顶可怜的是那像学生样儿的，袋里装着一块钱，和几十铜子，叮当地直响，鼻子上出着汗。我可怜他们，可是也照常卖给他们。我有什么办法呢！还有老头子呢，都是些规矩人，或者家中已然儿孙成群。对他们，我不知道怎样好；但是我知道他们有钱，想在死前买些快乐，我只好供给他们所需要的。这些经验叫我认识了"钱"与"人"。钱比人更厉害一些，人若是兽，钱就是兽的胆子。

## 三十四

我发现了我身上有了病。这叫我非常的苦痛，我觉得已经不必活下去了。我休息了，我到街上去走；无目的，乱走。我想去看看妈，她必能给我一些安慰，我想象着自己已是快死的人了。我绕到那个小巷，希望见着妈妈；我想起她在门外拉风箱的样子。馒头铺已经关了门。打听，没人知道搬到哪里去。这使我更坚决了，我非找到妈妈不可。在街上丧胆游魂地走了几天，没有一点用。我疑心她是死了，或是和馒头铺的掌柜的搬到别处去，也许在千里以外。这么一想，我哭起来。我穿好了衣裳，搽上了脂粉，在床上躺着，等死。我相信我会不久就死去的。可是我没死。门外又敲门了，找我的。好吧，我伺候他，我把病尽力地传给他。我不觉得这对不起人，这根本不是我的过错。我又痛快了些，我吸烟，我喝酒，我好像已是三四十岁的人了。我的眼圈发青，手心发热，我不再管；有钱才能活着，先吃饱再说别的吧。我吃得并不差，谁肯吃坏的呢！我必须给自己一点好吃食，一些好衣裳，这样才稍微对得起自己一点。

## 三十五

一天早晨，大概有十点来钟吧，我正披着件长袍在屋中坐着，我听见院中有点脚步声。我十点来钟起来，有时候到十二点才想穿好衣裳，我近来非常的懒，能披着件衣服呆坐一两个钟头。我想不起什么，也不愿想什么，就那么独自呆坐。那点脚步声向我的门外来了，很轻很慢。不久，我看见一对眼睛，从门上那块小玻璃向里面看呢。看了一会儿，躲开了；我懒得动，还在那儿坐着。待了一会儿，那对眼睛又来了。我再也坐不住，我轻轻地开了门。"妈！"

## 三十六

我们母女怎么进了屋，我说不上来。哭了多久，也不大记得。妈妈已老得不像样儿了。她的掌柜的回了老家，没告诉她，偷偷地走了，没给她留下一个钱。她把那点东西变卖了，辞了房，搬到一个大杂院里去。她已找了我半个多月。最后，她想到上这儿来，并没希望找到我，只是碰碰看，可是竟自找到了我。她不敢认我了，要不是我叫她，她也许就又走了。哭完了，我发狂似的笑起来：她找到了女儿，女儿已是个暗娼！她养着我的时候，她得那样；现在轮到我养着她了，我得那样！女人的职业是世袭的，是专门的！

## 三十七

我希望妈妈给我点安慰。我知道安慰不过是点空话，可是我还希望来自妈妈的口中。世上的妈妈都最会骗人，我们把妈妈的诓骗叫作安慰。我的妈妈连这个都忘了。她是饿怕了，我不怪她。她开始检点我的东西，问我的进项与花费，似乎一点也不以这种生意为奇怪。我告诉她，我有了病，希望她劝我休息几天。没有；她只说出去给我买药。"我们老干这个吗？"我问她。她没言语。可是从另一方面看，她确是想保护我，心疼我。她给我做饭，问我身上怎样，还常常偷看我，像妈妈看睡着了的小孩那样。只是有一层她不肯说，就是叫我不用再干这行了。我心中很明白——虽然有一点不满意她——除了干这个，还想不到第二个事情做。我们母女得吃得穿——这个决定了一切。什么母女不母女，什么体面不体面，钱是无情的。

## 三十八

妈妈想照应我，可是她得听着看着人家蹂躏我。我想好好对待她，可是我觉得她有时候讨厌。她什么都要管管，特别是对于钱。她的眼已失去年轻时的光泽，不过看见了钱还能发点光。对于客人，她就自居为仆人，可是当客人给少了钱的时候，她张嘴就骂。这有时候使我很为难。不错，既干这个还不是为钱吗？可是干这个的也似乎不必骂人。我有时候也会慢待人，可是我有我的办法，使客人急不得恼不得。妈妈的方法太笨了，很容易得罪人。看在钱的面上，我们不应当得罪人。我的方法或者出于我还年轻，还幼稚；妈妈便不顾一切地单单站在钱上了，她应当如此，她比我大着好些岁。恐怕再过几年我也就这样了，人老心也跟着老，渐渐老得和钱一样的硬。是的，妈妈不客气，她有时候劈手就抢客人的皮夹，有时候留下人家的帽子或值钱一点的手套与手杖。我很怕闹出事来，可是妈妈说得好："能多弄一个是一个，咱们是拿十年当作一年活着的，等七老八十还有人要咱们吗？"有时候，客人喝醉了，她便把他架出去，找个僻静地方叫他坐下，连他的鞋都拿回来。说也奇怪，这种人倒没有来找账的，想是已人事不知，说不定也许病一大场。或者事过之后，想过滋味，也就不便再来闹了，我们不怕丢人，他们怕。

## 三十九

妈妈是说对了：我们是拿十年当一年活着。干了二三年，我觉出自己是变了。我的皮肤粗糙了，我的嘴唇老是焦的，我的眼睛里老灰不溜地带着血丝。我起来得很晚，还觉得精神不够。我觉出这个来，客人们更不是瞎子，熟客渐渐少起来。对于生客，我更努力地伺候，可是也更厌恶他们，有时候我管不住自己的脾气。我暴躁，我胡说，我已经不是我自己了。我的嘴不由得老胡说，似乎是惯了。这样，那些文明人已不多照顾我，因为我丢了那点"小鸟依人"——他们唯一的诗句——的身段与气味。我得和"野鸡"学了。我打扮得简直不像个人，这才招得动那不文明的人。我的嘴搽得像个红血瓢，我用力咬他们，他们觉得痛快。有时候我似乎已看见我的死，接进一块钱，我仿佛死了一点。钱是延长生命的，我的挣法适得其反。我看着自己死，等着自己死。这么一想，便把别的思想全止住了，不必想了，一天一天地活下去就是了，我的妈妈是我的影子，我至坏不过将来变成她那样，卖了一辈子肉，剩下的只是一些白头发与抽皱的黑皮。这就是生命。

## 四十

我勉强地笑，勉强地疯狂，我的痛苦不是落几个泪所能减除的。我这样的生命是没什么可惜的，可是它到底是个生命，我不愿撒手。况且我所做的并不是我自己的过错。死假如可怕，那只因为活着是可爱的。我绝不是怕死得痛苦，我的痛苦久已胜过了死。我爱活着，而不应当这样活着。我想象着一种理想的生活，像做着梦似的；这个梦一会儿就过去了，实际的生活使我更觉得难过。这个世界不是个梦，是真的地狱。妈妈看出我的难过来，她劝我嫁人。嫁人，我有了饭吃，她可以弄一笔养老金。我是她的希望。我嫁谁呢？

## 四十一

因为接触的男子很多了，我根本已忘了什么是爱。我爱的是我自己，及至我已爱不了自己，我爱别人干什么呢？但是打算出嫁，我得假装说我爱，说我愿意跟他一辈子。我对好几个人都这样说了，还起了誓；没人接受。在钱的管领下，人都很精明。嫖不如偷，对，偷省钱。我要是不要钱，管保人人说爱我。

## 四十二

正在这个期间，巡警把我抓了去。我们城里的新官儿非常讲道德，要扫清了暗门子。正式的妓女倒还照旧做生意，因为她们纳捐；纳捐的便是名正言顺的，道德的。抓了去，他们把我放在了感化院，有人教给我做工。洗、做、烹调、编织，我都会；要是这些本事能挣饭吃，我早就不干那个苦事了。我跟他们这样讲，他们不信，他们说我没出息，没道德。他们教给我工作，还告诉我必须爱我的工作。假如我爱工作，将来必定能自食其力，或是嫁个人。他们很乐观。我可没这个信心。他们最好的成绩，是已经有十多个女的，经过他们感化而嫁了人。到这儿来领女人的，只需花两块钱的手续费和找一个妥实的铺保就够了。这是个便宜，从男人方面看；据我想，这是个笑话。我干脆就不受这个感化。当一个大官儿来检阅我们的时候，我唾了他一脸唾沫。他们还不肯放了我，我是带危险性的东西。可是他们也不肯再感化我。我换了地方，到了狱中。

## 四十三

狱里是个好地方，它使人坚信人类的没有起色；在我做梦的时候都见不到这样丑恶的玩意。自从我一进来，我就不再想出去，在我的经验中，世界比这儿并强不了许多。我不愿死，假若从这儿出去而能有个较好的地方；事实上既不这样，死在哪儿不一样呢。在这里，在这里，我又看见了我的好朋友，月牙儿！多久没见着它了！妈妈干什么呢？我想起来一切。

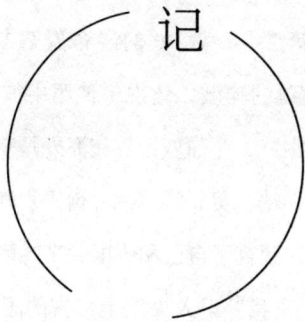

猫城记

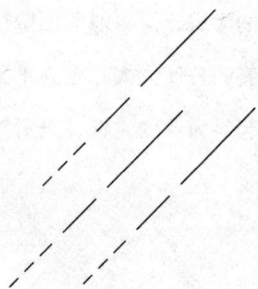

# 导　言

　　"良心是大于生命的，再见，地球先生。"

　　九·一八事变的第二年，33岁的老舍发表长篇讽刺小说《猫城记》，借火星上一座荒诞的猫城，述说了他眼中彼时中国的真相。由于"对人性超越时代的洞察"，《猫城记》在海外是知名度仅次于《骆驼祥子》的老舍作品，有日、法、英、德、俄、匈语六种译本。而在小说的后半部分，老舍一语成谶，预言了自己和中国后来的诸多遭遇。

　　飞机坠毁在火星，"我"误入火星上最古的国"猫城"，结识了形形色色的猫人：大地主、政客、诗人兼军官的大蝎，世事洞明而敷衍的小蝎，只抢迷叶与妇女的猫兵，守着八个小妾的公使太太，杀人不犯法的外国人，打老师的学生，卖文物的学者，起哄为业的党棍，抢着投降的军阀……

　　一声炮响，繁华落尽。

# 自 序

猫国——火星上最古的国

国魂——猫国的货币

哄——猫国的政党

**根据现代书局初版勘校**

我向来不给自己的作品写序。怕麻烦；很立得住的一个理由。还有呢，要说的话已都在书中说了，何必再絮絮叨叨？再说，夸奖自己吧，不好；咒骂自己吧，更合不着。莫若不言不语，随它去。

此次现代书局嘱令给《猫城记》作序，天大的难题！引证莎士比亚须要翻书；记性向来不强。自道身世，说起来管保又臭又长，因为一肚子倒有半肚子牢骚；哭哭啼啼也不像个样子——本来长得就不十分体面。怎么办？

好吧，这么说：《猫城记》是个噩梦。为什么写它？最大的原因——吃多了。可是写得很不错，因为二姐和外甥都向我伸大拇指，虽然我自己还有一点点不满意。不很幽默。但是吃多了大笑，震破肚皮还怎再吃？不满意，可也无法。人不为面包而生。是的，火腿面包其庶几乎？

二姐嫌它太悲观，我告诉她，猫人是猫人，与我们不相干，管它悲观不悲观。二姐点头不已。

外甥问我是哪一派的写家？属于哪一阶级？代表哪种人讲话？是否脊椎动物？得了多少稿费？我给他买了十斤苹果，堵上他的嘴。他不再问，我乐得去睡大觉。梦中倘有所见，也许还能写本"狗城记"。是为序。

年月日，刚睡醒，不大记得。

# 猫 人

## 第一章

飞机是碎了。

我的朋友——自幼和我同学；这次为我开了半个多月的飞机——连一块整骨也没留下！

我自己呢，也许还活着呢？我怎能没死？神仙大概知道。我顾不及伤心了。

我们的目的地是火星。按着我的亡友的计算，在飞机出险以前，我们确是已进了火星的气圈。那么，我是已落在火星上了？假如真是这样，我的朋友的灵魂可以自安了：第一个在火星上的中国人，死得值！但是，这"到底"是哪里？我只好"相信"它是火星吧；不是也得是，因为我无从证明它的是与不是。自然从天文上可以断定这是哪个星球；可怜，我对于天文的知识正如对古代埃及文字，一点也不懂！我的朋友可以毫不迟疑地指示我，但是他，他……噢！我的好友，与我自幼同学的好友！

飞机是碎了。我将怎样回到地球上去？不敢想！只有身上的衣裳——碎得像些挂着的干菠菜——和肚子里的干粮；不要说回去的计划，就是怎样在这里活着，也不敢想啊！言语不通，地方不认识，火星上到底有与人类相似的动物没有？问题多得像……就不想吧；"火星上的漂流者"，还不足以自慰吗？使忧虑减去勇敢是多么不上算的事！

这自然是追想当时的情形。在当时，脑子已震昏。震昏的脑子也许会发生许多不相连贯的思念，已经都想不起了；只有这些——怎样回去，和怎样活着——似乎在脑子完全清醒之后还记得很真切，像被海潮打上岸来的两块木板，船已全沉了。

我清醒过来。第一件事是设法把我的朋友，那一堆骨肉，埋葬起来。那架飞机，我连看它也不敢看。它也是我的好友，它将我们俩运到这里来，忠诚的机器！朋友都死了，只有我还活着，我觉得他们俩的不幸好像都是我的过错！两个有本事的倒都死了，只留下我这个没能力的，傻子偏有福气，多么难堪的自慰！我觉得我能只手埋葬我的同学，但是我一定不能把飞机也掩埋了，所以我不敢看它。

我应当先去挖坑，但是我没有去挖，只呆呆地看着四外，从泪中看着四外。我为什么不抱着那团骨肉痛哭一场？我为什么不立刻去掘地？在一种如梦方醒的状态中，有许多举动是我自己不能负责的，现在想来，这或者是最近情理的解释与自恕。

我呆呆地看着四外。奇怪，那时我所看见的我记得清楚极了，无论什么时候我一闭眼，便能又看见那些景物，带着颜色立在我的面前，就是颜色相交处的影线也都很清楚。只有这个与我幼时初次随着母亲去祭扫父亲的坟墓时的景象是我终身忘不了的两张图画。

我说不上来我特别注意到什么；我给四围的一切以均等的"不关切的注意"，假如这话能有点意义。我好像雨中的小树，任凭雨点往我身上落；落上一点，叶儿便动一动。

我看见一片灰的天空。不是阴天，这是一种灰色的空气。阳光不能算不强，因为我觉得很热；但是它的热力并不与光亮作正比，热自管热，并没有夺目的光华。我似乎能摸到四围的厚重，热，密，沉闷的灰气。也不是有尘土，远处的东西看得很清楚，绝不像有风沙。阳光好像在这灰中折减了，而后散匀，所以处处是灰的，处处还有亮，一种银灰的宇宙。中国北方在夏旱的时候，天上浮着层没作用的灰云，把阳光遮减了一些，可是温度还是极高，便有点与此地相似；不过此地的灰气更暗淡一些，更低重一些，那灰重的云好像紧贴着我的脸。豆腐房在夜间储满了热气，只有一盏油灯在热气中散着点鬼光，便是这个宇宙的雏形。这种空气使我觉着不自在。远处有些小山，也是灰色的，比天空更深一些；因为不是没有阳光，小山上是灰里带着些淡红，好像野鸽脖子上的彩闪。

灰色的国！我记得我这样想，虽然我那时并不知道那里有国家没有。

从远处收回眼光，我看见一片平原，灰的！没有树，没有房子，没有田地，平，平；平得讨厌。地上有草，都擦着地皮长着，叶子很大，可是没有竖立的梗子。土脉不见得不肥美，我想，为什么不种地呢？

离我不远，飞起几只鹰似的鸟，灰的，只有尾巴是白的。这几点白的尾巴给这全灰的宇宙一点变化，可是并不减少那惨淡蒸郁的气象，好像在阴苦的天空中飞着几片纸钱！

鹰鸟向我这边飞过来。看着看着，我心中忽然一动，它们看见了我的朋友，那堆……远处又飞起来几只。我急了，本能地向地下找，没有铁锹，连根木棍也没有！不能不求救于那只飞机了；有根铁棍也可以慢慢地挖一个坑。但是，鸟已经在我头上盘旋了。我顾不得再看，可是我觉得出它们是越飞越低，它们的啼声，一种长而尖苦的啼声，就在我的头上。顾不得细找，我便扯住飞机的一块，也说不清是哪一部分，疯了似的往下扯。鸟儿下来一只。我拼命地喊了一声。它的硬翅颤了几颤，两腿已将落地，白尾巴一勾，又飞起去了。这只飞起去了，又来了两三只，都像喜鹊逮住些食物那样叫着；上面那些只的啼声更长了，好像哀求下面的等它们一等；末了，"扎"的一声全下来了。我扯那飞机，手心黏了，一定是流了血，可是不觉得疼。扯，扯，扯；没用！我扑过它们去，用脚踢，喊着。它们伸开翅膀向四外躲，但是没有飞起去的意思。有一只已在那一堆……上啄了一口！我的眼前冒了红光，我扑过它去，要用手抓它；只顾抓这只，其余的那些环攻上来了；我又乱踢起来。它们扎扎地叫，伸着硬翅往四外躲；只要我的腿一往回收，它们便红着眼攻上来。而且攻上来之后，不愿再退，有意要啄我的脚了。

忽然我想起来：腰中有支手枪。我刚立定，要摸那支枪；什么时候来的？我前面，就离我有七八步远，站着一群人；一眼我便看清，猫脸的人！

## 第二章

掏出手枪来，还是等一等？许多许多不同的念头环绕着这两个主张；在这一分钟里，我越要镇静，心中越乱。结果，我把手枪放下去了。向自己笑了一笑。到火星上来是我自己情愿冒险，叫这群猫人把我害死——这完全是设想，焉知他们不是最慈善的呢——是我自取；为什么我应当先掏枪呢！一点善意每每使人勇敢；我一点也不怕了。是福是祸，听其自然；无论如何，衅不应由我开。

看我不动，他们往前挪了两步。慢，可是坚决，像猫看准了老鼠那样地前进。

鸟儿全飞起来，嘴里全叼着块……我闭上了眼！

眼还没睁开——其实只闭了极小的一会儿——我的双手都被人家捉住了。想不到猫人的举动这么快；而且这样的轻巧，我连一点脚步声也没听见。

没往外拿手枪是个错误。不！我的良心没这样责备我。危患是冒险生活中的饮食。心中更平静了，连眼也不愿睁了。这是由心中平静而然，并不是以退为进。他们握着我的双臂，越来越紧，并不因为我不抵抗而松缓一些。这群玩意儿是善疑的，我心中想；精神上的优越使我更骄傲了，更不肯和他们较量力气了。每只胳臂上有四五只手，很软，但是很紧，并且似乎有弹性，与其说是握着，不如说是箍着，皮条似的往我的肉里杀。挣扎是无益的。我看出来：设若用力抽夺我的胳臂，他们的手会箍进我的肉里去；他们是这种人：不光明地把人捉住，然后不看人家的举动如何，总得给人家一种极残酷的肉体上的虐待。设若肉体上的痛苦能使精神的光明减色，惭愧，这时候我确乎有点后悔了；对这种人，假如我的推测不错，是应当采取"先下手为强"的政策；"当"的一枪，管保他们全跑。但是事已至此，后悔是不会改善环境的；光明正大是我自设的陷阱，就死在自己的光明之下吧！我睁开了眼。他们全在我的背后呢，似乎是预定好即使我睁开眼也看不见他们。这种鬼祟的行动使我不由地起了厌恶他们的心；我不怕死；我心里说："我已经落在你们的手中，杀了我，何必这样偷偷摸摸的呢！"我不由得说出来："何必这样……"我没往下说；他们绝不会懂我的话。胳臂上更紧了，那半句话的效果！我心里想：就是他们懂我的话，也还不是白费唇舌！我连头也不回，凭他们摆布；我只希望他们用绳子拴上我，我的精神正如肉体，同样的受不了这种软，紧，热，讨厌的攥握！

空中的鸟更多了，翅子伸平，头往下勾勾着，预备得着机会便一翅飞到地，去享受与我自幼同学的朋友的……

背后这群东西到底玩什么把戏呢？我真受不了这种钝刀慢锯的办法

了！但是，我依旧抬头看那群鸟，残酷的鸟们，能在几分钟内把我的朋友吃净。啊！能几分钟吃净一个人吗？那么，鸟们不能算残酷的了；我羡慕我那亡友，朋友！你死得痛快，消灭得痛快，比较起我这种零受的罪，你的是无上的幸福！

"快着点！"几次我要这么说，但是话到唇边又收回去了。我虽然一点不知道猫人的性情习惯，可是在这几分钟的接触，我似乎直觉地看出来，他们是宇宙间最残忍的人；残忍的人是不懂得"干脆"这个字的，慢慢用锯齿锯，是他们的一种享受。说话有什么益处呢？我预备好去受针尖刺手指甲肉，鼻子里灌煤油——假如火星上有针和煤油。

我落下泪来，不是怕，是想起来故乡。光明的中国，伟大的中国，没有残暴，没有毒刑，没有鹰吃死尸。我恐怕永不能再看那块光明的土地了，我将永远不能享受合理的人生了；就是我能在火星上保存着生命，恐怕连享受也是痛苦吧？！

我的腿上也来了几只手。他们一声不出，可是吸呼气儿热乎乎地吹着我的背和腿；我心中起了好似被一条蛇缠住那样的厌恶。

咯当的一声，好像多少年的静寂中的一个响声，听得分外清楚，到如今我还有时候听见它。我的腿腕上了脚镣！我早已想到有此一举。腿腕登时失了知觉，紧得要命。

我犯了什么罪？他们的用意何在？想不出。也不必想。在猫脸人的社会里，理智是没用的东西，人情更提不到，何必思想呢。

手腕也锁上了。但是，出我意料之外，他们的手还在我的臂与腿上箍着。过度的谨慎——由此生出异常的残忍——是黑暗生活中的要件；我希望他们锁上我而撤去那些只热手，未免希望过奢。

脖子上也来了两只热手。这是不许我回头的表示；其实谁有那么大的工夫去看他们呢！人——不论怎样坏——总有些自尊的心；我太看低他们了。也许这还是出于过度的谨慎，不敢说，也许脖子后边还有几把明晃晃的刀呢。

这还不该走吗？我心中想。刚这么一想，好像故意显弄他们也有时候会快当一点似的，我的腿上挨了一脚，叫我走的命令。我的腿腕已经筋麻了，这一脚使我不由得向前跌去，但是他们的手像软而硬的钩子似的，钩住我的肋条骨；我听见背后像猫示威时相噗的声音，好几声，这大概是猫人的笑。很满意这样的挫磨我，当然是。我身上不知出了多少汗。

他们为快当起见，颇可以抬着我走；这又是我的理想。我确是不能迈步了；这正是他们非叫我走不可的理由——假如这样用不太羞辱了"理由"这两个字。

汗已使我睁不开眼，手是在背后锁着；就是想摇摇头摆掉几个汗珠也不行，他们箍着我的脖子呢！我直挺着走，不，不是走，但是找不到一个字足以表示跳，拐，跌，扭等揉合起来的行动。

走出只几步，我听见——幸而他们还没堵上我的耳朵——那群鸟一齐"扎"的一声，颇似战场上冲锋的"杀"；当然是全飞下去享受……我恨我自己；假如我早一点动手，也许能已把我的同学埋好；我为什么在那块呆呆地看着呢！朋友！就是我能不死，能再到这里来，恐怕连你一点骨头渣儿也找不着了！我终身的甜美记忆的总量也抵不住这一点悲苦惭愧，哪时想起来哪时便觉得我是个人类中最没价值的！

好像在噩梦里：虽然身体受着痛苦，可是还能思想着另外一些事；我的思想完全集中到我的亡友，闭着眼看我脑中的那些鹰，啄食着他的肉，也啄食着我的心。走到哪里了？就是我能睁开眼，我也不顾得看了；还希望记清了道路，预备逃出来吗？我是走呢？还是跳呢？还是滚呢？猫人们知道。我的心没在这个上，我的肉体已经像不属于我了。我只觉得头上的汗直流，就像受了重伤后还有一点知觉那样，渺渺茫茫地觉不出身体在哪里，只知道有些地方往外冒汗，命似乎已不在自己手中了，可是并不觉得痛苦。

我的眼前完全黑了；黑过一阵，我睁开了眼；像醉后刚还了酒的样子。我觉出腿腕的疼痛来，疼得钻心；本能地要用手去摸一摸，手腕还锁着呢。这时候我眼睛才看见东西，虽然似乎已经睁开了半天。我已经在一个小船上；什么时候上的船，怎样上去的，我全不知道。大概是上去半天了，因为我的脚腕已缓醒过来，已觉得疼痛。我试着回回头，脖子上的那两只热手已没有了；回过头去看，什么也没有。上面是那银灰的天；下面是条温腻深灰的河，一点声音也没有，可是滚得很快；中间是我与一只小船，随流而下。

## 第三章

我顾不得一切的危险，危险这两个字在此时完全不会在脑中发现。热，饿，渴，痛，都不足以胜过疲乏——我已坐了半个多月的飞机——不知道怎么会挣扎得斜卧起来，我就那么睡去了；仰卧是不可能的，手上的锁镣不许我放平了脊背。把命交给了这浑腻蒸热的河水，我只管睡；还希望在这种情形里做个好梦吗？！

再一睁眼，我已靠在一个小屋的一角坐着呢；不是小屋，小洞更真实一点；没有窗户，没有门；四块似乎是墙的东西围着一块连草还没铲去的地，顶棚是一小块银灰色的天。我的手已自由了，可是腰中多了一根粗绳，这一头缠着我的腰，虽然我并不需要这么根腰带，那一头我看不见，或者是在墙外拴着；我必定是从天而降地被系下来的。怀中的手枪还在，奇怪！

什么意思呢？绑票？向地球上去索款？太费事了。捉住了怪物，预备训练好了去到动物园里展览？或是送到生物学院去解剖？这倒是近乎情理。我笑了，我确乎有点要疯。口渴得要命。为什么不拿去我的手枪呢？这点惊异与安慰并不能使口中增多一些津液。往四处看，绝处逢生。与我坐着的地方平行的墙角有个石罐。里边有什么？谁去管，我一定过去看看，本能是比理智更聪明的。脚腕还绊着，跳吧。忍着痛往起站，立不起来，试了几试，腿已经不听命令了。坐着吧。渴得胸中要裂。肉体的需要把高尚的精神丧尽，爬吧！小洞不甚宽大，伏在地上，也不过只差几寸吧，伸手就可以摸着那命中希望的希望，那个宝贝罐子。但是，那根腰带在我躺平以前便下了警告，它不允许我躺平，设若我一定往前去，它便要把我吊起来了。无望。

口中的燃烧使我又起了飞智：脚在前，仰卧前进，学那翻不过身的小硬盖虫。绳子虽然很紧，用力挣扎究竟可以往肋部上匀一匀，肋部总比腿根瘦一些，能匀到胸部，我的脚便可以碰到罐子上，哪怕把肋部都磨破了呢，究竟比这么渴着强。肋部的皮破了，不管；前进；疼，不管；啊，脚碰着了那个宝贝！

脚腕锁得那么紧，两个脚尖直着可以碰到罐子，但是张不开，无从把它抱住；拳起一点腿来，脚尖可以张开些，可是又碰不到罐子了。无望。

只好仰卧观天。不由得摸出手枪来。口渴得紧。看了看那玲珑轻便的小枪。闭上眼，把那光滑的小圆枪口放在太阳穴上；手指一动，我便永不会口渴了。心中忽然一亮，极快地坐起来，转过身来面向墙角，对准面前的粗绳，当，当，两枪，绳子烧糊了一块。手撕，牙咬，疯了似的，把绳子终于扯断。狂喜使我忘了脚上的锁镣，猛然往起一立，跌在地上；就势便往石罐那里爬。端起来，里面有些光，有水！也许是水，也许是……顾不得迟疑。石罐很厚，不易喝；可是喝到一口，真凉，胜似仙浆玉露；努力总是有报酬的，好像我明白了一点什么生命的真理似的。

水并不多；一滴也没剩。

我抱着那个宝贝罐子。心中刚舒服一点，幻想便来了：设若能回到地球上去，我必定把它带了走。无望吧？我呆起来。不知有多久，我呆呆地看着罐子的口。

头上飞过一群鸟，简短地啼着，将我唤醒。抬头看，天上起了一层浅桃红的霞，没能把灰色完全掩住，可是天像高了一些，清楚了一些，墙顶也镶上一线有些力量的光。天快黑了，我想。

我应当干什么呢？

在地球上可以行得开的计划，似乎在此地都不适用；我根本不明白我的对方，怎能决定办法呢。鲁滨逊并没有像我这样困难，他可以自助自决，我是要从一群猫人手里逃命；谁读过猫人的历史呢。

但是我必得做些什么？

脚镣必须除去，第一步工作。始终我也没顾得看看脚上拴的是什么东西，大概因为我总以为脚镣全应是铁做的。现在我必须看看它了，不是铁的，因为它的颜色是铅白的。为什么没把我的手枪没收，有了答案：火星上没铁。猫人们过于谨慎，唯恐一摸那不认识的东西受了危害，所以没敢去动。我用手去摸，硬的，虽然不是铁；试着用力扯，扯不动。什么做的呢？趣味与逃命的急切混合在一处。用枪口敲它一敲，有金属应发的响声，可是不像铁声。银子？铅？比铁软的东西，我总可以设法把它磨断；比如我能打破那个石罐，用石棱去磨——把想将石罐带到地球上去的计划忘了。拿起石罐想往墙上碰；不敢，万一惊动了外面的人呢；外面一定有人看守着，我想。不能，刚才已经放过枪，并不见有动静。后怕起来，设若刚才随着枪声进来一群人？可是，既然没来，放胆吧；罐子出了手，只碰下一小块来，因为小所以很锋利。我开始工作。

铁打房梁磨成绣花针，功到自然成；但是打算在很短的时间用块石片磨断一条金属的脚镣，未免过于乐观。经验多数是"错误"的儿女，我只能乐观地去犯错误；由地球上带来的经验在此地是没有多少价值的。磨了半天，有什么用呢，它纹丝没动，好像是用石片切金刚石呢。

摸摸身上的碎布条，摸摸鞋，摸摸头发，万一发现点能帮助我的东西呢；我已经似乎变成个没理智的动物。啊！腰带下的小裤兜里还有盒火柴，一个小"铁"盒。要不是细心地搜寻真不会想起它来；我并不吸烟，没有把火柴放在身上的习惯。我为什么把它带在身边？想不起。噢，想起来了：朋友送给我的，他听到我去探险，临时赶到飞机场送行，没有可送我的东西，就把这个盒塞在我的小袋里。"小盒不会给飞机添多少重量，我希望！"他这么说来着。我想起来了。好似多少年以前的事了；半个月的飞行不是个使心中平静清楚的事。

我玩弄着那个小盒，试着追想半个月以前的事；眼前的既没有希望，只好回想过去的甜美，生命是会由多方面找到自慰的。

天黑上来了。肚中觉出饿来。划了一根火柴，似乎要看看四下有没有可吃的东西。灭了，又划了一根；无心地可笑地把那点小火放在脚镣上去烧烧看。忽！吱——像写个草书的四字——の——那么快，脚腕上已剩下一些白灰。一股很不好闻的气味，钻入鼻孔，叫我要呕。

猫人还会利用化学做东西，想不到的事！

# 第四章

命不自由，手脚脱了锁镣有什么用呢！但是我不因此而丧气；至少我没有替猫人们看守这个小洞的责任。把枪，火柴盒，都带好；我开始揪着那打断的粗绳往墙上爬。头过了墙，一片深灰，不像是黑夜，而是像没有含着烟的热雾。越过墙头，跳下去。往哪里走？在墙内时的勇气减去十分之八。没有人家，没有灯光，没有声音。远处——也许不远，我测不准距离——似乎有片树林。我敢进树林吗？知道有什么野兽？

我抬头看着星星，只看得见几个大的，在灰空中发着些微红的光。

又渴了，并且很饿。在夜间猎食，就是不反对与鸟兽为伍，我也没那份本事。幸而不冷；在这里大概日夜赤体是不会受寒的。我倚了那小屋的墙根坐下，看看天上那几个星，看看远处的树林。什么也不敢想；就是最可笑的思想也会使人落泪：孤寂是比痛苦更难堪的。

这样坐了许久，我的眼慢慢地失了力量；可是我并不敢放胆地睡去，闭了一会儿，心中一动，努力地睁开，然后又闭上。有一次似乎看见了一个黑影；但在看清之前就又不见了。因疑见鬼，我责备自己，又闭上了眼；刚闭上又睁开了，到底是不放心。哼！又似乎有个黑影，刚看到，又不见了。我的头发根立起来了。到火星上捉鬼不在我的计划之中。不敢再闭眼了。

好大半天，什么也没有。我试着闭上眼，留下一点小缝看着；来了，那个黑影！

不怕了，这一定不是鬼；是个猫人。猫人的视官必定特别的发达，能由远处看见我的眼睛的开闭。紧张，高兴，几乎停止了呼吸，等着；他来在我的身前，我便自有办法；好像我一定比猫人优越似的，不知根据什么理由；或者因为我有把手枪？可笑。

时间在这里是没有丝毫价值的，好似等了几个世纪他才离我不远了；每一步似乎需要一刻，或一点钟，一步带着整部历史遗传下来的谨慎似的。东试一步，西试一步，弯下腰，轻轻地立起来，向左扭，向后退，像片雪花似的伏在地上，往前爬一爬，又躬起腰来……小猫夜间练习捕鼠大概是这样，非常的有趣。

不要说动一动，我猛一睁眼，他也许一气跑到空间的外边去。我不动，只是眼睛留着个极小的缝儿看他到底怎样。

我看出来了，他对我没有恶意，他是怕我害他。他手中没拿着家伙，又是独自来的，不会是要杀我。我怎能使他明白我也不愿意加害于他呢？不动作是最好的办法，我以为，这至少不会吓跑了他。

他离我越来越近了。能觉到他的热气了。他斜着身像接力竞走预备接替时的姿势，用手在我的眼前摆了两摆。我微微地点了点头。他极快地收回手去，保持着要跑的姿势，可是没跑。他看着我；我又轻轻地一点头。他还是不动。我极慢地抬起双手，伸平手掌给他看。他似乎能明白这种"手语"，也点了点头，收回那条伸出老远的腿。我依旧手掌向上，屈一屈指，作为招呼他的表示。他也点点头。我挺起点腰来，看看他，没有要跑的意思。这样极痛苦的可笑磨烦了至少有半点钟，我站起来了。

假如磨烦等于做事，猫人是最会做事的。换句话说，他与我不知磨烦了多大工夫，打手势，点头，撇嘴，耸鼻子，差不多把周身的筋肉全运动到了，表示我们俩彼此没有相害的意思。当然还能磨烦一点钟，哼，也许一个星期，假如不是远处又来了黑影——猫人先看见的。及至我也看到那些黑影，猫人已跑出四五步，一边跑一边向我点手。我也跟着他跑。

猫人跑得不慢，而且一点声音没有。我是又渴又饿，跑了不远，我的眼前已起了金星。但是我似乎直觉地看出来：被后面那些猫人赶上，我与我这个猫人必定得不到什么好处；我应当始终别离开这个新朋友，他是我在火星上冒险的好帮手。后面的人一定追上来了，因为我的朋友脚上加了劲。又支持了一会儿，我实在不行了，心好像要由嘴里跳出来。后面有了声音，一种长而尖酸的嚎声！猫人们必是急了，不然怎能轻易出声儿呢。我知道我非倒在地上不行了，再跑一步，我的命一定会随着一口血结束了。

用生命最后的一点力量，把手枪掏出来。倒下了，也不知道向哪里开了一枪，我似乎连枪声都没听见就昏过去了。

再一睁眼：屋子里，灰色的，一圈红光，地……飞机，一片血，绳子……我又闭上了眼。

隔了多日我才知道：我是被那个猫人像拉死狗似的拉到他的家中。他若是不告诉我，我始终不会想到怎么来到此地。火星上的土是那么的细美，我的身上一点也没有磨破。那些追我的猫人被那一枪吓得大概跑了三天也没有住脚。这把小手枪——只实着十二个子弹——使我成了名满火星的英雄。

# 迷　叶

## 第五章

　　我一直地睡下去，若不是被苍蝇咬醒，我也许就那么睡去，睡到永远。原谅我用"苍蝇"这个名词，我并不知道它们的名字；它们的样子实在像小绿蝴蝶，很美，可是行为比苍蝇还讨厌好几倍；多得很，每一抬手就飞起一群绿叶。

　　身上很僵，因为我是在"地"上睡了一夜，猫人的言语中大概没有"床"这个字。一手打绿蝇，一手摩擦身上，眼睛巡视着四围。屋里没有可看的。床自然就是土地，这把卧室中最重要的东西已经省去。希望找到个盆，好洗洗身上，热汗已经泡了我半天好一夜。没有。东西既看不到，只好看墙和屋顶，全是泥做的，没有任何装饰。四面墙围着一团臭气，这便是屋子。墙上有个三尺来高的洞，是门；窗户，假如一定要的话，也是它。

　　我的手枪既没被猫人拿去，也没丢失在路上，全是奇迹。把枪带好，我从小洞爬出来了。明白过来，原来有窗也没用，屋子是在一个树林里——大概就是昨天晚上看见的那片——树叶极密，阳光就是极强也不能透过，况且阳光还被灰气遮住。怪不得猫人的视力好。林里也不凉快，潮湿蒸热，阳光虽见不到，可是热气好像裹在灰气里；没风。

　　我四下里去看，希望找到个水泉，或是河沟，去洗一洗身上。找不到；只遇见了树叶，潮气，臭味。

猫人在一株树上坐着呢。当然他早看见了我。可是及至我看见了他，他还往树叶里藏躲。这使我有些发怒。哪有这么招待客人的道理呢：不管吃，不管喝，只给我一间臭屋子。我承认我是他的客人，我自己并没意思上这里来，他请我来的。最好是不用客气，我想。走过去，他上了树尖。我不客气地爬到树上，抱住一个大枝用力地摇。他出了声，我不懂他的话，但是停止了摇动。我跳下来，等着他。他似乎晓得无法逃脱，揪着耳朵，像个战败的猫，慢慢地下来。

我指了指嘴，仰了仰脖，嘴唇开闭了几次，要吃要喝。他明白了，向树上指了指。我以为这是叫我吃果子；猫人们也许不吃粮食，我很聪明地猜测。树上没果子。他又爬上树去，极小心地揪下四五片树叶，放在嘴中一个，然后都放在地上，指指我，指指叶。

这种喂羊的办法，我不能忍受；没过去拿那树叶。猫人的脸上极难看了，似乎也发了怒。他为什么发怒，我自然想不出：我为什么发怒，他或者也想不出。我看出来了，设若这么争执下去，一定没有什么好结果，而且也没有意味，根本谁也不明白谁。

但是，我不能自己去拾起树叶来吃。我用手势表示叫他拾起送过来。他似乎不懂。我也由发怒而怀疑了。莫非男女授受不亲，在火星上也通行？这个猫人闹了半天是个女的？不敢说，哼，焉知不是男男授受不亲呢？（这一猜算猜对了，在这里住了几天之后证实了这个。）好吧，因彼此不明白而闹气是无谓的，我拾起树叶，用手擦了擦。其实手是脏极了，被飞机的铁条刮破的地方还留着些血迹；但是习惯成自然，不由得这么办了。送到嘴中一片，很香，汁水很多；因为没有经验，汁儿从嘴角流下点来；那个猫人的手脚都动了动，似乎要过来替我接住那点汁儿；这叶子一定是很宝贵的，我想；可是这么一大片树林，为什么这样地珍惜一两片叶子呢？不用管吧，稀罕事儿多着呢。连气吃了两片树叶，我觉得头有些发晕，可是并非不好受。我觉得到那点宝贝汁儿不但走到胃中去，而且有股麻劲儿通过全身，身上立刻不僵得慌了。肚中麻酥酥地满起来。心中有点发迷，似乎要睡，可是不能睡，迷糊之中又有点发痒，一种微醉样子的刺激。我手中还拿着一片叶，手似乎刚睡醒时那样松懒而舒服。没力气再抬。心中要笑；说不清脸上笑出来没有。我倚住一棵大树，闭了一会儿眼。极短的一会儿，头轻轻地晃了两晃。醉劲过去了，全身没有一个毛孔不觉得轻松得要笑，假如毛孔会笑。饥渴全不觉得了；身上无须洗了，泥，汗，血，都舒舒服服地贴在肉上，一辈子不洗也是舒服的。

树林绿得多了。四围的灰空气也正不冷不热，不多不少的合适。灰气绿树正有一种诗意的温美。潮气中，细闻，不是臭的了，是一种浓厚的香甜，像熟透了的甜瓜。"痛快"不足以形容出我的心境。"麻醉"，对，"麻醉"！那两片树叶给我心中一些灰的力量，然后如鱼得水地把全身浸渍在灰气之中。

我蹲在树旁。向来不喜蹲着；现在只有蹲着才觉得舒坦。

开始细看那个猫人；厌恶他的心似乎减去很多，有点觉得他可爱了。

所谓猫人者，并不是立着走，穿着衣服的大猫。他没有衣服。我笑了，把我上身的碎布条也拉下去，反正不冷，何苦挂着些零七八碎的呢。下身的还留着，这倒不是害羞，因为我得留着腰带，好挂着我的手枪。其实赤身佩带挂手枪也未尝不可，可是我还舍不得那盒火柴；必须留着裤子，以便有小袋装着那个小盒，万一将来再被他们上了脚镣呢。把靴子也脱下来扔在一边。

往回说，猫人不穿衣服。腰很长，很细，手脚都很短。手指脚趾也都很短。（怪不得跑得快而做事那么慢呢，我想起他们给我上锁镣时的情景。）脖子不短，头能弯到背上去。脸很大，两个极圆极圆的眼睛，长得很低，留出很宽的一个脑门。脑门上全长着细毛，一直地和头发——也是很细冗——连上。鼻子和嘴连到一块，可不是像猫的那样俊秀，似乎像猪的，耳朵在脑瓢上，很小。身上都是细毛，很光润，近看是灰色的，远看有点绿，像灰羽毛纱的闪光。身腔是圆的，大概很便于横滚。胸前有四对小乳，八个小黑点。

他的内部构造怎样，我无从知道。

他的举动最奇怪的，据我看是他的慢中有快，快中有慢，使我猜不透他的立意何在；我只觉得他是非常的善疑。他的手脚永不安静着，脚与手一样的灵便；用手脚似乎较用其他感官的时候多，东摸摸，西摸摸，老动着；还不是摸，是触，好像蚂蚁的触角。

究竟他把我拉到此地，喂我树叶，是什么意思呢？我不由得，也许是那两片树叶的作用，要问了。可是怎样问呢？言语不通。

## 第六章

三四个月的工夫，我学会了猫话。马来话是可以在半年内学会的，猫语还要简单得多。四五百字来回颠倒便可以讲说一切。自然许多事与道理是不能就这么讲明白的，猫人有办法：不讲。形容词与副词不多，名词也不富裕。凡是像迷树的全是迷树：大迷树，小迷树，圆迷树，尖迷树，洋迷树，大洋迷树……其实这是些绝不相同的树。迷树的叶便是那能使人麻醉的宝贝。代名词是不大用的，根本没有关系代名词。一种极儿气的语言。其实只记住些名词便够谈话的了，动词是多半可以用手势帮忙的。他们也有文字，一些小楼小塔似的东西，很不好认；普通的猫人至多只能记得十来个。

大蝎——这是我的猫朋友的名字——认识许多字，还会作诗。把一些好听的名词堆在一处，不用有任何简单的思想，便可以成一首猫诗。宝贝叶宝贝花宝贝山宝贝猫宝贝肚子……这是大蝎的"读史有感"。猫人有历史，两万多年的文明。

会讲话了，我明白过来一切。大蝎是猫国的重要人物，大地主兼政客、诗人与军官。大地主，因为他有一大片迷树，迷叶是猫人的食物。他为什么养着我，与这迷叶大有关系。据他说，他拿出几块历史来作证——书都是石头做的，二尺见方半寸来厚一块，每块上有十来个极复杂的字——五百年前，他们是种地收粮，不懂什么叫迷叶。忽然有个外国人把它带到猫国来。最初只有上等人吃得起，后来他们把迷树也搬运了来，于是大家全吃入了瘾。不到五十年的工夫，不吃它的人是例外了。吃迷叶是多么舒服，多么省事的；可是有一样，吃了之后虽然精神焕发，可是手脚不爱动，于是种地的不种了，做工的不做了，大家闲散起来。政府下了令：禁止再吃迷叶。下令的第一天午时，皇后瘾得打了皇帝三个嘴巴子——大蝎搬开一块历史——皇帝也瘾得直落泪。当天下午又下了令：定迷叶为"国食"。在猫史上没有比这件事再光荣再仁慈的，大蝎说。

自从迷叶定为国食以后的四百多年，猫国文明的进展比以前加速了好几倍。吃了迷叶不喜肉体的劳动，自然可以多做些精神事业。诗艺，举个例说，比以前进步多了；两万年来的诗人没有一个用过"宝贝肚子"的。

可是，这并不是说政治上与社会上便没有了纷争。在三百年前，迷树的种植是普遍的。可是人们越吃越懒，慢慢地连树也懒得种了。又恰巧遇上一年大水——大蝎的灰脸似乎有点发白，原来猫人最怕水——把树林冲去了很多。没有别的东西吃，猫人是可以忍着的；没有迷叶，可不能再懒了。到处起了抢劫。抢案太多了，于是政府又下了最合人道的命令：抢迷叶吃者无罪。这三百年来是抢劫的时代；并不是坏事，抢劫是最足以表现个人自由的，而自由又是猫人自有史以来的最高理想。

（按：猫语中的"自由"，并不与中国话中的相同。猫人所谓自由者是欺侮别人，不合作，捣乱……男男授受不亲即由此而来，一个自由人不许别人接触他的，彼此见面不握手或互吻，而是把头向后扭一扭表示敬意。）

"那么，你为什么还种树呢？"我用猫语问——按着真正猫语的形式，这句话应当是：脖子一扭（表示"那么"），用手一指（你），眼球转两转（为什么），种（动词）树？"还"字没法表示。

大蝎的嘴闭上了一会儿。猫人的嘴永远张着，鼻子不大管呼吸的工作；偶尔闭上表示得意或深思。他的回答是：现在种树的人只有几十个了，都是强有力的人——政客、军官、诗人兼地主。他们不能不种树，不种便丢失了一切势力。作政治需要迷叶，不然便见不到皇帝。做军官需要迷树，它是军饷。作诗必定要迷叶，它能使人白天做梦。总之，迷叶是万能的，有了它便可以横行一世。"横行"是上等猫人口中最高尚的一个词。

设法保护迷林是大蝎与其他地主的首要工作。他们虽有兵，但不能替他们做事。猫兵是讲自由的，只要有迷叶吃，不懂得服从命令。他们自己的兵常来抢他们，这在猫人心中——由大蝎的口气看得出——是最合逻辑的事。究竟谁来保护迷林呢？外国人。每个地主必须养着几个外国人做保护者。猫人的敬畏外国人是天性中的一个特点。他们的自由不能使五个兵在一块住三天而不出人命，和外人打仗是不可能的事。大蝎附带着说，很得意地，"自相残杀的本事，一天比一天大，杀人的方法差不多与作诗一样巧妙了。"

"杀人成了一种艺术，"我说。猫语中没有"艺术"，经我解释了半天，他还是不能明白，但是他记住了这两个中国字。

在古代他们也与外国打过仗，而且打胜过，可是在最近五百年中，自相残杀的结果叫他们完全把打外国人的观念忘掉，而一致的对内。因此也就非常地怕外国人；不经外国人主持，他们的皇帝连迷叶也吃不到嘴。

三年前来过一架飞机。哪里来的，猫人不晓得，可是记住了世界上有种没毛的大鸟。

我的飞机来到，猫人知道是来了外国人。他们只能想到我是火星上的人，想不到火星之外还有别的星球。

大蝎与一群地主全跑到飞机那里去，为的是得到个外国人来保护迷林。他们原有的外国保护者不知为什么全回了本国，所以必须另请新的。

他们说好了：请到我之后，大家轮流奉养着，因为外国人在最近是很不易请到的。"请"我是他们的本意，谁知道我并没有长着猫脸，他们向来没见过像我这样的外国人。他们害怕得了不得；可是既而一看我是那么老实，他们决定由"请"改成"捉"了。他们是猫国的"人物"，所以心眼很多，而且遇到必要的时候也会冒一些险。现在想起来，设若我一开首便用武力，准可以把他们吓跑；可是幸而没用武力，因为就是一时把他们吓跑，他们绝不会甘心罢休，况且我根本找不到食物。从另一方面说呢，这么被他们捉住，他们纵使还怕我，可是不会"敬"我了。果然，由公请我改成想独占了，大蝎与那一群地主全看出便宜来：捉住我，自然不必再与我讲什么条件，只要供给点吃食便行了，于是大家全变了心。背约毁誓是自由的一部分，大蝎觉得他的成功是非常可自傲的。

把我捆好，放在小船上，他们全绕着小道，上以天做顶的小屋那里去等我。他们怕水，不敢上船。设若半路中船翻了，自然只能归罪于我的不幸，与他们没关系。那个小屋离一片沙地不远，河流到沙地差不多就干了，船一定会停住不动。

把我安置在小屋中，他们便回家去吃迷叶。他们的身边不能带着这个宝贝；走路带着迷叶是最危险的事；因此他们也就不常走路；此次的冒险是特别的牺牲。

大蝎的树林离小屋最近；可是也还需要那么大半天才想起去看我。吃完迷叶是得睡一会儿的。他准知道别人也不会快来。他到了，别人也到了，这完全出乎他的意料之外。"幸而有那艺术。"他指着我的手枪，似乎有些感激它。后来他把不易形容的东西都叫作"艺术"。

我明白了一切，该问他了：那个脚镣是什么做的？

他摇头，只告诉我，那是外国来的东西。"有好多外国来的东西，"他说："很好用，可是我们不屑模仿；我们是一切国中最古的国！"他把嘴闭上了一会儿："走路总得带着手铐脚镣，很有用！"这也许是实话，也许是俏皮我呢。

我问他天天晚上住在哪里，因为林中只有我那一间小洞，他一定另有个地方去睡觉。他似乎不愿意回答，跟我要一根"艺术"，就是将要拿去给皇帝看。我给了他一根火柴，也就没往下问他到底睡在哪里；在这种讲自由的社会中，人人必须保留着些秘密。

有家属没有呢？他点点头。"收了迷叶便回家，你与我一同去。"

他还有利用我的地方，我想，可是："家在哪里？"

"京城，大皇帝住在那里。有许多外国人，你可以看看你的朋友了。"

"我是由地球上来的，不认识火星上的人。"

"反正你是外国人，外国人与外国人都是朋友。"

不必再给他解释；只希望快收完迷叶，好到猫城去看看。

# 第七章

我与大蝎的关系，据我看，永远不会成为好朋友的。据"我"看是如此；他也许有一片真心，不过我不能欣赏它；他——或任何猫人——设若有真心，那是完全以自己为中心的，为自己的利益而利用人似乎是他所以交友的主因。三四个月内，我一天也没忘了去看看我那亡友的尸骨，但是大蝎用尽方法阻止我去。这一方面看出他的自私；另一方面显露出猫人心中并没有"朋友"这个观念。自私，因为替他看护迷叶好像是我到火星来的唯一责任；没有"朋友"这个观念，因为他口口声声总是"死了，已经死了，干什么还看他去？"他第一不告诉我到那飞机坠落的地方的方向路径；第二，他老监视着我。其实我慢慢地寻找（*我要是顺着河岸走，便不会找不到*），总可以找到那个地方，但是每逢我走出迷林半里以外，他总是从天而降地截住我。截住了我，他并不强迫我回去；他能把以自己为中心的事说得使我替他伤心，好像听着寡妇述说自己的困难，一把鼻涕一把泪地使我不由得将自己的事搁在一旁。我想他一定背地里抿着嘴暗笑我是傻蛋，但是这个思想也不能使我心硬了。我几乎要佩服他了。

我不完全相信他所说的了；我要自己去看看一切。可是，他早防备着这个。迷林里并不只是他一个人。但是他总不许他们与我接近。我只在远处看见过他们：我一奔过他们去，登时便不见了，这一定是遵行大蝎的命令。

对于迷叶我决定不再吃。大蝎的劝告真是尽委婉恳挚的能事：不能不吃呀，不吃就会渴的，水不易得呀；况且还得洗澡呢，多么麻烦，我们是有经验的。不能不吃呀，别的吃食太贵呀；贵还在其次，不好吃呀。不能不吃呀，有毒气，不吃迷叶便会死的呀……我还是决定不再吃。他又一把鼻涕，一把泪了；我知道这是他的最后手段；我不能心软；因吃迷叶而把我变成个与猫人一样的人是大蝎的计划，我不能完全受他的摆弄；我已经是太老实了。我要恢复人的生活，要吃要喝要洗澡，我不甘心变成个半死的人。设若不吃迷叶而能一样地活着，合理地活着，哪怕是十天半个月呢，我便只活十天半个月也好；半死地活着，就是能活一万八千年我也不甘心干。我这么告诉大蝎了，他自然不能明白，他一定以为我的脑子是块石头。不论他怎想吧，我算打定了主意。

交涉了三天，没结果。只好拿手枪了。但是我还没忘了公平，把手枪放在地上告诉大蝎，"你打死我，我打死你，全是一样的，设若你一定叫我吃迷叶！你决定吧！"大蝎跑出两丈多远去。他不能打死我，枪在他手中还不如一根草棍在外国人手里；他要的是"我"，不是手枪。

折中的办法：我每天早晨吃一片迷叶，"一片，只是那么一小块宝贝，为的是去毒气。"大蝎——请我把手枪带起去，又和我面对面的坐下——伸着一个短手指说。他供给我一顿晚饭。饮水是个困难问题。我建议：每天我去到河里洗个澡，同时带回一罐水来。他不认可。为什么天天跑那么远去洗澡，不聪明的事，况且还拿着罐子？为什么不舒舒服服的吃迷叶？"有福不会享"，我知道他一定要说这个，可是他并没说出口来。况且——这才是他的真意——他还得陪着我。我不用他陪着；他怕我偷跑了，这是他所最关切的。其实我真打算逃跑，他陪着我也不是没用吗？我就这么问他，他的嘴居然闭上了十来分钟，我以为我是把他吓死过去了。

"你不用陪着我，我决定不跑，我起誓！"我说。

他轻轻摇了摇头："小孩子才起誓玩呢！"

我急了，这是脸对脸地污辱我。我揪住了他头上的细毛，这是第一次我要用武力；他并没想到，不然他早会跑出老远的去了。他实在没想到，因为他说的是实话。他牺牲了些细毛，也许带着一小块头皮，逃了出去，向我说明：在猫人历史上，起誓是通行的，可是在最近五百年中，起完誓不算的太多，于是除了闹着玩的时候，大家也就不再起誓；信用虽然不能算是坏事，可是从实利上看是不方便的，这种改革是显然的进步，大蝎一边摸着头皮一边并非不高兴地讲。因为根本是不应当遵守的，所以小孩子玩耍时起誓最有趣味，这是事实。

"你有信用与否，不关我的事，我的誓到底还是誓！"我很强硬地说："我绝不偷跑，我什么时候要离开你，我自然直接告诉你。"

"还是不许我陪着？"大蝎犹疑不定地问。

"随便！"问题解决了。

晚饭并不难吃，猫人本来很会烹调的，只是绿蝇太多，我去掐了些草叶编成几个盖儿，嘱咐送饭的猫人来把饭食盖上，猫人似乎很不以为然，而且觉得有点可笑。有大蝎的命令他不敢和我说话，只微微地对我摇头。我知道不清洁是猫人历史上的光荣；没法子使他明白。惭愧，还得用势力，每逢一看见饭食上没盖盖，我便告诉大蝎去交涉。一个大错误：有一天居然没给送饭来；第二天送来的时候，东西全没有盖，而是盖着一层绿蝇。原来因为告诉大蝎去嘱咐送饭的仆人，使大蝎与仆人全看不起我了。伸手就打，是上等猫人的尊荣；也是下等猫人认为正当的态度。我怎样办？我不愿意打人。"人"在我心中是个最高贵的观念。但是设若不打，不但仅是没有人送饭，而且将要失去我在火星上的安全。没法子，只好牺牲了猫人一块（很小的一块，凭良心说）头皮。行了，草盖不再闲着了。这几乎使我落下泪来，什么样的历史进程能使人忘了人的尊贵呢？

早晨到河上去洗澡是到火星来的第一件美事。我总是在太阳出来以前便由迷林走到沙滩，相隔不过有一里多地。恰好足以出点汗，使四肢都活软过来。在沙上，水只刚漫过脚面，我一边踩水，一边等着日出。日出以前的景色是极静美的：灰空中还没有雾气，一些大星还能看得见，四处没有一点声音，除了沙上的流水有些微响。太阳出来，我才往河中去；走过沙滩，水越来越深，走出半里多地便没了胸，我就在那里痛快地游泳一回。以觉得腹中饿了为限，游泳的时间大概总在半点钟左右。饿了，便走到沙滩上去晒干了身体。破裤子，手枪，火柴盒，全在一块大石上放着。我赤身在这大灰宇宙中。似乎完全无忧无虑，世界上最自然最自由的人。太阳渐渐热起来。河上起了雾，觉得有点闭闷；不错，大蝎没说谎，此地确有些毒瘴；这是该回去吃那片迷叶的时候了。

　　这点享受也不能长久的保持，又是大蝎的坏。大概在开始洗澡的第七天上吧，我刚一到沙滩上便看见远处有些黑影往来。我并未十分注意，依旧等着欣赏那日出的美景。东方渐渐发了灰红色。一会儿，一些散开的厚云全变成深紫的大花。忽然亮起来，星们不见了。云块全连成横片，紫色变成深橙，抹着一层薄薄的浅灰与水绿，带着亮的银灰边儿。横云裂开，橙色上加了些大黑斑，金的光脚极强地射起，金线在黑斑后面还透得过来。然后，一团血红从裂云中跳出，不很圆，似乎晃了几晃，固定了；不知什么时候裂云块变成了小碎片。连成一些金黄的麟；河上亮了，起了金光。霞越变越薄越碎，渐渐地消灭，只剩下几缕浅桃红的薄纱；太阳升高了，全天空中变成银灰色，有的地方微微透出点蓝色来。

　　只顾呆呆地看着，偶一转脸，喝！离河岸有十来丈远吧，猫人站成了一大队！我莫名其妙。也许有什么事，我想，不去管，我去洗我的。我往河水深处走，那一大队也往那边挪动。及至我跳在河里，我听见一片极惨的呼声。我沉浮了几次，在河岸浅处站起来看看，又是一声喊，那队猫人全往后退了几步。我明白了，这是参观洗澡呢。

看洗澡，设若没看见过，也不算什么，我想。猫人绝不是为看我的身体而来，赤体在他们看不是稀奇的事；他们也不穿衣服。一定是为看我怎样游泳。我是继续地洇水为他们开开眼界呢？还是停止呢？这倒不好决定。在这个当儿，我看见了大蝎，他离河岸最近，差不多离着那群人有一两丈远。这是表示他不怕我，我心中说。他又往前跳了几步，向我挥手，意思是叫我往河里跳。从我这三四个月的经验中，我可以想到，设若我要服从他的手势而往河里跳，他的脸面一定会增许多的光。但是我不能受这个，我生平最恨假外人的势力而欺侮自家人的。我向沙滩走去。大蝎又往前走了，离河岸差不多有四五丈，我从石上拿起手枪，向他比了一比。

## 第八章

我把大蝎拿住；看他这个笑，向来没看见过他笑得这么厉害。我越生气，他越笑，似乎猫人的笑是专为避免挨打预备着的。我问他叫人参观我洗澡是什么意思，他不说，只是一劲地媚笑。我知道他心中有鬼，但是不愿看他的贱样子，只告诉他：以后再有这种举动，留神你的头皮！

第二天我依旧到河上去。还没到沙滩，我已看见黑乎乎的一群，比昨天的还多。我决定不动声色地洗我的澡，以便看看到底是怎么回事，回去再和大蝎算账。太阳出来了，我站在水浅处，一边假装打水，一边看着他们。大蝎在那儿呢，带着个猫人，双手大概捧着一大堆迷叶，堆得顶住下巴。大蝎在前，拿迷叶的猫人在后，大蝎一伸手，那猫人一伸手，顺着那队猫人走；猫手中的迷叶渐渐地减少了。我明白了，大蝎借着机会卖些迷叶，而且必定卖得很贵。

我本是个有点幽默的人，但是一时的怒气往往使人的行为失于褊急。猫人怎样怕我——只因为我是个外国人——我是知道的；这一定全是大蝎的坏主意，我也知道。为惩罚大蝎一个人而使那群无辜的猫人连带地受点损失，不是我的本意。可是，在那时，怒气使我忘了一切体谅。我必须使大蝎知道我的厉害，不然，我永远不用再想安静地享受这早晨的运动。自然，设若猫人们也在早晨来游泳，我便无话可讲，这条河不是我独有的；不过，一个人洇水，几百人等着看，而且有借此做买卖的，我不能忍受。

　　我不想先捉住大蝎，他不告诉我实话；我必须捉住一个参观人，去问个分明。我先慢慢地往河岸那边退，背朝着他们，以免他们起疑。到了河岸，我想，我跑个百码，出其不备地捉住个猫人。

　　到了河岸，刚一转过脸来，听见一声极惨的呼喊，比杀猪的声儿还难听。我的百码开始，眼前就如同忽然地震一般，那群猫人要各自逃命，又要往一处挤，跑的，倒的，忘了跑的，倒下又往起爬的，同时并举；一展眼，全没了，好像被风吹散的一些落叶，这里一小团，那里一小团，东边一个，西边两个，一边跑，一边喊，好像都失了魂。及至我的百码跑完，地上只躺着几个了，我捉了一个，一看，眼已闭上，没气了！我的后悔比闯了祸的恐怖大得多。我不应当这么利用自己的优越而杀了人。但是我并没呆住，好似不自觉地又捉住另一个，腿坏了，可是没死。在事后想起来，我真不佩服我自己，分明看见人家腿坏了，而还去捉住他审问；分明看见有一个已吓死，而还去捉个半死，设若"不自觉"是可原谅的，人性本善便无可成立了。

　　使半死的猫人说话，向个外国人说话，是天下最难的事；我知道，一定叫他出声是等于杀人的，他必会不久也被吓死。可怜的猫人！我放了他。再看，那几个倒着的，身上当然都受了伤，都在地上爬呢，爬得很快。我没去追他们。有两个是完全不动了。

危险我是不怕的；不过，这确是惹了祸。知道猫人的法律是什么样的怪东西？吓死人和杀死人纵然在法律上有分别，从良心上看还不是一样？我想不出主意来。找大蝎去，解铃还须系铃人，他必定有办法。但是，大蝎绝不会说实话，设若我去求他；等他来找我吧。假如我乘此机会去找那架飞机，看看我的亡友的尸骨，大蝎的迷林或者会有危险，他必定会找我去；那时我再审问他，他不说实话，我就不回来！要挟？对这不讲信用，不以扯谎为可耻的人，还有什么别的好办法呢？

把手枪带好，我便垂头丧气地沿着河岸走。太阳很热了，我知道我缺乏东西，妈的迷叶！没它我不能抵抗太阳光与这河上的毒雾。

猫国里不会出圣人，我只好诅骂猫人来解除我自己的不光荣吧。我居然想去由那两个死猫人手里搜取迷叶了！回到迷林，谁能拦住我去折下一大枝子呢？懒得跑那几步路！果然，他们手中还拿着迷叶，有一片是已咬去一半的。我全掳了过来。吃了一片，沿着河岸走下去。

走了许久，我看见了那深灰色的小山。我知道这离飞机坠落的地方不远了，可是我不知道那里离河岸有几里，和在河的哪一边上。真热，我又吃了两片迷叶还觉不出凉快来。没有树，找不到个有阴凉的地方休息一会儿。但是我决定前进，非找到那飞机不可。

正在这个当儿，后面喊了一声，我听得出来，大蝎的声儿。我不理他，还往前走。跑路的本事他比我强，被他追上了。我想抓住他的头皮把他的实话摇晃出来，但是我一看他那个样子，不好意思动手了。他的猪嘴肿着，头上破了一块，身上许多抓伤，遍体像是水洗过的，细毛全黏在皮肤上，不十分像个成精的水老鼠。我吓死了人，他挨了打，我想想猫人不敢欺侮外人，可是对他们自己是勇于争斗的。他们的谁是谁非与我无关，不过对吓死的受伤的和挨打的大蝎，我一视同仁地起了同情心。大蝎张了几次嘴才说出一句话来：快回去，迷林被抢了！

我笑了，同情心被这一句话给驱逐得净尽。他要是因挨打而请我给他报仇，虽然也不是什么好事，可是从一个中国人的心理看，我一定立刻随他回去。迷林被抢了，谁愿当这资本家的走狗呢！抢了便抢了，与我有什么关系。

"快回去，迷林被抢了！"大蝎的眼珠差一点努出来。迷林似乎是一切，他的命分文不值。

"先告诉我早晨的事，我便随你回去。"我说。

大蝎几乎气死过去，脖子伸了几伸，咽下一大团气去："迷林被抢了！"他要有那个胆子，他一定会登时把我掐死！

我也打定了主意：他不说实话，我便不动。

结果还是各自得到一半的胜利：登时随他回去，在路上他诉说一切。

大蝎说了实话：那些参观的人是他由城里请来的，都是上等社会的人。上等社会的人当然不能起得那么早，可是看洗澡是太稀罕的事，况且大蝎允许供给他们最肥美的迷叶。每人给他十块"国魂"——猫国的一种钱名——作为参观费，迷叶每人两片——上等肥美多浆的迷叶——不另算钱。

好小子，我心里说，你拿我当作私产去陈列呀！但是大蝎还没等我发作，便很委婉地说明："你看，国魂是国魂，把别人家国魂弄在自己的手里，高尚的行为！我虽然没有和你商议过，"他走得很快，但是并不妨碍他委曲婉转地陈说，"可是我这点高尚的行为，你一定不会反对的。你照常洗澡，我借此得些国魂，他们得以开眼，面面有益的事，有益的事！"

"那吓死的人谁负责任？"

"你吓死的，没事！我要是打死人，"大蝎喘着说，"我只需损失一些迷叶，迷叶是一切，法律不过是几行刻在石头上的字；有迷叶，打死人也不算一回事。你打死人，没人管，猫国的法律管不着外国人，连‘一’个迷叶也不用费；我自恨不是个外国人。你要是在乡下打死人，放在那儿不用管，给那白尾巴鹰一些点心；要是在城里打死人，只需到法庭报告一声，法官还要很客气地给你道谢。"大蝎似乎非常地羡慕我，眼中好像含着点泪。我的眼中也要落泪，可怜的猫人，生命何在？公理何在？

"那两个死去的也是有势力的人。他们的家属不和你捣乱吗？"

"当然捣乱，抢迷叶的便是他们；快走！他们久已派下人看着你的行动，只要你一离开迷林远了，他们便要抢；他们死了人，抢我的迷叶作为报复，快走！"

"人和迷叶的价值恰相等，啊？"

"死了便是死了，活着的总得吃迷叶！快走！"

我忽然想起来，也许因为我受了猫人的传染，也许因为他这两句话打动了我的心，我一定得和他要些国魂。假如有朝一日我离开大蝎——我们俩不是好朋友——我拿什么吃饭呢？他请人参观我洗澡的钱，我有分润一些的权利。设若不是在这种环境之下，自然我不会想到这个，但是环境既是如此，我不能不做个准备——死了便是死了，活着的总得吃迷叶！有理！

离迷林不远了，我站住了。"大蝎，你这两天的工夫一共收了多少钱？"

大蝎愣了，一转圆眼珠："五十块国魂，还有两块假的；快走！"

我向后转，开步走。他追上来："一百，一百！"我还是往前走。他一直添到一千。我知道这两天参观的人一共不下几百，绝不能只收入一千，但是谁有那么大的工夫做这种把戏。"好吧，大蝎，分给我五百。不然，咱们再见！"

大蝎准知道：多和我争执一分钟，他便多丢一些迷叶；他随着一对眼泪答应了个"好"！

"以后再有不告诉我而拿我生财的事，我放火烧你的迷林。"我拿出火柴盒拍了拍！

他也答应了。

到了迷林，一个人也没有，大概我来之前，他们早有侦探报告，全跑了。迷林外边上的那二三十棵树，已差不多全光了。大蝎喊了声，倒在树下。

## 第九章

迷林很好看了：叶已长得比手掌还大一些，厚，深绿，叶缘上镶着一圈金红的边；那最肥美的叶起了些花斑，像一林各色的大花。日光由银灰的空中透过，使这些花叶的颜色更深厚静美一些，没有照眼的光泽，而是使人越看越爱看，越看心中越觉得舒适，好像是看一张旧的图画，颜色还很鲜明，可是纸上那层浮光已被年代给减除了去。

迷林的外边一天到晚站着许许多多参观的人。不，不是参观的，因为他们全闭着眼；鼻子支出多远，闻着那点浓美的叶味；嘴张着，流涎最短的也有二尺来长。稍微有点风的时候，大家全不转身，只用脖子追那股小风，以便吸取风中所含着的香味，好像些雨后的蜗牛轻慢地做着项部运动。偶尔落下一片熟透的大叶，大家虽然闭着眼，可是似乎能用鼻子闻到响声——一片叶子落地的那点响声——立刻全睁开眼，嘴唇一齐吧唧起来；但是大蝎在他们决定过来拾起那片宝贝之前，总是一团毛似的赶到将它捡起来；四围一声怨鬼似的叹息！

大蝎调了五百名兵来保护迷林，可是兵们全驻扎在二里以外，因为他们要是离近了迷林，他们便先下手抢劫。但是不能不调来他们，猫国的风俗以收获迷叶为最重大的事，必须调兵保护；兵们不替任何人保护任何东西是人人知道的，可是不调他们来做不负保护责任的保护是公然污辱将士，大蝎是个漂亮人物，自然不愿被人指摘，所以调兵是当然的事，可是安置在二里以外以免兵馋自乱。风稍微大一点，而且是往兵营那面刮，大蝎立刻便令后退半里或一里，以免兵们随风而至，抢劫一空。兵们为何服从他的命令，还是因为有我在那里；没有我，兵早就哗变了。"外国人咳嗽一声，吓倒猫国五百兵"是个谚语。

五百名兵之外，真正保护迷林的是大蝎的二十名家将。这二十位都是深明大义，忠诚可靠的人；但是有时候一高兴，也许把大蝎捆起来，而把迷林抢了。到底还是因为我在那里，他们因此不敢高兴，所以能保持着忠诚可靠。

大蝎真要忙死了：看着家将，不许偷食一片迷叶；看着风向，好下令退兵；看着林外参观的，以免丢失一个半个的落叶。他现在已经一气吃到三十片迷叶了。据说，一气吃过四十片迷叶，便可以三天不睡，可是第四天便要呜呼哀哉。迷叶这种东西是吃少了有精神而不愿干事；吃多了能干事而不久便死。大蝎无法，多吃迷叶，明知必死，但是不能因为怕死而少吃；虽然他极怕死，可怜的大蝎！

我的晚饭减少了。晚上少吃，夜间可以警醒，大蝎以对猫人的方法来对待我了。迷林只仗着我一人保护，所以我得夜间警醒着，所以我得少吃晚饭，功高者受下赏，这又是猫人的逻辑。我把一份饭和家伙全摔了，第二天我的饭食又照常丰满了。我现在算知道怎样对待猫人了，虽然我心中觉得很不安。

刮了一天的小风，这是我经验中的第一次。我初到此地的时候，一点风没有；迷叶变红的时候，不过偶然有一阵小风；继续地刮一天，这是头一回。迷叶带着各种颜色轻轻地摆动，十分好看。大蝎和家将们，在迷林的中心一夜间赶造成一个大木架，至少有四五丈高。这原来是为我预备的。这小风是猫国有名的迷风，迷风一到，天气便要变了。猫国的节气只有两个，上半年是静季，没风。下半年是动季，有风也有雨。

早晨我在梦中听见一片响声，正在我的小屋外边。爬出来一看，大蝎在前，二十名家将在后，排成一队。大蝎的耳上插着一根鹰尾翎，手中拿着一根长木棍。二十名家将手中都拿着一些东西，似乎是乐器。见我出来，他将木棍往地上一戳，二十名家将一齐把乐器举起。木棍在空中一摇，乐器响了。有的吹，有的打，二十件乐器放出不同的声音，吹的是谁也没有和谁调和的趋向，尖的与粗的一样难听，而且一样的拉长，直到家将的眼珠几乎努出来，才换一口气；换气后再吹，身子前后俯仰了几次，可是不肯换气，直到快憋死为止，有两名居然憋得倒在地上，可是还吹。猫国的音乐是讲究声音长而大的。打的都是像梆子的木器，一劲地打，没有拍节，没有停顿。吹得声音越尖，打得声音越紧，好像是随着吹打而丧了命是最痛快而光荣的事。吹打了三通，大蝎的木棍一扬，音乐停止。二十名家将全蹲在地上喘气。

大蝎将耳上的翎毛拔下，很恭敬地向我走来说："时间已到，请你上台，替神明监视着收迷叶。"我似乎被那阵音乐给催眠过去，或者更正确地说是被震晕了，心中本要笑，可是不由得随着大蝎走去。他把翎毛插在我的耳上，在前领路，我随着他，二十名音乐家又在我的后面。到了迷林中心的高架子，大蝎爬上去，向天祷告了一会儿，下面的音乐又作起来。他爬下来，请我上去。我仿佛忘了我是成人，像个贪玩的小孩被一件玩物给迷住，小猴似的爬了上去。大蝎看我上到了最高处，将木棍一挥，二十名音乐家全四下散开，在林边隔着相当的距离站好，面向着树。大蝎跑了。好大半天，他带来不少的兵。他们每个人拿着一根大棍，耳上插着一个鸟毛。走到林外，大队站住，大蝎往高架上一指，兵们把棍举起，大概是向我致敬。事后我才明白，我原来是在高架上做大神的代表，来替大蝎——他一定是大神所宠爱的贵人了——保护迷叶，兵们摘叶的时候，若私藏或偷吃一片，大蝎告诉他们，我便会用张手雷劈了他们。张手雷便是那把"艺术"。那二十名音乐家原来便是监视员，有人作弊，便吹打乐器，大蝎听到音乐便好请我放张手雷。

敬完了神，大蝎下令叫兵们两人一组散开，一人上树去摘，一人在下面等着把摘下来的整理好。离我最近的那些株树没有人摘，因为大蝎告诉他们：这些株离大神的代表太近，代表的鼻子一出气，他们便要瘫软在地上，一辈子不能再起来，所以这必须留着大蝎自己来摘。猫兵似乎也都被大蝎催眠过去，全分头去工作。大蝎大概又一气吃了三十片带花斑的上等迷叶，穿梭似的来回巡视，木棍老预备着往兵们的头上捶。听说每次收迷叶，地主必须捶死一两个猫兵；把死猫兵埋在树下，来年便可丰收。有时候，地主没预备好外国人做大神的代表，兵们便把地主埋在树下，抢了树叶，把树刨了都做成军器——就是木棍；用这种军器的是猫人视为最厉害的军队。

我大鹦鹉似地在架上蜷着身，未免要发笑，我算干什么的呢？但是我不愿破坏了猫国的风俗，我来是为看他们的一切，不能不逢场作戏，必须加入他们的团体，不管他们的行为是怎样的可笑。好在有些小风，不至十分热，况且我还叫大蝎给我送来个我自己编的盖饭食的草盖暂当草帽，我总不致被阳光给晒晕过去。

兵与普通的猫人一点分别也没有，设若他们没那根木棍与耳上的鸟翎。这木棍与鸟翎自然会使他们比普通人的地位优越，可是在受了大蝎的催眠时，他们大概还比普通人要多受一点苦。像眠后的蚕吃桑叶，不大的工夫，我在上面已能看见原来被密叶遮住的树干。再过了一刻，猫兵已全在树尖上了。比较离我近一些的，全一手摘叶，一手遮着眼，大概是怕看见我而有害于他们的。

原来猫人并不是不能干事，我心中想，假如有个好的领袖，禁止了吃迷叶，这群人也可以很有用的。假如我把大蝎赶跑，替他做地主，做将领……但这只是空想，我不敢决定什么，我到底还不深知猫人。我正在这么想，我看见（因为树叶稀薄了我很能看清下面）大蝎的木棍照着一个猫兵的头去了。我知道就是我跳下去不致受伤，也来不及止住他的棍子了；但是我必须跳下去，在我眼中大蝎是比那群兵还可恶的，就是来不及救那个兵，我也得给大蝎个厉害。我爬到离地两丈多高的地方，跳了下去。跑过去，那个兵已躺在地上，大蝎正下令，把他埋在地下。一个不深明白他四围人们的心理的，是往往由善意而有害于人的。我这一跳，在猫兵们以为我是下来放张手雷，我跳在地上，只听霹咚噗咚四下里许多兵全掉下树来，大概跌伤的不在少数，因为四面全悲苦地叫着。我顾不得看他们，便一手捉住大蝎。他呢，也以为我是看他责罚猫兵而来帮助他，因为我这一早晨处处顺从着他，他自然地想到我完全是他的爪牙了。我捉住了他，他莫名其妙了，大概他一点也不觉得打死猫兵是不对的事。

我问大蝎，"为什么打死人？"

"因为那个兵偷吃了一个叶梗。"

"为吃一个叶梗就可以……"我没往下说；我又忘了我是在猫人中，和猫人辩理有什么用呢！我指着四围的兵说："捆起他来。"大家你看看我，我看着你，似乎不明白我的意思。"把大蝎捆起来！"我更清晰地说。还是没人上前。我心中冷了。设若我真领着这么一群兵，我大概永远不会使他们明白我。他们不敢上前，并不是出于爱护大蝎，而是完全不了解我的心意——为那死兵报仇，在他们的心中是万难想到的。这使我为难了：我若放了大蝎，我必定会被他轻视；我若杀了他，以后我用他的地方正多着呢；无论他怎样不好，对于我在火星上——至少是猫国这一部分——所要看的，他一定比这群兵更有用一些。我假装镇静——问大蝎："你是愿意叫我捆在树上，眼看着兵们把迷叶都抢走呢？还是愿意认罚？"

兵们听到我说叫他们抢，立刻全精神起来，立刻就有动手的，我一手抓着大蝎，一脚踢翻了两个。大家又不动了。大蝎的眼已闭成一道线，我知道他心中怎样地恨我：他请来的大神的代表，反倒当着兵们把他惩治了，极难堪的事，自然他绝不会想到因一节叶梗而杀人是他的过错。但是他决定不和我较量，他承认了受罚。我问他，兵们替他收迷叶，有什么报酬。他说，一人给两片小迷叶。这时候，四围兵们的耳朵都在脑勺上立起来了，大概是猜想，我将叫大蝎多给他们一些迷叶。我叫他在迷叶收完之后，给他们一顿饭吃，像我每天吃的晚饭。兵们的耳朵都落下去了，却由嗓子里出了一点声音，好像是吃东西噎住了似的，不满意我的办法。对于死去那个兵，我叫大蝎赔偿他的家小一百个国魂。大蝎也答应了。但是我问了半天，谁知道他的家属在哪里？没有一个人出声。对于别人有益的事，哪怕是说一句话呢，猫人没有帮忙的习惯。这是我在猫国又住了几个月才晓得的。大蝎的一百个国魂因此省下了。

## 第十章

迷叶收完，天天刮着小风，温度比以前降低了十几度。灰空中时时浮着些黑云，可是并没落雨。动季的开始，是地主们带着迷叶到城市去的时候了。大蝎心中虽十二分的不满意我，可是不能不假装着亲善，为的是使我好同他一齐到城市去；没有我，他不会平安地走到那里：因为保护迷叶，也许丢了他的性命。

迷叶全晒干，打成了大包。兵丁们两人一组搬运一包，二人轮流着把包儿顶在头上。大蝎在前，由四个兵丁把他抬起，他的脊背平平的放在四个猫头之上，另有两个高身量的兵托着他的脚，还有一名在后面撑住他的脖子，这种旅行的方法在猫国是最体面的，假如不是最舒服的。二十名家将全拿着乐器，在兵丁们的左右，兵丁如有不守规则的，比如说用手指挖破叶包，为闻闻迷味，便随时奏乐报告大蝎。什么东西要在猫国里存在必须得有用处，音乐也是如此，音乐家是兼作侦探的。

我的地位是在大队的中间，以便前后照应。大蝎也给我预备了七个人；我情愿在地上跑，不贪图这份优待。大蝎一定不肯，引经据典地给我说着：皇帝有抬人二十一，诸王十五，贵人七……这是古代的遗风，身份的表示，不能，也不许破坏的。我还是不干。"贵人地上走，"大蝎引用谚语了："祖先出了丑。"我告诉他我的祖先绝不因此而出了丑。他几乎要哭了，又引了两句诗："仰面吃迷叶，平身做贵人。"

"滚你们贵人的蛋！"我想不起相当的诗句，只这么不客气地回答。大蝎叹了一口气，心中一定把我快骂化了，可是口中没敢骂出来。

排队就费了两点多钟的工夫，大蝎躺平又下来，前后七次，猫兵们始终排不齐；猫兵现在准知道我不完全帮忙大蝎，大蝎自然不敢再用木棍打裂他们的猫头，所以任凭大蝎怎么咒骂他们，他们反正是不往直里排列。大蝎投降了，下令前进，不管队伍怎样的乱了。

刚要起程，空中飞来几只白尾鹰，大蝎又跳下来，下令：出门遇鹰大不祥，明日再走！我把手枪拿出来了，"不走的便永远不要走了！"大蝎的脸都气绿了，干张了几张嘴，一句话没说出来。他知道与我辩驳是无益的，同时他知道犯着忌讳出行是多么危险的事。他费了十几分钟才又爬到猫头上去，浑身颤抖着。大队算是往前挪动了。不知道是被我气得躺不稳了，还是抬的人故意和他开玩笑，走了不大的工夫，大蝎滚下来好几次。但是滚下来，立刻又爬上去，大蝎对于祖先的遗风是极负保存之责的。

沿路上凡是有能写字的地方，树皮上，石头上，破墙上，全写上了大白字：欢迎大蝎，大蝎是尽力国食的伟人，大蝎的兵士执着正义之棍，有大蝎才能有今年的丰收……这原来都是大蝎预先派人写好给他自己看的。经过了几个小村庄，村人们全背倚破墙坐着，军队在他们眼前走过，他们全闭着眼连看也不看。设若他们是怕兵呢，为何不躲开？不怕呢，为何又不敢睁眼看？我弄不清楚。及至细一看，我才明白过来，这些原来是村庄欢迎大蝎的代表，因为他们的头上的细灰毛里隐隐约约地也写着白字，每人头上一个字，几个人合起来成一句"欢迎大蝎"等等字样。因为这也是大蝎事先派人给他们写好的，所以白色已经残退不甚清楚了。虽然他们全闭着眼，可是大蝎还真事似的向他们点头，表示致谢的意思。这些村庄是都归大蝎保护的。村庄里的破烂污浊，与村人们的瘦，脏，没有精神，可以证明他们的保护人保护了他们没有。我更恨大蝎了。

要是我独自走，大概有半天的工夫总可以走到猫城了。和猫兵们走路最足以练习忍耐性的。猫人本来可以走得很快，但是猫人当了兵便不会快走了，因为上阵时快走是自找速死，所以猫兵们全是以稳慢见长，慢慢地上阵，遇见敌人的时候再快快地——后退。

下午一点多了，天上虽有些黑云，太阳的热力还是很强，猫兵们的嘴都张得很宽，身上的细毛都被汗黏住，我没有见过这样不体面的一群兵。远处有一片迷林，大蝎下令绕道穿着林走。我以为这是他体谅兵丁们，到林中可以休息一会儿。及至快到了树林，他滚下来和我商议，我愿意帮助他抢这片迷林不愿意。"抢得一些迷叶还不十分重要，给兵们一些作战的练习是很有益的事。"大蝎说。没回答他，我先看了看兵们，一个个的嘴全闭上了，似乎一点疲乏的样子也没有了；随走随抢是猫兵们的正当事业，我想。我也看出来：大蝎与他的兵必定都极恨我，假如我拦阻他们抢劫。虽然我那把手枪可以抵得住他们，但是他们要安心害我，我是防不胜防的。况且猫人互相劫夺是他们视为合理的事，就是我不因个人的危险而舍弃正义，谁又来欣赏我的行为呢？我知道我是已经受了猫人的传染，我的勇气往往为谋自己的安全而减少了。我告诉大蝎随意办吧，这已经是退步的表示了，哪知我一退步，他就立刻紧了一板，他问我是否愿意领首去抢呢？对于这一点我没有迟疑地拒绝了。你们抢你们的，我不反对，也不加入，我这样跟他说。

兵们似乎由一往树林这边走便已嗅出抢夺的味儿来，不等大蝎下令，已经把叶包全放下，拿好大棍，有几个已经跑出去了。我也没看见大蝎这样勇敢过，他虽然不亲自去抢，可是他的神色是非常的严厉，毫无恐惧，眼睛瞪圆，头上的细毛全竖立起来。他的大棍一挥，兵们一声喊，全扑过迷林去。到了迷林，大家绕着林飞跑，好像都犯了疯病。我想，这大概是往外诱林中的看护人。跑了三圈，林中不见动静，大蝎笑了，兵们又是一声喊，全闯入林里去。

林中也是一声喊，大蝎的眼不那么圆了，眨巴了几下。他的兵退出来，大棍全撒了手，双手捂着脑勺，狼嚎鬼叫地往回跑："有外国人！有外国人！"大家一齐喊。

大蝎似乎不信，可是不那么勇敢了，自言自语地说："有外国人？我知道这里一定没有外国人！"他正这么说着。林中有人追出来了。大蝎慌了："真有外国人！"林中出来不少的猫兵。为首的是两个高个子，遍体白毛的人，手中拿着一条发亮的棍子。这两个一定是外国人了，我心中想，外国人是会用化学制造与铁相似的东西的。我心中也有点不安，假如大蝎请求我去抵挡那两个白人，我又当怎办？我知道他们手中发亮的东西是什么？抢人家的迷林虽不是我的主意，可是我到底是大蝎的保护人；看着他们打败而不救他，至少也有失我的身份，我将来在猫国的一切还要依赖着他。

"快去挡住！"大蝎向我说，"快去挡住！"

我知道这是义不容辞的，我顾不得思虑，拿好手枪走过去。出我意料之外，那两个白猫见我出来，不再往前进了。大蝎也赶过来，我知道这不能有危险了。"讲和！讲和！"大蝎在我身后低声地说。我有些发糊涂：为什么不叫我和他们打呢？讲和？怎样讲呢？事情到头往往不像理想的那么难，我正发糊涂。那两个白人说了话："罚你六包迷叶。归我们三个人用！"我看了看，只有两个白人。怎么说三个呢？大蝎在后面低声地催我："和他们讲讲！"我讲什么呢？傻子似的我也说了声："罚你六包迷叶。归我们三个人用！"两个白人听我说了这句，笑着点了点头，似乎非常地满意。我更莫名其妙了。大蝎叹了口气，吩咐搬过六包迷叶来。六包搬到，两个白人很客气地请我先挑两包。我这才明白。原来三个人是连我算在内的。我自然很客气地请他们先挑。他们随便地拿了四包交给他们的猫兵，而后向我说："我们的迷叶也就收完。我们城里再见。"我也傻子似的说了声："城里再见。"他们走回林里去了。

我心中怎么想怎么糊涂。这是什么把戏呢？

直到我到了猫城以后，与外国人打听，才明白了其中的曲折。猫国人是打不过外人的。他们唯一的希望是外国人自己打起来。立志自强需要极大的努力，猫人太精明，不肯这样傻卖力气。所以只求大神叫外国人互相残杀，猫人好得个机会转弱为强，或者应说，得个机会看别国与他们自己一样的弱了。外国人明白这个，他们在猫国里的利害冲突是时时有的。但是他们绝不肯互相攻击让猫国得着便宜。他们看得清清楚楚，他们自己起了纷争是硬对硬的。就是打胜了的也要受很大的损失；反之，他们若是联合起来一同欺侮猫国，便可以毫无损失地得到很大好处。不但国际的政策是如此，就是在猫国做事的个人也守着这个条件。保护迷林是外国人的好职业。但是大家约定：只负替地主抵抗猫国的人。遇到双方都有外国人保护的时候，双方便谁也不准侵犯谁；有不守这个条件的，便由双方的保护人商议惩罚地主或为首的人。这样，既能避免外国人与外国人因猫国人的事而起争执，又能使保护人的地位优越，不致受了猫国人的利用。

为保护人设想这是不错的办法。从猫国人看呢？我不由得代大蝎们抱不平了。可是继而一想：大蝎们甘心忍受这个，甘心不自强，甘心请求外人打自己家的人。又是谁的过错呢？有同等的豪横气的才能彼此重视，猫国人根本失了人味。难怪他们受别人这样的戏弄。我为这件事心中不痛快了好几天。

往回说：大蝎受了罚，又郑重其事地上了猫头，一点羞愧的神气没有，倒好似他自己战胜了似的。他只向我说，假如我不愿要那两包迷叶——他知道我不大喜欢吃它——他情愿出三十个国魂买回去。我准知道这包迷叶至少也值三百国魂，可是我没说卖，也没说不卖，我只是不屑于理他，我连哼一声也没哼。

太阳平西了，看见了猫城。

# 猫　城

## 第十一章

　　一眼看见猫城，不知道为什么我心中形成了一句话：这个文明快要灭绝！我并不晓得猫国文明的一切；在迷林所得的那点经验只足以引起我的好奇心，使我要看个水落石出，我心目中的猫国文明绝不是个惨剧的穿插与布景；我是希望看清一个文明的底蕴，从而多得一些对人生的经验。文明与民族是可以灭绝的，我们地球上人类史中的记载也不都是玫瑰色的。读历史设若能使我们落泪，那么，眼前摆着一片要断气的文明，是何等伤心的事！

　　将快死去的人还有个回光返照，将快寿终的文明不必是全无喧嚣热闹的。一个文明的灭绝是比一个人的死亡更不自觉的；好似是创造之程已把那毁灭的手指按在文明的头上，好的——就是将死的国中总也有几个好人罢——坏的，全要同归于尽。那几个好的人也许觉出呼吸的紧促，也许已经预备好了绝命书，但是，这几个人的悲吟与那自促死亡的哀乐比起来，好似几个残蝉反抗着狂猛的秋风。

　　猫国是热闹的，在这热闹景象中我看见那毁灭的手指，似乎将要剥尽人们的皮肉，使这猫城成个白骨的堆积场。

　　啊！猫城真热闹！城的构造，在我的经验中，是世上最简单的。无所谓街衢，因为除了一列一眼看不到边的房屋，其余的全是街——或者应当说是空场。看见兵营便可以想象到猫城了：极大的一片空场，中间一排缺乏色彩的房子，房子的外面都是人，这便是猫城。人真多。说不清他们都干什么呢。没有一个直着走道的，没有一个不阻碍着别人的去路的。好在街是宽的，人人是由直着走，渐渐改成横着走，一拥一拥，设若拿那列房子做堤，人们便和海潮的激荡差不很多。我还不知道他们的房子有门牌没有。假如有的话，一个人设若要由五号走到十号去，他须横着走出——至少是三里吧，出了门便被人们挤横了，随着潮水下去；幸而遇见潮水改了方向，他便被大家挤回来。他要是走运的话，也许就到了十号。自然，他不能老走好运，有时候挤来挤去，不但离十号是遥遥无期，也许这一天他连家也回不去了。

城里为什么只有一列建筑是有道理的。我想：当初必定是有许多列房子，形成许多条较窄的街道。在较窄的街道中人们的拥挤必定是不但耽误工夫，而且是要出人命的：让路，在猫人看，是最可耻的事；靠一边走是与猫人爱自由的精神相悖的；这样，设若一条街的两面都是房，人们只好永远挤住，不把房子挤倒了一列是无法解决的。因此，房子往长里一直地盖，把街道改成无限的宽；虽然这样还免不了拥挤，可是到底不会再出人命；挤出十里，再挤回十里，不过是多走一些路，并没有大的危险的；猫人的见解有时候是极人道的；况且挤着走，不见得一定不舒服，被大家把脚挤起来，分明便是坐了不花钱的车。这个设想对不对，我不敢说。以后我必去看看有无老街道的遗痕，以便证明我的理论。

要只是拥挤，还算不了有什么特色。人潮不只是一左一右地动，还一高一低地起伏呢。路上有个小石子，忽地一下，一群人全蹲下了，人潮起了个旋涡。石子，看小石子，非看不可！蹲下的改成坐下，四外又增加了许多蹲下的。旋涡越来越大。后面的当然看不见那石子，往前挤，把前面坐着的挤起来了几个，越挤越高，一直挤到人们的头上。忽然大家忘了石子，都仰头看上面的人。旋涡又填满了。这个刚填满，旁边两位熟人恰巧又天意遇到一块，忽地一下，坐下了，谈心。四围的也都跟着坐下了，听着二位谈心。又起了个旋涡。旁听的人对二位朋友所谈的参加意见了，当然非打起来不可，旋涡猛不丁地扩大。打来打去，打到另一旋涡——二位老者正在街上摆棋。两个旋涡合成一个，大家不打了，看着二位老者下棋，在对摆棋发生意见以前，这个旋涡是暂时没有什么变动的。

要只是人潮起伏，也还算不得稀奇。人潮中间能忽然裂成一道大缝，好像古代以色列人渡过红海。要不是有这么一招儿，我真想不出，大蝎的迷叶队怎能整队而行；大蝎的房子是在猫城的中间。离猫城不远，我便看见了那片人海，我以为大蝎的队伍一定是绕着人海的边上走。可是，大蝎在七个猫人头上，一直地冲入人群去。奏乐了。我以为这是使行人让路的表示。可是，一听见音乐，人们全向队伍这边挤，挤得好像要装运走的豆饼那么紧。我心里说：大蝎若能穿过去，才怪！哼，大蝎当然比我心中有准。只听啪哒啪哒啪哒，兵丁们的棍子就像唱武戏打鼓的那么起劲，全打在猫人的头上。人潮裂了一道缝。奇怪的是人们并不减少参观的热诚，虽是闪开了路，可依旧笑嘻嘻的，看着笑嘻嘻的！棍子也并不因此停止，还是啪哒啪哒地打着。我留神看了看，城里的猫人和乡下的有点不同，他们的头上都有没毛而铁皮了的一块，像鼓皮的中心，大概是为看热闹而被兵们当作鼓打是件有历史的事。经验不是随便一看便能得到的。我以为兵们的随走随打只是为开路。其实还另有作用：两旁的观众原来并没老实着，站在后面的谁也不甘居后列，推，踢，挤，甚至于咬，非达到"空前"的目的不可。同时，前面的是反踹，肘顶，后倒，做着"绝后"的运动。兵丁们不只打最前面的，也伸长大棍"啪哒"后面的猫头。头上真疼，彼此推挤的苦痛便减少一些，因而冲突也就少一些。这可以叫做以痛治痛的方法。

我只顾了看人们，老实地说，他们给我一种极悲惨的引诱力，我似乎不能不看他们。我说，我只顾了看人，甚至于没看那列房子是什么样子。我似乎心中已经觉到那些房子绝不能美丽，因为一股臭味始终没离开我的鼻子。设若污浊与美丽是可以调和的，也许我的判断是错误的，但是我不能想象到阿房宫是被黑泥臭水包着的。路上的人也渐渐地不许我抬头了：只要我走近他们，他们立刻是一声喊叫，猛地退出老远，然后紧跟着又拥上了。城里的猫人对于外国人的畏惧心，据我看，不像乡下人那么厉害，他们的惊异都由那一喊倾泻出来，然后他们要上来仔细端详了。设若我在路上站定，准保我永远不会再动，他们一定会把我围得水泄不通。一万个手指老指着我，猫人是爽直的，看着什么新鲜便当面指出。但是我到底不能把地球上人类的好体面心除掉，我真觉得难受！一万个手指，都小手枪似的，在鼻子前面伸着，每个小手枪后面睁着两个大圆眼珠，向着我发光。小手枪们向上倾，都指着我的脸呢；小手枪们向下斜，都指着我的下部呢。我觉得非常地不安了，我恨不得一步飞起，找个清静地方坐一会儿。我的勇气没有了，简直不敢抬头了。我虽不是个诗人，可是多少有点诗人的敏锐之感，这些手指与眼睛好似快把我指化看化了，我觉得我已经不是个有人格的东西。可是事情总得两面说着，我不敢抬头也自有好处，路上的坑坎不平和一摊摊的臭泥，设若我是扬着头走，至少可以把我的下半截弄成瘸猪似的。猫人大概没修过一回路，虽然他们有那么久远的历史。我似乎有些顶看不起历史，特别是那古远的。

幸而到了大蝎的家，我这才看明白，猫城的房子和我在迷林住的那间小洞是大同小异的。

## 第十二章

大蝎的住宅正在城的中心。四面是高墙，没门，没窗户。

太阳已快落了，街上的人渐渐散去。我这才看清，左右的房子也全是四方的，没门，没窗户。

墙头上露出几个猫头来，大蝎喊了几声，猫头们都不见了。待了一会儿，头又上来了，放下几条粗绳来把迷叶一包一包的都用绳子拉上去。天黑了。街上一个人也不见了。迷叶包只拉上多一半去，兵们似乎不耐烦了，全显出不安的神气。我看出来：猫人是不喜欢夜间干活的，虽然他们的眼力并不是不能在黑处工作的。

大蝎对我又很客气了：我肯不肯在房外替他看守一夜那未拉完的迷叶？兵们一定得回家，现在已经是很晚了。

我心里想：假如我有个手电灯，这倒是个好机会，可以独自在夜间看看猫城。可惜，两个手电灯都在飞机上，大概也都摔碎了。我答应了大蝎；虽然我极愿意看看他的住宅的内部，可是由在迷林住着的经验推测，在房子里未必比在露天里舒服。大蝎喜欢了，下令叫兵们散去。然后他自己揪着大绳上了墙头。

剩下我一个人，小风还刮着，星比往常加倍的明亮，颇有些秋意，心中觉得很爽快。可惜，房子外边一道臭沟叫我不能安美地享受这个静寂的夜晚。扯破一个迷叶包，吃了几片迷叶，一来为解饿，二来为抵抗四围的臭气，然后独自走来走去。

不由的我想起许多问题来：为什么猫人白天闹得那么欢，晚间便全藏起来呢？社会不平安的表示？那么些个人都钻进这一列房子去，不透风，没有灯光，只有苍蝇，臭气，污秽，这是生命？房子不开门？不开窗户？噢，怕抢劫！为求安全把卫生完全忘掉，疾病会自内抢劫了他们的生命！又看见那毁灭的巨指，我身上忽然觉得有点发颤。假如有像虎列拉、猩红热等的传染病，这城，这城，一个星期的工夫可以扫空人迹！越看这城越难看，一条丑大的黑影站在星光之下，没有一点声音，只发着一股臭气。

我搬了几包迷叶，铺在离臭沟很远的地方，仰卧观星，这并不是不舒服的一张床。但是，我觉得有点凄凉。我似乎又有点羡慕那些猫人了。脏，臭，不透空气……到底他们是一家老幼住在一处，我呢？独自在火星上与星光做伴！还要替大蝎看着迷叶！我不由得笑了，虽然眼中笑出两点泪来。

我慢慢地要睡去，心中有两个相反的念头似乎阻止着我安然的入梦：应当忠诚地替大蝎看着迷叶和管他做什么呢。正在这么似睡非睡的当儿，有人拍了拍我的肩头。我登时就坐起来了，可是还以为我是做梦。无意义地揉了揉眼睛，面前站着两个猫人。在准知道没人的地方遇见人，不由得使我想到鬼，原人的迷信似乎老这么冷不防地吓唬我们这"文明"的人一下。

我虽没细看他们，已经准知道他们不是平常的猫人，因为他们敢拍我肩头一下。我也没顾得抓手枪，我似乎忘了我是在火星。"请坐！"我不知道怎么想起这两个字来，或者因为这是常用的客气话，所以不自觉地便说出来了。

这两位猫人很大方地坐下来。我心中觉得非常舒适；在猫人里处了这么多日子，就没有见过大大方方接受我的招待的。

"我们是外国人。"两个中的一个胖一些的人说："你知道我为什么提出'外国人'的意思？"

我明白他的意思。

"你也是外国人，"那个瘦些的说——他们两个不像是把话都预先编好才来的，而是显出一种互相尊敬的样子，绝不像大蝎那样把话一个人都说了，不许别人开口。

"我是由地球上来的。"我说。

"噢！"两个一同显出惊讶的意思："我们久想和别的星球交通，可是总没有办到。我们太荣幸了！遇见地球上的人！"两个一同立起来，似乎对我表示敬意。

我觉得我是又入了"人"的社会，心中可是因此似乎有些难过，一句客气话也没说出来。

他们又坐下了，问了我许多关于地球上的事。我爱这两个人。他们的话语是简单清楚，没有多少客气的字眼，同时处处不失朋友间的敬意，"恰当"是最好的形容字。恰当的话设若必须出于清楚的思路，这两个人的智力要比大蝎——更不用提其余的猫人——强着多少倍。

他们的国——光国——他们告诉我，是离此地有七天的路程。他们的职业和我的一样，为猫国地主保护迷林。

在我问了他们一些光国的事以后，他们说：

"地球先生，"（他们这样称呼我似乎是带着十二分的敬意）那个胖子说："我们来有两个目的：第一是请你上我们那里去住，第二是来抢这些迷叶。"

第二个目的吓了我一跳。

"你向地球先生解说第二个问题。"胖子向瘦子说："因为他似乎还不明白咱们的意思。"

"地球先生，"瘦子笑着说："恐怕我们把你吓住了吧？请先放心，我们绝不用武力，我们是来与你商议。大蝎的迷叶托付在你手里，你忠心给他看守着呢，大蝎并不分外地感激你；你把它们没收了呢，大蝎也不恨你；这猫国的人，你要知道，是另有一种处世的方法的。"

"你们都是猫人！"我心里说。

他好像猜透我心中的话，他又笑了："是的，我们的祖先都是猫，正如——"

"我的祖先是猴子。"我也笑了。

"是的，咱们都是会出坏主意的动物，因为咱们的祖先就不高明。"他看了看我，大概承认我的样子确像猴子，然后他说："我们还说大蝎的事吧。你忠心替他看着迷叶，他并不感激你。反之，你把这一半没收了，他便可以到处声张他被窃了，因而提高他的货价。富人被抢，穷人受罚，大蝎永不会吃亏。"

"但是，那是大蝎的事；我既受了他的嘱托，就不应骗他；他的为人如何是一回事，我的良心又是一回事。"我告诉他们。

"是的，地球先生。我们在我们的国里也是跟你一样的看事，不过，在这猫国里，我们忠诚，他们狡诈，似乎不很公平。老实地讲，火星上还有这么一国存在，是火星上人类的羞耻。我们根本不拿猫国的人当人待。"

"因此我们就应该更忠诚正直；他们不是人，我们还要是人。"我很坚决地说。

那个胖子接了过去："是的，地球先生。我们不是一定要叫你违背着良心做事。我们的来意是给你个警告，别吃了亏。我们外国人应当彼此照应。"

"原谅我，"我问："猫国的所以这样贫弱是否因为外国的联合起来与他为难呢？"

"有那么一点。但是，在火星上，武力缺乏永远不是使国际地位失落的原因。国民失了人格，国便慢慢失了国格。没有人愿与没国格的国合作的。我们承认别国有许多对猫国不讲理的地方，但是，谁肯因为替没有国格的国说话而伤了同等国家的和气呢？火星上还有许多贫弱国家，他们并不因为贫弱而失去国际地位。国弱是有多种原因的，天灾、地势都足以使国家贫弱；但是，没有人格是由人们自己造成的，因此而衰弱是惹不起别人的同情的。以大蝎说吧，你是由地球上来的客人，你并不是他的奴隶，他可曾请你到他家中休息一刻？他可曾问你吃饭不吃？他只叫你看着迷叶！我不是激动你，以便使你抢劫他，我是要说明我们外国人为什么小看他们。现在要说到第一个问题了。"胖子喘了口气，把话交给瘦子。

"设若明天，你地球先生，要求在大蝎家里住，他决定不收你。为什么？以后你自己会知道。我们只说我们的来意：此地的外国人另住在一个地方，在这城的西边。凡是外国人都住在那里，不分国界，好像是个大家庭似的。现在我们两个担任招待的职务，知道那个地方的，由我们两个招待，不知道的，由我们通知，我们天天有人在猫城左右看着，以便报告我们。我们为什么组织这个团体呢，因为本地人的污浊的习惯是无法矫正的，他们的饭食和毒药差不多，他们的医生便是——噢，他们就没有医生！此外还有种种原因，现在不用细说，我们的来意完全出于爱护你，这大概你可以相信，地球先生？"

我相信他们的真诚。我也猜透一点他们没有向我明说的理由。但是我既来到猫城便要先看看猫城。也许先看别的国家是更有益的事；由这两个人我就看出来，光国一定比猫国文明得多，可是，看文明的灭亡是不易得的机会。我绝不是拿看悲剧的态度来看历史，我心中实在希望我对猫城的人有点用处。我不敢说我同情于大蝎，但是大蝎不足以代表一切的人。

我不疑心这两个外国人的话，但是我必须亲自去看过。

他们两个猜着我的心思，那个胖的说："我们现在不用决定吧。你不论什么时候愿去找我们，我们总是欢迎你的。从这里一直往西去——顶好是夜间走，不拥挤——走到西头，再走，不大一会儿便会看见我们的住处。再见，地球先生！"

他们一点不带不喜欢的样子，真诚而能体谅，我真感激他们。

"谢谢你们！"我说："我一定上你们那里去，不过我先要看看此地的人们。"

"不要随便吃他们的东西！再见！"他们俩一齐说。

不！我不能上外国城去住！猫人并不是不可造就的，看他们多么老实：被兵们当作鼓打，还是笑嘻嘻的；天一黑便去睡觉，连半点声音也没有。这样的人民还不好管理？假如有好的领袖，他们必定是最和平，最守法的公民。

我睡不着了。心中起了许多许多色彩鲜明的图画：猫城改建了，成了一座花园似的城市，音乐，雕刻，读书声，花，鸟，秩序，清洁，美丽……

## 第十三章

大蝎把迷叶全运进去，并没说声"谢谢"。

我的住处，他管不着；在他家里住是不行的，不行，一千多个理由不行。最后他说："和我们一块住，有失你的身份呀！你是外国人，为何不住在外国城去？"他把那两个光国人不肯明说的话说出来了——不要脸的爽直！

我并没动气，还和他细细地说明我要住在猫城的原因。我甚至于暗示出，假如他的家里不方便，我只希望看看他的家中是什么样子，然后我自己会另找住处去。看看也不行。这个拒绝是预料得到的。在迷林里几个月的工夫，他到底住在哪里？我始终没探问出来；现在迷叶都藏在家里，被我知道了岂不是危险的事。我告诉大蝎，我要是有意抢劫他的迷叶，昨天晚上就已下手了，何必等他藏好我再多费事。他摇头：他家中有妇女，不便招待男客，这是个极有力的理由。但是，看一看并不能把妇女看掉一块肉呀——噢，我是有点糊涂，那不是大蝎的意思。

墙头上露出个老猫头来，一脑袋白毛，猪嘴抽抽着好像个风干的小木瓜。老猫喊起来：“我们不要外国人！不要外国人！不要，不要！”这一定是大蝎的爸爸。

我还是没动气，我倒佩服这个干木瓜嘴的老猫，他居然不但不怕，而且敢看不起外国人。这个看不起人也许出于无知，但是据我看，他总比大蝎多些人味。

一个青年的猫人把我叫到一旁，大蝎乘机会爬上墙去。

青年猫人，这是我最希望见一见的。这个青年是大蝎的儿子。我更欢喜了，我见着了三辈。木瓜嘴的老猫与大蝎，虽然还活着，也许有很大的势力，究竟是过去的人物了；诊断猫国病症的有无起色，青年是脉门。

“你是由远处来的？”小蝎——其实他另有名字，我这么叫他，为是省事——问我。

“很远很远！告诉我，那个老年人是不是你的祖父？”我问。

“是。祖父以为一切祸患都是外国人带来的，所以最恨外国人。”

“他也吃迷叶？”

“吃。因为迷叶是自外国传来的，所以他觉得吃迷叶是给外国人丢脸，不算他自己的错处。”

四围的人多了，全瞪着圆眼，张着嘴，看怪物似的看着我。

"我们不能找着清静地方谈一谈？"

"我们走到哪里，他们跟到哪里；就在这里谈吧。他们并不要听我们说什么，只要看看你怎么张嘴，怎么眨眼就够了。"

我很喜爱小蝎的爽直。

"好吧。"我也不便一定非找清静地方不可了。"你的父亲呢？"

"父亲是个新人物，至少是二十年前的新人物。二十年前他反对吃迷叶，现在他承袭了祖父的迷林。二十年前他提倡女权，现在他不许你进去，因为家中有妇女。祖父常说，将来我也是那样：少年的脾气喜新好奇，一到中年便回头看祖宗的遗法了。祖父一点外国事不懂，所以拿我们祖先遗传下来的规法当作处世的标准。父亲知道一些外国事，在他年轻的时候，他要处处仿效外国人，现在他拿那些知识作为维持自己利益的工具。该用新方法的地方他使用新方法，不似祖父那样固执；但是这不过是处世方法上的运用，不是处世的宗旨的变动，在宗旨上父亲与祖父是完全相同的。"

我的眼闭上了；由这一片话的光亮里我看见一个社会变动的图画的轮廓。这轮廓的四外，也许是一片明霞，但是轮廓的形成线以内确是越来越黑。这团黑气是否再能与那段明霞联合成一片，由荫翳而光明，全看小蝎身上有没有一点有力的光色。我这样想，虽然我并不知道小蝎是何等的人物。

"你也吃迷叶？"我突然地问出来，好似我是抓住迷叶，拿它做一切病患的根源了，我并回答不出为什么这样想的理由。

"我也吃。"小蝎回答。

我心眼中的那张图画完全黑了，连半点光明也没有了。

"为什么？"我太不客气了——"请原谅我的这样爽直！"

"不吃它，我无法抵抗一切！"

"吃它便能敷衍一切？"

小蝎老大半天没言语。

"敷衍，是的！我到过外国，我明白一点世界大势。但是在不想解决任何的问题的民众中，敷衍；不敷衍怎能活着呢？"小蝎似笑非笑地说。

"个人的努力？"

"没用！这样多糊涂，老实，愚笨，可怜，贫苦，随遇而安，快活的民众；这么多只拿棍子，只抢迷叶与妇女的兵；这么多聪明，自私，近视，无耻，为自己有计划，对社会不关心的政客；个人的努力？自己的脑袋到底比别人的更值得关切一些！"

"多数的青年都这么思想吗？"我问。

"什么？青年？我们猫国里就没有青年！我们这里只有年纪的分别，设若年纪小些的就算青年，由这样青年变成的老人自然是老——"他大概是骂人呢，我记不得那原来的字了。"我们这里年纪小的人，有的脑子比我祖父的还要古老；有的比我父亲的心眼还要狭窄；有的——"

"环境不好也是不可忽略的事实，"我插嘴说："我们不要太苛了。"

"环境不好是有恶影响的，可是从另一方面说，环境不好也正是使人们能醒悟的；青年总应当有些血性；可是我们的青年生下来便是半死的。他们不见着一点小便宜，还好；只要看见一个小钱的好处，他们的心便不跳了。平日他们看一切不合适；一看到便宜，个人的利益，他们对什么也觉得顺眼了。"

"你太悲观了，原谅我这么说，你是个心里清楚而缺乏勇气的悲观者。你只将不屑于努力的理由作为判断别人的根据，因此你看一切是黑色的，是无望的；事实上或者未必如此。也许你换一个眼光去看，这个社会并不那么黑暗的可怕？"

"也许；我把这个观察的工作留给你。你是远方来的人，或者看得比我更清楚更到家一些。"小蝎微微地笑了笑。

我们四围的人似乎已把我怎样张嘴，怎样眨眼看够了——看明白了没有还很可疑——他们开始看我那条破裤子了。我还有许多许多问题要问小蝎，但是我的四围已经几乎没有一点空气了，我求小蝎给我找个住处。他也劝我到外国城去住，不过他的话说得非常有哲学味："我不希望你真做那份观察的工作，因为我怕你的那点热心与期望全被浇灭了。不过，你一定主张在这里住，我确能给你找个地方。这个地方没有别的好处，他们不吃迷叶。"

"有地方住便不用说别的了，就请费心吧！"我算是打定了主意，绝不到外国城去住。


## 第十四章


我的房东是做过公使的。公使已死去好几年，公使太太除了上过外国之外，还有个特点——"我们不吃迷叶"，这句话她一天至少要说百十多次。不管房东是谁吧，我算达到爬墙的目的了。我好像小猫初次练习上房那么骄傲，到底我可以看看这四方房子里是怎样的布置了。

爬到半截，我心中有点打鼓了。我要说墙是摇动，算我说谎；随着手脚所触一劲儿落土，绝一点不假。我心里说：这酥饽饽式的墙也许另有种作用。爬到墙头，要不是我眼晕，那必定是墙摇动呢。

房子原来没顶。下雨怎么办呢？想不出，因而更愿意在这里住一住了。离墙头五尺来深有一层板子，板子中间有个大窟窿。公使太太在这个窟窿中探着头招待我呢。

公使太太的脸很大，眼睛很厉害，不过这不足使我害怕；一脸白粉，虽然很厚，可是还露着脸上的细灰毛，像个刺硬霜厚带着眼睛的老冬瓜，使我有点发怵。

"有什么行李就放在板子上吧。上面统归你用，不要到下面来。天一亮吃饭，天一黑吃饭，不要误了。我们不吃迷叶！拿房钱来！"公使太太确是懂得怎么办外交。

我把房钱付过。我有大蝎给我的那五百国魂在裤兜里装着呢。

这倒省事：我自己就是行李，只要我有了地方住，什么也不必张心了。房子呢，就是一层板，四面墙，也用不着搬桌弄椅的捣乱。只要我不无心中由窟窿掉下去，大概便算天下太平。板子上的泥至少有二寸多厚，泥里发出来的味道，一点也不像公使家里所应有的。上面晒着，下面是臭泥，我只好还得上街去。我明白了为什么猫人都白天在街上过活了。

我还没动身，窟窿中爬出来了：公使太太，同着八个冬瓜脸的妇女。八位女子先爬出墙去，谁也没敢正眼看我。末后，公使太太身在墙外，头在墙上发了话：

"我们到外边去，晚上见！没有法子，公使死了，责任全放在我身上，我得替他看着这八个东西！没钱，没男子，一天到晚得看着这八个年青的小妖精！我们不吃迷叶！丈夫是公使，公使太太，到过外国，不吃迷叶，一天到晚得看着八个小母猫！"

我希望公使太太快下去吧，不然这八位妇女在她口中不定变成什么呢！公使太太颇知趣，忽地一下不见了。

我又掉在迷魂阵里。怎么一回事呢？八个女儿？八个小姑？八个妾？对了，八个妾。大蝎不许我上他家去，大概也因为这个。板子下面，没有光，没有空气，一个猫人，带着一群母猫——引用公使太太的官话——臭，乱，淫，丑……我后悔了，这种家庭看与不看没什么重要。但是已交了房钱，况且，我到底得设法到下面去看看，不管是怎样的难堪。

她们都出去了，我是否应当现在就下去看看？不对，公使太太嘱咐我不要下去，偷偷地窥探是不光明的。正在这么犹豫，墙头上公使太太的头又回来了：

"快出去，不要私自往下面看，不体面！"

我赶紧地爬下去。找谁去呢？只有小蝎可以谈一谈，虽然他是那么悲观。但是，上哪里去找他呢？他当然不会在家里；在街上找人和海里摸针大概一样的无望。我横着挤出了人群，从远处望望那条街。我看清楚：城的中间是贵族的住宅与政府机关，因为房子比左右的高着很多。越往两边去越低越破，一定是贫民的住处和小铺子。记清了这个大概就算认识猫城了。

正在这个当儿，从人群挤出十几个女的来。白脸的一定是女的，从远处我也能认清了。她们向着我来了。我心中有点不得劲：由公使太太与大蝎给我的印象，我以为此地的妇女必定是极服从，极老实，极不自由的。随便乱跑，像这十几个女的，一定不会是有规矩的。我初到此地，别叫人小看了我，我得小心着点。我想到这里，便开始要跑。

"开始做观察的工作吗？"小蝎的声音。

我仔细一看，原来他在那群女郎的中间裹着呢。

我不用跑了。一展眼的工夫，我与小蝎被围在中间。

"来一个？"小蝎笑着说。眼睛向四围一转："这是花，这是迷，比迷叶还迷的迷，这是星……"他把她们的名字都告诉给我，可是我记不全了。

迷过来向我挤了挤眼，我打了个冷战。我不知道怎样办好了：这群女子是干什么的，我不晓得。设若都是坏人，我初来此地，不应不爱惜名誉；设若她们都是好人，我不应得罪她们。说实话，我虽不是个恨恶妇女的人，可是我对女子似乎永远没什么好感。我总觉得女子的好擦粉是一种好作虚伪的表示。自然，我也见过不擦粉的女子，可是，她们不见得比别的女子少一点虚伪。这点心理并不使我对女子减少应有的敬礼，敬而远之是我对女性的态度。因此我不肯得罪了这群女郎。

小蝎似乎看出我的进退两难了。他闹着玩似的用手一推她们，"去！去！两个哲学家遇见就不再要你们了。"她们唧唧地笑了一阵，很知趣地挤入人群里去。我还是发愣。

"旧人物多娶妾，新人物多娶妻，我这厌旧恶新的人既不娶妻，又不纳妾，只是随便和女子游戏游戏。敷衍，还是敷衍。谁敢不敷衍女的呢？"

"这群女的似乎——"我不知道怎样说好。

"她们？似乎——"小蝎接过去："似乎——是女子。压制她们也好，宠爱她们也好，尊敬她们也好，迷恋她们也好，豢养她们也好；这只随男人的思想而异，女子自己永远不改变。我的曾祖母擦粉，我的祖母擦粉，我的母亲擦粉，我的妹妹擦粉，这群女子擦粉，这群女子的孙女还要擦粉。把她们锁在屋里要擦粉，把她们放在街上还要擦粉。"

"悲观又来了！"我说。

"这不是悲观，这是高抬女子，尊敬女子，男子一天到晚瞎胡闹，没有出息，忽而变为圣人，忽而变为禽兽；只有女子，唯独女子，是始终纯洁，始终是女子，始终奋斗：总觉得天生下来的脸不好，而必擦些白粉。男子设若也觉得圣人与禽兽的脸全欠些白润，他们当然不会那么没羞没耻，他们必定先顾脸面，而后再去瞎胡闹。"

这个开玩笑似的论调又叫我默想了。

小蝎很得意地往下说："刚才这群女的，都是'所谓'新派的女子。她们是我父亲与公使太太的仇敌。这并非说她们要和我父亲打架；而是我父亲恨她们，因为他不能把她们当作迷叶卖了，假如她们是他的女儿；也不能把她们锁在屋里，假如她们是他的妻妾。这也不是说她们比我的母亲或公使太太多些力量，多些能干，而是她们更像女子，更会不做事，更会不思想——可是极会往脸上擦粉。她们都顶可爱，就是我这不爱一切的人也得常常敷衍她们一下。"

"她们都受过新教育？"我问。

小蝎乐得半天说不出话来。

"教育？噢，教育，教育，教育！"小蝎似乎有点发疯："猫国除了学校里'没'教育，其余处处'都是'教育！祖父的骂人，教育；父亲的卖迷叶，教育；公使太太的监管八个活的死母猫，教育；大街上的臭沟，教育；兵丁在人头上打鼓，教育；粉越擦越厚，女子教育；处处是教育，我一听见教育就多吃十片迷叶，不然，便没法不呕吐！"

"此地有很多学校？"

"多。你还没到街那边去看？"

"没有。"

"应当看看去。街那边全是文化机关。"小蝎又笑了。"文化机关与文化有关系没有，你不必问，机关确是在那里。"他抬头看了看天："不好，要下雨！"

天上并没有厚云，可是一阵东风刮得很凉。

"快回家吧！"小蝎似乎很怕下雨。"晴天还在这里见。"

人潮似遇见暴风，一个整劲往房子那边滚。我也跟着跑，虽然我明知道回到家中也还是淋着，屋子并没有顶。看人们疯了似的往墙上爬也颇有意思，我看见过几个人做障碍竞走，但是没有见过全城的人们一齐往墙上爬的。

东风又来了一阵，天忽然地黑了。一个扯天到地的大红闪，和那列房子交成一个大三角。鸡蛋大小的雨点随着一声雷拍打下来。远处刷刷地响起来，雨点稀少了，天低处灰中发亮，一阵凉风，又是一个大闪，听不见单独的雨点响了，一整排雨道从天上倒下来。天看不见了。一切都看不见了。只有闪光更厉害了。雨道高处忽然横着截开，一条惊蛇极快地把黑空切开一块，颤了两颤不见了；一切全是黑的了。跑到墙根，我身上已经完全湿了。

哪个是公使太太的房？看不清。我后退了几步，等着借闪光看看。又是一个大的，白亮亮的，像个最大的黑鬼在天上偶尔一睁眼，极快地眨巴了几下似的。不行，还是看不清。我急了，管它是谁的房呢，爬吧；爬上去再说。爬到半中腰，我摸出来了，这正是公使太太的房，因为墙摇动呢。

一个大闪，等了好像有几个世纪，整个天塌来了似的一声大雷。我和墙都由直着改成斜着的了。我闭上眼，又一声响，我到哪里去了？谁知道呢！


## 第十五章


雷声走远了。这是我真听见了呢，还是做梦呢？不敢说。我一睁眼；不，我不能睁眼，公使太太的房壁上的泥似乎都在我脸上贴着呢。是的，是还打雷呢，我确醒过来了。我用手摸；不能，手都被石头压着呢。脚和腿似乎也不见了，觉得像有人把我种在泥土里了。

把手拔出来，然后把脸扒开。公使太太的房子变成了一座大土坟。我一边拔腿，一边疯了似的喊救人；我是不要紧的，公使太太和八位小妖精一定在极下层埋着呢！空中还飞着些雨点，任凭我怎样喊，一个人也没来：猫人怕水，当然不会在天完全晴了之前出来。

把我自己埋着的半截拔脱出来，我开始疯狗似的扒那堆泥土，也顾不得看身上有伤没有。天晴了，猫人全出来。我一边扒土，一边喊救人。人来了不少，站在一旁看着。我以为他们误会了我的意思，开始给他们说明：不是救我，是救底下埋着的九个妇人。大家听明白了，往前挤了过来，还是没人动手。我知道只凭央告是无效的，摸了摸裤袋里，那些国魂还在那里呢。

"过来帮我扒的，给一个国魂！"大家愣了一会，似乎不信我的话，我掏出两块国魂来，给他们看了看。行了，一窝蜂似的上来了。可是上来一个，拿起一块石头，走了；又上来一个，搬起一块砖，走了；我心里明白了：见便宜便捡着，是猫人的习惯。好吧，随你们去吧；反正把砖石都搬走，自然会把下面的人救出来。很快！像蚂蚁运一堆米粒似的，叫人想不到能搬运得那么快。底下出了声音，我的心放下去一点。但是，只是公使太太一个人的声音，我的心又跳上了。全搬净了：公使太太在中间，正在对着那个木板窟窿那溜儿，坐着呢。其余的八位女子，都在四角卧着，已经全不动了。我要先把公使太太扶起来，但是我的手刚一挨着她的胳臂，她说了话：

"哎哟！不要动我，我是公使太太！抢我的房子，我去见皇上，老老实实地把砖给我搬回来！"其实她的眼还被泥糊着呢；大概见倒了房便抢，是猫人常干的事，所以她已经猜到。

四围的人还轻手蹑脚地在地下找呢。砖块已经完全搬走了，有的开始用手捧土；经济的压迫使人们觉得就是捧走一把土也比空着手回家好，我这么想。

公使太太把脸上的泥抓下来，腮上破了两块，脑门上肿起一个大包，两眼睁得像冒着火。她挣扎着站起来，一瘸一拐地奔过一个猫人去，不知道怎会那么准确，一下子便咬住他的耳朵，一边咬一边从嘴角噜噜地叫，好似猫捉住了老鼠。那个被咬的嚎起来，拼命用手向后捶公使太太的肚子。两个转了半天，公使太太忽然看见地上卧着的妇女，她松了嘴，那个猫人像箭头似的跑开，四围的人喊了一声，也退出十几尺远。公使太太抱住一个妇女痛哭起来。

我的心软了，原来她并不是个没人心的人。我想过去劝劝，又怕她照样咬我的耳朵，因为她确乎有点发疯的样子。

哭了半天，她又看见了我。

"都是你，都是你，你把我的房爬倒了！你跑不了，他们抢我的东西也跑不了；我去见皇上，全杀了你们！"

"我不跑，"我慢慢地说，"我尽力帮着你便是了。"

"你是外国人。我信你的话。那群东西，非请皇上派兵按家搜不可，搜出一块砖也得杀了！我是公使太太！"公使太太的唾沫飞出多远去，啪的一声吐出一口血来。

我不知道她是否有那么大的势力。我开始安慰她，唯恐怕她疯了。"我们先把这八个妇女——"我问。

"你这里来，把这八个妖精怎么着？我只管活的，管不着死的，你有法子安置她们？"

这把我问住了，我知道怎么办呢，我还没在猫国办过丧事。

公使太太的眼睛越发的可怕了，眼珠上流着一层水光，可是并不减少疯狂的野火，好像泪都在眼中炼干，白眼珠发出瓷样的浮光来。

"我跟你说说吧！"她喊："我无处去诉苦，没钱，没男子，不吃迷叶，公使太太，跟你说说吧！"

我看出她是疯了，她把刚才所说的事似乎都忘了，而想向我诉委屈了。

"这个，"她揪住一个死妇人的头皮："这个死妖精。十岁就被公使请来了。刚十岁呀，筋骨还没长全，就被公使给收用了。一个月里，不要天黑，一到黑天呀，她，这个小死妖精，她便嚷啊，嚷啊，爹妈乱叫，拉住我的手不放，管我叫妈，叫祖宗，不许我离开她。但是，我是贤德的妇人，我不能与个十岁的丫头争公使呀；公使要取乐，我不能管，我是太太，我得有太太的气度。这个小妖精，公使一奔过她去，她就呼天喊地，嚷得不像人声。公使取乐的时候，看她这个央告，她喊哪：公使太太！公使太太！好祖宗，来救救我！我能禁止公使取乐吗？我不管。事完了，她躺着不动了，是假装死呢，是真晕过去？我不知道，也不深究。我给她上药，给她做吃食，这个死东西，她并一点不感念我的好处！后来，她长成了人，看她那个跋扈，她恨不能把公使整个的吞了。公使又买来了新人，她一天到晚地哭哭啼啼，怨我不拦着公使买人；我是公使太太，公使不多买人，谁能看得起他？这个小妖精，反怨我不管着公使，浪东西，臊东西，小妖精！"公使太太把那个死猫头推到一边，顺手又抓住另一个。

　　"这个东西是妓女，她一天到晚要吃迷叶，还引诱着公使吃；公使有吃迷叶的瘾怎么再上外国？看她那个闹！叫我怎办，我不能拦着公使玩妓女，我又不能看着公使吃迷叶，而不能上外国去。我的难处，你不会想到做公使太太的难处有多么大！我白天要监视着不叫她偷吃迷叶，到晚上还得防备着她鼓动公使和我捣乱，这个死东西！她时时刻刻想逃跑呢，我的两只眼简直不够用的了，我老得捎着她一眼，公使的妾跑了出去，大家的脸面何在？"公使太太的眼睛真像发了火，又抓住一个死妇人的头：

　　"这个东西，最可恶的就是她！她是新派的妖精！没进门之前她就叫公使把我们都撵出去，她好做公使太太，哈哈，那如何做得到。她看上了公使，只因为他是公使。别的妖精是公使花钱买来的，这个东西是甘心愿意跟他，公使一个钱没花，白玩了她。她把我们妇人的脸算丢透了！她一进门，公使连和我们说话都不敢了。公使出门，她得跟着，公使见客，她得陪着，她俨然是公使太太了。我是干什么的？公使多买女人，该当的；公使太太只能有我一个！我非惩治她不行了，我把她捆在房上，叫雨淋着她，淋了三回，她支持不住了，小妖精！她要求公使放她回家，她还说公使骗了她；我能放了她？自居后补公使太太的随便与公使吵完一散？没听说过。想再嫁别人？没那么便宜的事。难哪！做公使太太不是件容易的事。我昼夜看着她。幸而公使又弄来了这个东西，"她转身从地上挑选出一个死妇人，"她算是又和我亲近了，打算联合我，一齐反对这个新妖精。妇人都是一样的，没有男人陪着就发慌；公使和这新妖精一块睡，她一哭便是一夜。我可有话说了：你还要做公使太太？就凭你这样离不开公使？你看我这真正公使太太！要做公使太太就别想独占公使，公使不是卖东西的小贩子，一辈子只抱着一个老婆！"

公使太太的眼珠子全红了。抱住了一个死妇人的头在地上撞了几下。笑了一阵，看了看我——我不由得往后退了几步。

"公使活着，她们一天不叫我心静，看着这个，防备着那个，骂这个，打那个，一天到晚不叫我闲着。公使的钱，全被她们花了。公使的力量都被她们吸干了。公使死了，连一个男孩子也没留下。不是没生过呀，她们八个，都生过男孩子，一个也没活住。怎能活住呢，一个人生了娃娃，七个人昼夜设法谋害他。争宠呀，唯恐有男孩子的升做公使太太。我这真做太太的倒没像她们那么嫉妒，我只是不管，谁把谁的孩子害了，是她们的事，与我不相干；我不去害小孩子，也不管她们彼此谋害彼此的娃娃，太太总得有太太的气度。

"公使死了，没钱，没男子，把这八个妖精全交给了我！有什么法子，我能任凭她们逃跑去嫁人吗？我不能，我一天到晚看着她们，一天到晚苦口地相劝，叫她们明白人生的大道理。她们明白吗？未必！但是我不灰心，我日夜地管着她们。我希望什么？没有可希望的，我只望皇上明白我的难处，我的志向，我的品行，赏给我些恤金，赐给我一块大匾，上面刻上'节烈可风'。可是，你没听见我刚才哭吗？你听见没有？"

我点点头。

"我哭什么？哭这群死妖精？我才有工夫哭她们呢！我是哭我的命运，公使太太，不吃迷叶，现在会房倒屋塌，把我的成绩完全毁灭！我再去见皇上，我有什么话可讲。设若皇上坐在宝座上问我：公使太太你有什么成绩来求赏赐？我说什么？我说我替死去的公使管养着八个女人，没出丑，没私逃。皇上说，她们在哪里呢？我说什么？说她们都死了？没有证据能得赏赐吗？我说什么？公使太太！"她的头贴在胸口上了。我要过去，又怕她骂我。

她又抬起头来，眼珠已经不转了："公使太太，到过外国……不吃迷叶……恤金！大匾……公使太太……"

公使太太的头又低了下去，身子慢慢地向一边倒下来，躺在两个妇人的中间。


## 第十六章


我难过极了！公使太太的一段哀鸣，使我为多少世纪的女子落泪，我的手按着历史上最黑的那几页，我的眼不敢再往下看了。

不到外国城去住是个错误。我又成了无家之鬼了。上哪里去？那群帮忙的猫人还看着我呢，大概是等着和我要钱。他们抢走了公使太太的东西，不错，但是，那恐怕不足使他们扔下得个国魂的希望吧？我的头疼得很厉害，牙也摔活动了两个。我渐渐地不能思想了，要病。我的心中来了个警告。我把一裤袋的国魂，有十块一个的，有五块一个的，都扔在地上，让他们自己分吧，或是抢吧，我没精神去管。那八个妇人是无望了；公使太太呢，也完了，她的身下流出一大汪血，眼睛还睁着，似乎在死后还关心那八个小妖精。我无法把她们埋起来，旁人当然不管；难堪与失望使我要一拳把我的头击碎。

我在地上坐了一会儿。虽然极懒得动，到底还得立起来，我不能看着这些妇人在我的眼前臭烂了。我一瘸一拐地走，大概为外国人丢脸不少。街上又挤满了人。有些少年人，手中都拿着块白粉，挨着家在墙壁上写字呢，墙还很潮，写过以后，经小风一吹，特别的白。"清洁运动"，"全城都洗过"……每家墙壁上都写上了这么一句。虽然我的头是那么疼，我不能不大笑起来。下完雨提倡洗过全城，不必费人们一点力量，猫人真会办事。是的，臭沟里确乎被雨水给冲干净了，清洁运动，哈哈！莫非我也有点发疯么？我恨不能掏出手枪打死几个写白字的东西们！

我似乎还记得小蝎的话：街那边是文化机关。我绕了过去，不是为看文化机关，而是希望找个清静地方去忍一会儿。我总以为街市的房子是应当面对面的，此处街上的房子恰好是背倚背的，这个新排列方法使我似乎忘了点头疼。可是，这也就是不大喜欢新鲜空气与日光的猫人才能想出这个好主意，房背倚着房背，中间一点空隙没有，这与其说是街，还不如说是疾病酿造厂。我的头疼又回来了。在异国生病使人特别的悲观，我似乎觉得没有生还中国的希望了。

我顾不得细看了，找着个阴凉便倒了下去。

睡了多久？我不知道。一睁眼我已在一间极清洁的屋子中。我以为这是做梦呢，或是热度增高见了幻象，我摸了摸头，已不十分热！我莫名其妙了。身上还懒，我又闭上了眼。有点极轻的脚步声，我微微睁开眼：比迷叶还迷的迷！她走过来，摸了摸我的头，微微地点点头："好啦！"她向自己说。

我不敢再睁眼，等着事实来说明事实吧。过了不大的工夫，小蝎来了，我放了心。

"怎样了？"我听见他低声地问。

没等迷回答，我睁开了眼。

"好了？"他问我。我坐起来。

"这是你的屋子？"我又起了好奇心。

"我们俩的，"他指了指迷，"我本来想让你到这里来住，但是恐怕父亲不愿意。你是父亲的人，父亲至少这么想；他不愿意我和你交朋友，他说我的外国习气已经太深。"

"谢谢你们！"我又往屋中扫了一眼。

"你纳闷我们这里为什么这样干净？这就是父亲所谓的外国习气。"小蝎和迷全笑了。

是的，小蝎确是有外国习气。以他的言语说，他的比大蝎的要多用着两倍以上的字眼，大概许多字是由外国语借来的。

"这是你们俩的家？"我问。

"这是文化机关之一。我们俩借住。有势力的人可以随便占据机关的房子。我们俩能保持此地的清洁便算对得起机关；是否应以私人占据公家的地方，别人不问，我们也不便深究。敷衍，还得用这两个最有意思的字！迷，再给他点迷叶吃。"

"我已经吃过了吗？"我问。

"刚才不是我们灌你一些迷叶汁，你还打算再醒过来呀？迷叶是真正好药！在此地，迷叶是众药之王。它能治的，病便有好的希望；它不能治的，只好等死。它确是能治许多的病。只有一样，它能把'个人'救活，可是能把'国家'治死，迷叶就是有这么一点小缺点！"小蝎又来了哲学家的味了。

我又吃了些迷叶，精神好多了，只是懒得很。我看出来光国和别的外国人的智慧。他们另住在一处，的确是有道理的。猫国这个文明是不好惹的；只要你一亲近它，它便一把油漆似的将你胶住，你非依着它的道儿走不可。猫国便是个海中的旋涡，临近了它的便要全身陷入。要入猫国便须不折不扣地做个猫人，不然，干脆就不要粘惹它。我尽力地反抗吃迷叶，但是，结果？还得吃！在这里必须吃它，不吃它别在这里，这是绝对的。设若这个文明能征服了全火星——大概有许多猫国人抱着这样的梦想——全火星的人类便不久必同归于尽：浊秽，疾病，乱七八糟，糊涂，黑暗，是这个文明的特征；纵然构成这个文明的分子也有带光的，但是那一些光明决抵抗不住这个黑暗的势力。这个势力，我看出来，必须有朝一日被一些真光，或一些毒气，好像杀菌似的被剪除净尽。不过，猫人自己绝不这么想。小蝎大概看到这一步，可是因为看清这局棋已经是输了，他便信手摆子，而自己笑自己的失败了。至于大蝎和其余的人只是做梦而已。

我要问小蝎的问题多极了。政治，教育，军队，财政，出产，社会，家庭……

"政治我不懂，"小蝎说："父亲是专门作政治的，去问他。其余的事我有知道的，也有不知道的，顶好你先自己去看，看完再问我。只有文化事业我能充分帮忙，因为父亲对什么事业都有点关系，他既不能全照顾着，所以对文化事业由我做他的代表。你要看学校，博物院，古物院，图书馆，只要你说话，我便叫你看得满意。"

我心里觉得比吃迷叶还舒服了：在政治上我可以去问大蝎，在文化事业上问小蝎，有这二蝎，我对猫国的情形或者可以知道个大概了。

但是我是否能住在这里呢？我不敢问小蝎。凭良心说，我确是半点离开这个清洁的屋子的意思也没有。但是我不能摇尾乞怜，等着吧！

小蝎问我先去看什么，惭愧，我懒得动。

"告诉我点你自己的历史吧！"我说，希望由他的言语中看出一点大蝎家中的情形。

小蝎笑了。每逢他一笑，我便觉得他可爱又可憎。他自己知道他比别的猫人优越，因而他不肯伸一伸手去拉扯他们一把——恐怕弄脏了他的手！他似乎觉得他生在猫国是件大不幸的事，他是荆棘中唯一的一朵玫瑰。我不喜欢这个态度。

"父母生下我来，"小蝎开始说，迷坐在他一旁，看着他的眼。"那不关我的事。他们极爱我，也不关我的事。祖父也极爱我，没有不爱孙子的祖父，不算新奇。幼年的生活似乎没有什么可说的。"小蝎扬头想了想，迷扬着头看他。"对了，有件小事也许值得你一听，假如不值得我一说。我的乳母是个妓女。妓女可以做乳母，可是不准我与任何别的小孩子一块玩耍。这是我们家的特别教育。为什么非请妓女看护孩子呢？有钱。我们有句俗话：钱能招鬼。这位乳娘便是鬼中之一。祖父愿意要她，因为他以为妓女看男孩，兵丁看女孩，是最好的办法，因为她们或他们能教给男女小孩一切关于男女的知识。有了充分的知识，好早结婚，早生儿女，这样便是对得起祖宗。妓女之外，有五位先生教我读书，五位和木头一样的先生教给我一切猫国的学问。后来有一位木头先生忽然不木头了，跟我的乳母逃跑了。那四位木头先生也都被撵了出去。我长大了，父亲把我送到外国去。父亲以为凡是能说几句外国话的，便算懂得一切，他需要一个懂得一切的儿子。在外国住了四年，我当然懂得一切了，于是就回家来。出乎父亲意料之外，我并没懂得一切，只是多了一些外国习气。可是，他并不因此而不爱我，他还照常给我钱花。我呢，乐得有些钱花，和星、花、迷，大家一天到晚凑凑趣。表面上我是父亲的代表，主办文化事业，其实我只是个寄生虫。坏事我不屑于做，好事我做不了，敷衍——这两个宝贝字越用越有油水！"小蝎又笑了，迷也随着笑了。

"迷是我的朋友，"小蝎又猜着了我的心思："一块住的朋友。这又是外国习气。我家里有妻子，十二岁就结婚了，我六岁的时候，妓女的乳母便都教会了我，到十二岁结婚自然外行不了的。我的妻子什么也会，尤其会生孩子，顶好的女人，据父亲说。但是我愿意要迷。父亲情愿叫我娶迷做妾，我不肯干。父亲有十二个妾，所以看纳妾是最正当的事。父亲最恨迷，可是不大恨我，因为他虽然看外国习气可恨，可是承认世界上确乎有这么一种习气，叫做外国习气。祖父恨迷，也恨我，因为他根本不承认外国习气。我和迷同居，我与迷倒没有什么，可是对猫国的青年大有影响。你知道，我们猫国的人以为男女的关系只是'那么'着。娶妻，那么着；娶妾，那么着；玩妓女，那么着；现在讲究自由联合，还是那么着；有了迷叶吃，其次就是想那么着。我是青年人们的模范人物。大家都是先娶妻，然后再去自由联合，有我作前例。可是，老人们恨我入骨，因为娶妻妾是大家可以住在一处的，专为那么着，那么着完了就生一群小孩子。现在自由联合呢，既不能不要妻子，还得给情人另预备一个地方，不然，便不算做足了外国习气。这么一来，钱要花得特别的多，老人们自然供给不起，老人们不拿钱，青年人自然和老人们吵架。我与迷的罪过真不小。"

"不会完全脱离了旧家庭？"我问。

"不行呀，没钱！自由联合是外国习气，可是我们并不能舍去跟老子要钱的本国习气。这二者不调和，怎能做足了'敷衍'呢？"

"老人们不会想个好方法？"

"他们有什么方法呢？他们承认女子只是为那么着预备的。他们自己娶妾，也不反对年青的纳小，怎能禁止自由联合呢？他们没方法，我们没方法，大家没方法。娶妻，娶妾，自由联合，都要生小孩；生了小孩谁管养活着？老人没方法，我们没方法，大家没方法。我们只管那么着的问题，不管子女问题。老的拼命娶妾，小的拼命自由，表面上都闹得挺欢，其实不过是那么着，那么着的结果是多生些没人照管没人养活没人教育的小猫人，这叫做加大的敷衍。我祖父敷衍，我的父亲敷衍，我敷衍，那些青年们敷衍；'负责'是最讨厌的一个名词。"

"女子自己呢？难道她们甘心承认是为那么着的？"我问。

"迷，你说，你是女的。"小蝎向迷说。

"我？我爱你。没有可说的。你愿意回家去看那个会生小孩的妻子，你就去，我也不管。你什么时候不爱我了，我就一气吃四十片迷叶，把迷迷死！"

我等着她往下说，她不再言语了。


第十七章


我没和小蝎明说，他也没留我，可是我就住在那里了。

第二天，我开始观察的工作。先看什么，我并没有一定的计划；出去遇见什么便看什么似乎是最好的方法。

在街的那边，我没看见过多少小孩子，原来小孩子都在街的这边呢。我心里喜欢了，猫人总算有这么一点好处：没忘了教育他们的孩子，街这边既然都是文化机关，小孩子自然是来上学了。

猫小孩是世界上最快活的小人们。脏，非常的脏，形容不出的那么脏；瘦，臭，丑，缺鼻短眼的，满头满脸长疮的，可是，都非常的快活。我看见一个脸上肿得像大肚罐子似的，嘴已肿得张不开，腮上许多血痕，他也居然带着笑容，也还和别的小孩一块跳，一块跑。我心里那点喜欢气全飞到天外去了。

我不能把这种小孩子与美好的家庭学校联想到一处。快活？正因为家庭学校社会国家全是糊涂蛋，才会养成这样糊涂的孩子们，才会养成这种脏，瘦，臭，丑，缺鼻短眼的，可是还快活的孩子。这群孩子是社会国家的索引，是成人们的惩罚者。他们长大成人的时候不会使国家不脏，不瘦，不臭，不丑；我又看见了那毁灭的巨指按在这群猫国的希望上，没希望！多妻，自由联合，只管那么着，没人肯替他的种族想一想。爱的生活，在毁灭的巨指下讲爱的生活，不知死的鬼！

我先不要匆忙地下断语，还是先看了再说话吧。我跟着一群小孩走，来到一个学校：一个大门，四面墙围着一块空地。小孩都进去了。我在门外看着。小孩子有的在地上滚成一团，有的往墙上爬，有的在墙上画图，有的在墙角细细检查彼此的秘密，都很快活。没有先生。我等了不知有多久，来了三个大人。他们都瘦得像骨骼标本，好似自从生下来就没吃过一顿饱饭，手扶着墙，慢慢地蹭，每逢有一阵小风他们便立定哆嗦半天。他们慢慢地蹭进校门。孩子们照旧滚，爬，闹，看秘密。三位坐在地上，张着嘴喘气。孩子们闹得更厉害了，他们三位全闭上眼，堵上耳朵，似乎唯恐得罪了学生们。又过了不知多少时候，三位一齐立起来，劝孩子们坐好。学生们似乎是下了决心永不坐好。又过了大概至少有一点钟吧，还是没坐好。幸而三位先生——他们必定是先生了——一眼看见了我，"门外有外国人！"只这么一句，小孩子全面朝墙坐好，没有一个敢回头的。

三位先生的中间那一位大概是校长，他发了话："第一项唱国歌。"谁也没唱，大家都愣了一会儿，校长又说："第二项向皇上行礼。"谁也没行礼，大家又都愣了一会儿。"向大神默祷。"这个时候，学生们似乎把外国人忘了，开始你挤我，我挤你，彼此叫骂起来。"有外国人！"大家又安静了。"校长训话。"校长向前迈了一步，向大家的脑勺子说：

"今天是诸位在大学毕业的日子，这是多么光荣的事体！"

我几乎要晕过去，就凭这群……大学毕业？但是，我先别动情感，好好地听着吧。

校长继续说：

"诸位在这最高学府毕业，是何等光荣的事！诸位在这里毕业，什么事都明白了，什么知识都有了，以后国家的大事便全要放在诸位的肩头上，是何等的光荣的事！"校长打了个长而有调的呵欠。"完了！"

两位教员拼命地鼓掌，学生又闹起来。

"外国人！"安静了。"教员训话。"

两位先生谦逊了半天，结果一位脸瘦得像个干倭瓜似的先生向前迈了一步。我看出来，这位先生是个悲观者，因为眼角挂着两点大泪珠。他极哀婉地说：

"诸位，今天在这最高学府毕业是何等光荣的事！"他的泪珠落下一个来。"我们国里的学校都是最高学府，是何等光荣的事！"又落下一个泪珠来。"诸位，请不要忘了校长和教师的好处。我们能做诸位的教师是何等的光荣，但是昨天我的妻子饿死了，是何等的……"他的泪像雨点般落下来。挣扎了半天，他才又说出话来："诸位，别忘了教师的好处，有钱的帮点钱，有迷叶的帮点迷叶！诸位大概都知道，我们已经二十五年没发薪水了，诸位……"他不能再说了，一歪身坐在地上。

"发证书。"

校长从墙根搬起些薄石片来，石片上大概是刻着些字，我没有十分看清。校长把石片放在脚前，说："此次毕业，大家都是第一，何等的光荣！现在证书放在这里，诸位随便来拿，因为大家都是第一，自然不必分前后的次序。散会。"

校长和那位先生把地下坐着的悲观者挽起，慢慢地走出来。学生并没去拿证书，大家又上墙的上墙，滚地的滚地，闹成一团。

什么把戏呢？我心中要糊涂死！回去问小蝎。

小蝎和迷都出去了。我只好再去看，看完一总问他吧。

在刚才看过的学校斜旁边又是一处学校，学生大概都在十五六岁的样子。有七八个人在地上按着一个人，用些家伙割剖呢。旁边还有些学生正在捆两个人。这大概是实习生理解剖，我想。不过把活人捆起来解剖未免太残忍吧？我硬着心看着，到底要看个水落石出。一会儿的工夫，大家把那两个人捆好，都扔在墙根下，两个人一声也不出，大概是已吓死过去。那些解剖的一边割宰，一边叫骂：

"看他还管咱们不管，你个死东西！"扔出一只胳膊来！

"叫我们念书？不许招惹女学生？社会黑暗到这样，还叫我念书？！还不许在学校里那么着？挖你的心，你个死东西！"鲜红的一块飞到空中！

"把那两个死东西捆好了？抬过一个来！"

"抬校长，还是历史教员？"

“校长！”

我的心要从口中跳出来了！原来这是解剖校长与教员！

也许校长教员早就该杀，但是我不能看着学生们大宰活人。我不管谁是谁非，从人道上想，我不能看着学生们——或任何人——随便行凶。我把手枪掏出来了。其实我喊一声，他们也就全跑了，但是，我真动了气，我觉得这群东西只能以手枪对待，其实他们哪值得一枪呢？

哪！我放了一枪。哗啦，四面的墙全倒了下来。大雨后的墙是受不住震动的，我又做下一件错事。想救校长，把校长和学生全砸在墙底了！我心中没了主意。就是杀校长的学生也是一条命，我不能甩手一走。但是怎样救这么些人呢？幸而，墙只是土堆成的；我不知道近来心中怎么这样卑鄙，在这百忙中似乎想道：校长大概确是该杀，看这校址的建筑，把钱他全自己赚了去，而只用些土堆成围墙。办学校的而私吞公款，该杀。虽然是这么猜想，我可是手脚没闲着，连拉带扯，我很快地拉出许多人来。每逢拉出一个土鬼，连看我一眼也不看便疯了似的跑去，像是由笼里往外掏放生的鸽子似的。并没有受重伤的，我心中不但舒坦了，而且觉得这个把戏很有趣。最后把校长和教员也掏出来，他们的手脚全捆着呢，所以没跑。我把他们放在一旁；开始用脚各处地踢，看土里边还有人没有，大概是没有了；可是我又踢了一遍。确乎觉得是没有人了，我回来把两位捆着的土鬼都松了绑。

待了好大半天，两位先生睁开了眼。我手下没有一些救急的药和安神壮气的酒类，只好看着他们两个，虽然我急于问他们好多事情，可是我不忍得立刻问他们。两位先生慢慢地坐起来，眼睛还带着惊惶的神气。我向他们一微笑，低声地问：“哪位是校长？”

两人脸上带出十二分害怕的样子，彼此互相指了一指。

神经错乱了，我想。

两位先生偷偷地，慢慢地，轻轻地，往起站。我没动。我以为他们是要活动活动身上。他们立起来，彼此一点头，就好像两个雌雄相逐的蜻蜓在眼前飞过那么快，一眨眼的工夫，两位先生已跑出老远。追是没用的，和猫人竞走我是没希望得胜的。我叹了一口气，坐在土堆上。

怎么一回事呢？噢，疑心！藐小！狡猾！谁是校长？他们彼此指了一指。刚活过命来便想牺牲别人而保全自己，他们以为我是要加害于校长，所以彼此指一指。偷偷地，慢慢地立起来，像蜻蜓飞跑了去！哈哈！我狂笑起来！我不是笑他们两个，我是笑他们的社会：处处是疑心，藐小，自利，残忍。没有一点诚实，大量，义气，慷慨！学生解剖校长，校长不敢承认自己是校长……黑暗，黑暗，一百分的黑暗！难道他们看不出我救了他们？噢，黑暗的社会里哪有救人的事。我想起公使太太和那八个小妖精，她们大概还在那里臭烂着呢！

校长，先生，教员，公使太太，八个小妖精……什么叫人生？我不由得落了泪。

到底是怎么回事？想不出，还得去问小蝎。


## 第十八章


下面是小蝎的话：

在火星上各国还是野蛮人的时候，我们已经有了教育制度，猫国是个古国。可是，我们的现行教育制度是由外国抄袭来的。这并不是说我们不该模仿别人，而是说取法别人并不是件容易的事。互相模仿是该当的，而且是人类文明改进的一个重要动力。没有人采行我们的老制度，而我们必须学别人的新制度，这已见出谁高谁低。但是，假如我们能模仿得好，使我们的教育与别国的并驾齐驱，我们自然便不能算十分低能。我们施行新教育制度与方法已经二百多年，可是依然一塌糊涂，这证明我们连模仿也不会；自己原有的既行不开，学别人又学不好，我是个悲观者，我承认我们的民族的低能。

低能民族的革新是个笑话，我们的新教育，所以，也是个笑话。

你问为什么一点的小孩子便在大学毕业？你太诚实了，或者应说太傻了，你不知道那是个笑话吗？毕业？那些小孩都是第一天入学的！要闹笑话就爽得闹到家，我们没有其他可以自傲的事，只有能把笑话闹得彻底。这过去二百年的教育史就是笑话史，现在这部笑话史已到了末一页，任凭谁怎样聪明也不会再把这个大笑话弄得再可笑一点。在新教育初施行的时候，我们的学校也分多少等级，学生必须一步一步地经过试验，而后才算毕业。经过二百年的改善与进步，考试慢慢地取消了，凡是个学生，不管他上课与否，到时候总得算他毕业。可是，小学毕业与大学毕业自然在身份上有个分别，谁肯甘心落个小学毕业的资格呢，小学与大学既是一样的不上课？所以我们彻底地改革了，凡是头一天入学的就先算他在大学毕业，先毕业，而后——噢，没有而后，已经毕业了，还要什么而后？

这个办法是最好的——在猫国。在统计上，我们的大学毕业生数目在火星上各国中算第一，数目第一也就足以自慰，不，自傲了；我们猫人是最重实际的。你看，屈指一算，哪一国的大学毕业生人数也跟不上我们的，事实，大家都满意地微笑了。皇上喜欢这个办法，要不是他热心教育，怎能有这么多大学毕业生？他对得起人民。教员喜欢这个办法，人人是大学教师，每个学校都是最高学府，每个学生都是第一，何等光荣！家长喜欢这个办法，七岁的小泥鬼，大学毕业；子弟聪明是父母的荣耀。学生更不必说了，自要他幸而生在猫国，自要他不在六七岁的时期死了，他总可以得个大学毕业资格。从经济上看呢，这个办法更妙得出奇：原先在初办学校的时候，皇上得年年拿出一笔教育费，而教育出来的学生常和皇上反对为难，这岂不是花钱找麻烦？现在呢，皇上一个钱不要往外拿，而年年有许多大学毕业生，这样的毕业生也不会和皇上过不去。饿死的教员自然不少，大学毕业生人数可增加了呢。原先校长教员因为挣钱，一天到晚互相排挤，天天总得打死几个，而且有时候鼓动学生乱闹，闹得大家不安；现在皇上不给他们钱，他们还争什么？他们要索薪吧，皇上不理他们，招急了皇上，皇上便派兵打他们的脑勺。他们的后盾是学生，可是学生现在都一入学便毕业，谁去再帮助他们呢。没有人帮助他们闹事，他们只好等着饿死，饿死是老实的事，皇上就是满意教师们饿死。

家长的儿童教育费问题解决了，他们只需把个小泥鬼送到学校里，便算没了他们的事。孩子们在家呢，得吃饭；孩子们入学校呢，也得吃饭；有饭吃，谁肯饿着小孩子；没饭吃呢，小孩也得饿着；上学与不上学是一样的，为什么不去来个大学毕业资格呢？反正书笔和其他费用是没有的，因为入学并不为读书，也就不读书，因为得资格，而且必定得资格。你说这个方法好不好？

为什么还有人当校长与教员呢，你问？

这得说二百年来历史的演进。你看，在原先，学校所设的课程不同，造就出来的人才也就不一样，有的学工，有的学商，有的学农……可是这些人毕业后，干什么呢？学工的是学外国的一点技巧，我们没给他们预备下外国的工业；学商的是学外国的一些方法，我们只有些个小贩子，大规模的事业自要一开张便被军人没收了；学农的是学外国的农业，我们只种迷叶，不种别的；这样的教育是学校与社会完全无关，学生毕业以后可干什么去？只有两条出路：做官与当教员。要做官的必须有点人情势力，不管你是学什么的，只要朝中有人便能一步登天。谁能都有钱有势呢？做不着官的，教书是次好的事业；反正受过新教育的是不甘心去做小工人小贩子的，渐渐地社会上分成两种人：学校毕业的和非学校毕业的。前者是抱定以做官做教员为职业，后者是做小工人小贩子的。这种现象对于政治的影响，我今天先不说；对于教育呢，我们的教育便成了轮环教育。我念过书，我毕业后便去教你的儿女，你的儿女毕业了，又教我的儿女。在学识上永远是那一套东西，在人格上天天有些退步，这怎样讲呢？毕业的越来越多了，除了几个能做官的，其余的都要教书，哪有那么多学校呢？只好闹笑话。轮环教育本来只是为传授那几本不朽之做的教科书，并不讲什么仁义道德，所以为争一个教席，有时候能引起一二年的内战，杀人流血，好像大家真为教育事业拼命似的，其实只为那点薪水。

慢慢地教育经费被皇上，政客，军人，都拿了去，大家开始专做索薪的运动，不去教书。学生呢，看透了先生们是什么东西，也养成了不上课的习惯，于是开始刚才我说的不读书而毕业的运动。这个运动断送了教育经费的命。皇上，政客，军人，家长，全赞助这个运动；反正教育是没用的东西，而教员是无可敬畏的玩意，大家乐得省几个钱呢。但是，学校不能关门；恐怕外国人耻笑；于是入学便算大学毕业的运动成熟了。学校照旧开着，大学毕业人数日见增加，可是一个钱不要花。这是由轮环教育改成普及教育，即等于无教育，可是学校还开着。天大的笑话。

这个运动成熟的时候，做校长与教师的并不因此而减少对于教育的热心，大家还是一天到晚打得不可开交。为什么？原先的学校确是像学校的样子，有桌椅，有财产，有一切的设备；有经费的时候，大家尽量赚钱，校长与教员只好开始私卖公产。争校长：校产少的争校产多的，没校产的争有校产的，又打了个血花乱溅。皇上总是有人心的，既停止了教育经费，怎再好意思禁止盗卖校产，于是学校一个一个地变成拍卖场，到了现在，全变成四面墙围着一块空地。那么，现在为什么还有人愿意做校长教员呢？不干是闲着，干也是闲着，何必不干呢？再说，有个校长教员的名衔到底是有用的，由学生升为教员，由教员升为校长，这本来是轮环教育的必遵之路；现在呢，校长教员既无钱可拿，只好借着这个头衔做升官的阶梯。这样，我们的学校里没教育，可是有学生有教员有校长，而且任何学校都是最高学府。学生一听说自己的学校是最高学府，心眼里便麻那么一下，而后天下太平。

学校里既没有教育，真要读书的人怎办呢？恢复老制度——聘请家庭教师教子弟在家中念书。自然，这只有富足的人家才能办到，大多数的儿童还是得到学校里去失学。这个教育的失败把猫国的最后希望打得连影子也没有了。新教育的初一试行是污蔑新学识的时期。新制度必须与新学识一同由外国搬运过来，学识而名之曰新的，显然是学识老在往前进展，日新月异地搜求真理。可是新制度与新学识到了我们这里便立刻长了白毛，像雨天的东西发霉。本来吗，采取别人家的制度学识最容易像由别人身上割下一块肉补在自己身上，自己觉得只要从别人身上割来一块肉就够了，大家只管割取人家的新肉，而不管肌肉所需的一切养分。取来一堆新知识，而不晓得研究的精神，势必走到轮环教育上去不可。这是污辱新知识，可是，在这个时期，人们确是抱着一种希望，虽然他们以为从别人身上割取一块新肉便会使自己长生不老是错误的，可是究竟他们有这么一点迷信，他们总以为只要新知识一到——不管是多么小的一点——他们立刻会与外国一样的兴旺起来。这个梦想与自傲还是可原谅的，多少是有点希冀的。到了现在，人们只知道学校是争校长，打教员，闹风潮的所在，于是他们把这个现象与新知识煮在一个锅里咒骂了：新知识不但不足以强国，而且是毁人的，他们想。这样，由污蔑新知识时期进而为咒骂新知识时期。现在家庭聘请教师教读子弟，新知识一概除外，我们原有的老石头书的价钱增长了十倍。我的祖父非常地得意，以为这是国粹战胜了外国学问。我的父亲高兴了，他把儿子送到外国读书，以为这么一办，只有他的儿子可以明白一切，可以将来帮助他利用新知识去欺骗那些抱着石头书本的人。父亲是精明强干的，他总以为外国的新知识是有用的，可是只要几个人学会便够了，有几个学会外国的把戏，我们便会强盛起来。可是一般的人还是同情于祖父：新知识是种魔术邪法，只会使人头眩目晕，只会使儿子打父亲，女儿骂母亲，学生杀教员，一点好处也没有。这咒骂新知识的时期便离亡国时期很近了。

你问，这新教育崩溃的原因何在？我回答不出。我只觉得是因为没有人格。你看，当新教育初一来到的时候，人们为什么要它？是因为大家想多发一点财，而不是想叫子弟多明白一点事，是想多造出点新而好用的东西，不是想叫人们多知道一些真理。这个态度已使教育失去养成良好人格和启发研究精神的主旨的一部分。及至新学校成立了，学校里有人，而无人格，教员为挣钱，校长为挣钱，学生为预备挣钱，大家看学校是一种新式的饭铺；什么是教育，没有人过问。又赶上国家衰弱，社会黑暗，皇上没有人格，政客没有人格，人民没有人格，于是这学校外的没人格又把学校里的没人格加料地洗染了一番。自然，在这贫弱的国家里，许多人连吃还吃不饱，是很难以讲到人格的，人格多半是由经济压迫而堕落的。不错。但是，这不足以做办教育的人们的辩护。为什么要教育？救国。怎样救国？知识与人格。这在一办教育的时候便应打定主意，这在一愿做校长、教师的时候便应该牺牲了自己的那点小利益。也许我对于办教育的人的期许过重了。人总是人，一个教员正和一个妓女一样的怕挨饿。我似乎不应专责备教员，我也确乎不肯专责备他们。但是，有的女人纵然挨饿也不肯当妓女，那么，办教育的难道就不能咬一咬牙做个有人格的人？自然，政府是最爱欺侮老实人的，办教育的人越老实便越受欺侮；可是，无论怎样不好的政府，也要顾及一点民意吧。假如我们办教育的真有人格，造就出的学生也有人格，社会上能永远瞎着眼看不出好坏吗？假如社会看办教育的人如慈父，而造就出的学生都能在社会上有些成就，政府敢轻视教育？敢不发经费？我相信有十年的人格教育，猫国便会变个样子。可是，新教育已办了二百年了，结果？假如在老制度之下能养成一种老实，爱父母，守规矩的人们，怎么新教育会没有相当的好成绩呢？人人说——尤其是办教育的人们——社会黑暗，把社会变白了是谁的责任？办教育的人只怨社会黑暗，而不记得他们的责任是使社会变白了的，不记得他们的人格是黑夜的星光，还有什么希望？！我知道我是太偏，太理想。但是办教育的人是否都应当有点理想？我知道政府、社会太不帮忙他们了，但是谁愿意帮忙与政府、社会中一样坏的人？

你看见了那宰杀教员的？先不用惊异。那是没人格的教育的当然结果。教员没人格，学生自然也跟着没人格。不但是没人格，而且使人们倒退几万年，返回古代人吃人的光景。人类的进步是极慢的，可是退步极快，一时没人格，人便立刻返归野蛮，况且我们办了二百年的学校？在这二百年中天天不是校长与校长或教员打，便是教员与教员或校长打，不是学生与学生打，便是学生与校长教员打；打是会使人立刻变成兽的，打一次便增多一点野性，所以到了现在，学生宰几个校长或教员是常见的事。你也用不着为校长教员抱不平，我们的是轮环教育，学生有朝一日也必变成校长或教员，自有人来再杀他们。好在多几个这样的校长、教师与社会一点关系没有，学校里谁杀了谁也没人过问。在这种黑暗社会中，人们好像一生出来便小野兽似的东闻闻西抓抓，希望搜寻到一点可吃的东西，一粒砂大的一点便宜都足使他们用全力去捉到。这样的一群小人们恰好在学校里遇上那么一群教师，好像一群小饿兽遇见一群老饿兽，他们非用爪牙较量较量不可了，贪小便宜的欲望烧起由原人遗下来的野性，于是为一本书，一片迷叶，都可以打得死尸满地。闹风潮是青年血性的激动，是有可原谅的；但是，我们此处的风潮是另有风味的，借题目闹起来，拆房子毁东西，而后大家往家里搬砖拾破烂，学生心满意足，家长也皆大欢喜。因闹风潮而家中白得了几块砖，一根木棍，风潮总算没有白闹。校长、教师是得机会就偷东西，学生是借机会就拆毁，拆毁完了往家里搬运。校长、教师该死。学生该死。学生打死校长、教师正是天理昭彰，等学生当了校长、教师又被打死也是理之当然，这就是我们的教育。教育能使人变成野兽，不能算没有成绩，哈哈！

## 第十九章

小蝎是个悲观者。我不能不将他的话打些折扣。但是，学生入学先毕业和屠宰校长、教员，是我亲眼见的；无论我怎样怀疑小蝎的话，我无从与他辩驳。我只能从别的方面探问。

"那么，猫国没有学者？"我问。

"有。而且很多。"我看出小蝎又要开玩笑了。果然，他不等我问便接着说："学者多，是文化优越的表示，可是从另一方面看，也是文化衰落的现象，这要看你怎么规定学者的定义。自然我不会给学者下个定义，不过，假如你愿意看看我们的学者，我可以把他们叫来。"

"请来，你是说？"我矫正他。

"叫来！请，他们就不来了，你不晓得我们的学者的脾气；你等着看吧！迷，去把学者们叫几个来，说我给他们迷叶吃。叫星、花们帮着你分头去找。"

迷笑嘻嘻地走出去。

我似乎没有可问的了，一心专等看学者，小蝎拿来几片迷叶，我们俩慢慢地嚼着，他脸上带着点顶淘气的笑意。

迷和星、花，还有几个女的先回来了，坐了个圆圈把我围在当中。大家看着我，都带出要说话又不敢说的神气。

"留神啊，"小蝎向我一笑，"有人要审问你了！"

她们全唧唧地笑起来。迷先说了话：

"我们要问点事，行不行？"

"行。不过，我对于妇女的事可知道的不多。"我也学会小蝎的微笑与口气。

"告诉我们，你们的女子什么样儿？"大家几乎是一致地问。

我知道我会回答得顶有趣味："我们的女子，脸上擦白粉。"大家"噢"了一声。"头发收拾得顶好看，有的长，有的短，有的分缝，有的向后拢，都擦着香水香油。"大家的嘴全张得很大，彼此看了看头上的短毛，又一齐闭上嘴，似乎十二分的失望。"耳朵上挂着坠子，有的是珍珠，有的是宝石，一走道儿坠子便前后地摇动。"大家摸了摸脑勺上的小耳朵，有的——大概是花——似乎要把耳朵揪下来。"穿着顶好看的衣裳，虽然穿着衣裳，可是设法要露出点肌肉来，若隐若现，比你们这全光着的更好看。"我是有点故意与迷们开玩笑："光着身子只有肌肉的美，可是肌肉的颜色太一致，穿上各种颜色的衣裳呢，又有光彩，又有颜色，所以我们的女子虽然不反对赤身，可是就在顶热的夏天也多少穿点东西。

还穿鞋呢，皮子的，缎子的，都是高底儿，鞋尖上镶着珠子，鞋跟上绣着花，好看不好看？"我等她们回答。没有出声的，大家的嘴都成了个大写的"O"。"在古时候，我们的女子有把脚裹得这么小的，"我把大指和食指捏在一块比了一比，"现在已经完全不裹脚了，改为——"大家没等我说完这句，一齐出了声："为什么不裹了呢？为什么不裹了呢？糊涂！脚那么小，多么好看，小脚尖上镶上颗小珠子，多么好看！"大家似乎真动了感情，我只好安慰她们："别忙，等我说完！她们不是不裹脚了吗，可是都穿上高底鞋，脚尖在这儿，"我指了指鼻尖，"脚踵在这儿，"我指了头顶，"把身量能加高五寸。好看哪，而且把脚骨窝折了呢，而且有时候还得扶着墙走呢，而且设若折了一个底儿还一高一低地蹦呢！"大家都满意了，可是越对地球上的女子满意，对她们自己越觉得失望，大家都轻轻地把脚藏在腿底下去了。

我等着她们问我些别的问题。哼，大家似乎被高底鞋给迷住了：

"鞋底有多么高，你说？"一个问。

"鞋上面有花，对不对？"又一个问。

"走起路来咯噔咯噔的响？"又一个问。

"脚骨怎么折？是穿上鞋自然地折了呢，还是先弯折了脚骨再穿鞋？"又一个问。

"皮子做的？人皮行不行？"又一个问。

"绣花？什么花？什么颜色？"又一个问。

我要是会制革和做鞋，当时便能发了财，我看出来。

我正要告诉她们，我们的女子除了穿高底鞋还会做事，学者们来到了。

"迷，"小蝎说，"去预备迷叶汁。"又向花们说，"你们到别处去讨论高底鞋吧。"

来了八位学者，进门向小蝎行了个礼便坐在地上，都扬着脸向上看，连捎我一眼都不屑于。

迷把迷叶汁拿来，大家都慢慢地喝了一大气，闭上眼，好似更不屑于看我了。

他们不看我，正好；我正好细细地看他们。八位学者都极瘦，极脏，连脑勺上的小耳朵都装着两兜儿尘土，嘴角上堆着两堆唾沫，举动极慢，比大蝎的动作还要更阴险稳慢着好多倍。

迷叶的力量似乎达到生命的根源，大家都睁开眼，又向上看着。忽然一位说了话：

"猫国的学者是不是属我第一？"他的眼睛向四外一瞭，捎带着捎了我一下。

其余的七位被这一句话引得都活动起来，有的搔头，有的咬牙，有的把手指放在嘴里，然后一齐说：

"你第一？连你爸爸算在一块，不，连你祖父算在一块，全是混蛋！"

我以为这是快要打起来了。谁知道，自居第一学者的那位反倒笑了，大概是挨骂挨惯了。

"我的祖父，我的父亲，我自己，三辈子全研究天文，全研究天文，你们什么东西！外国人研究天文用许多器具，镜子，我们世代相传讲究只用肉眼，这还不算本事；我们讲究看得出天文与人生祸福的关系，外国人能懂得这个吗？昨天我夜观天象，文星正在我的头上，国内学者非我其谁？"

"要是我站在文星下面，它便在我头上！"小蝎笑着说。

"大人说得极是！"天文学家不言语了。

"大人说得极是！"其余的七位也找补了一句。

半天，大家都不出声了。

"说呀！"小蝎下了命令。

有一位发言："猫国的学者是不是属我第一？"他把眼睛向四外一瞭。"天文可算学问？谁也知道，不算！读书必须先识字，字学是唯一的学问。我研究了三十年字学了，三十年，你们谁敢不承认我是第一的学者？谁敢？"

"放你娘的臭屁！"大家一齐说。

字学家可不像天文家那么老实，抓住了一位学者，喊起来："你说谁呢！你先还我债，那天你是不是借了我一片迷叶？还我，当时还我，不然，我要不把你的头拧下来，我不算第一学者！"

"我借你一片迷叶，就凭我这世界著名的学者，借你一片迷叶，放开我，不要脏了我的胳臂！"

"吃了人家的迷叶不认账，好吧，你等着，你等我做字学通论的时候，把你的姓除外，我以国内第一学者的地位告诉全世界，说古字中就根本没有你的姓，你等着吧！"

借吃迷叶而不认账的学者有些害怕了，向小蝎央告：

"大人，大人！赶快借给我一片迷叶，我好还他！大人知道，我是国内第一学者，但是学者是没钱的人。穷既是真的，也许我借过他一片迷叶吃，不过不十分记得。大人，我还得求你一件事，请你和老大人求求情，多放给学者一些迷叶。旁人没迷叶还可以，我们做学者的，尤其我这第一学者，没有迷叶怎能做学问呢？你看，大人，我近来又研究出我们古代刑法确是有活剥皮的一说，我不久便做好一篇文章，献给老大人，求他转递给皇上，以便恢复这个有趣味，有历史根据的刑法。就这一点发现，是不是可算第一学者？字学，什么东西！只有历史是真学问！"

"历史是不是用字写的？还我一片迷叶！"字学家态度很坚决。

小蝎叫迷拿了一片迷叶给历史学家，历史学家掐了一半递给字学家，"还你，不该！"

字学家收了半片迷叶，咬着牙说："少给我半片！你等着，我不偷了你的老婆才怪！"

听到"老婆"，学者们似乎都非常地兴奋，一齐向小蝎说：

"大人，大人！我们学者为什么应当一人一个老婆，而急得甚至于想偷别人的老婆呢？我们是学者，大人，我们为全国争光，我们为子孙万代保存祖宗传留下的学问，为什么不应当每人有至少三个老婆呢？"

小蝎没言语。

"就以星体说吧，一个大星总要带着几个小星的，天体如此，人道亦然，我以第一学者的地位证明一人应该有几个老婆的；况且我那老婆的'那个'是不很好用的！"

"就以字体说吧，古时造字多是女字旁的，可见老婆应该是多数的。我以第一学者的地位证明老婆是应该不止一个的；况且……"下面的话不便写录下来。

各位学者依次以第一学者的地位证明老婆是应当多数的，而且全拿出不便写出的证据。我只能说，这群学者眼中的女子只是"那个"。

小蝎一言没发。

"大人想是疲倦了？我们，我们，我们……"

"迷，再给他们点迷叶，叫他们滚！"小蝎闭着眼说。

"谢谢大人，大人体谅！"大家一齐念道。

迷把迷叶拿来，大家乱抢了一番，一边给小蝎行礼道谢，一边互相诟骂，走了出去。

这群学者刚走出去，又进了一群青年学者。原来他们已在外边等了半天，因为怕和老年学者遇在一处，所以等了半天——新旧学者遇到一处至少要出两条人命的。

这群青年学者的样子好看多了，不瘦，不脏，而且非常地活泼。进来，先向迷行礼，然后又向我招呼，这才坐下。我心中痛快了些，觉得猫国还有希望。

小蝎在我耳旁嘀咕："这都是到过外国几年而知道一切的学者。"

迷拿来迷叶，大家很活泼地争着吃得很高兴，我的心又凉了。

吃过迷叶，大家开始谈话。他们谈什么呢？我是一字不懂！我和小蝎来往已经学得许多新字，可是我听不懂这些学者的话。我只听到一些声音：咕噜吧唧，地冬地冬，花拉夫司基……什么玩意呢？

我有点着急，因为急于明白他们说些什么，况且他们不断地向我说，而我一点答不上，只是傻子似的点头假笑。

"外国先生的腿上穿着什么？"

"裤子。"我回答，心中有点发糊涂。

"什么做的？"一位青年学者问。

"怎么做的？"又一位问。

"穿裤子是表示什么学位呢？"又一位问。

"贵国是不是分有裤子阶级与无裤子阶级呢？"又一位问。

我怎么回答呢？我只好装傻假笑吧。

大家没得到我回答，似乎很失望，都过来用手摸了摸我的破裤子。

看完裤子，大家又咕噜吧唧，地冬地冬，花拉夫司基……起来，我都快闷死了！

好容易大家走了，我才问小蝎，他们说的是什么。

"你问我哪？"小蝎笑着说，"我问谁去呢？他们什么也没说。"

"花拉夫司基？我记得这么一句。"我问。

"花拉夫司基？还有通通夫司基呢，你没听见吗？多了！他们只把一些外国名词联到一处讲话，别人不懂，他们自己也不懂，只是听着热闹。会这么说话的便是新式学者。我知道花拉夫司基这句话在近几天正在走运，无论什么事全是花拉夫司基，父母打小孩子，皇上吃迷叶，学者自杀，全是花拉夫司基。其实这个字当作'化学作用'讲。等你再遇见他们的时候，你只管胡说，花拉夫司基，通通夫司基，大家夫司基，他们便以为你是个学者。只要名词，不必管动词，形容字只需在夫司基下面加个'的'字。"

"看我的裤子又是什么意思呢？"我问。

"迷们问高底鞋，新学者问裤子，一样的作用。青年学者是带些女性的，讲究清洁漂亮时髦，老学者讲究直擒女人的那个，新学者讲究献媚。你等着看，过几天青年学者要不都穿上裤子才怪。"

我觉得屋中的空气太难过了，没理小蝎，我便往外走。门外花们一群女子都扶着墙，脚后跟下垫着两块砖头，练习用脚尖走路呢。


第二十章


悲观者是有可取的地方的：他至少要思虑一下才会悲观，他的思想也许很不健全，他的心气也许很懦弱，但是他知道用他的脑子。因此，我更喜爱小蝎一些。对于那两群学者，我把希望放在那群新学者身上，他们也许和旧学者一样的糊涂，可是他们的外表是快乐的，活泼的，只就这一点说，我以为他们是足以补小蝎的短处的；假如小蝎能鼓起勇气，和这群青年一样的快乐活泼，我想，他必定会干出些有益于社会国家的事业。他需要几个乐观者做他的助手。我很想多见一见那群新学者，看看他们是否能帮助小蝎。

我从迷们打听到他们的住处。

去找他们，路上经过好几个学校。我没心思再去参观。我并不愿意完全听信小蝎的话，但是这几个学校也全是四面土墙围着一块空地。即使这样的学校能不像小蝎所说的那么坏，我到底不能承认这有什么可看的地方。对于街上来来往往的男女学生，我看他们一眼，眼中便湿一会儿。他们的态度，尤其是岁数大一点的，正和大蝎被七个猫人抬着走的时候一样，非常地傲慢得意，好像他们个个以活神仙自居，而丝毫没觉到他们的国家是世界上最丢脸的国家似的。办教育的人糊涂，才能有这样无知学生，我应当原谅这群青年，但是，二十岁上下的人们居然能一点看不出事来，居然能在这种地狱里非常的得意，非常地傲慢，我真不晓得他们有没有心肝。有什么可得意的呢？我几乎要抓住他们审问了；但是谁有那个闲工夫呢！

我所要找的新学者之中有一位是古物院的管理员，我想我可以因拜访他而顺手参观古物院。古物院的建筑不小，长里总有二三十间房子。门外坐着一位守门的，猫头倚在墙上，正睡得十分香甜。我探头往里看，再没有一个人影。古物院居然可以四门大开，没有人照管着，奇；况且猫人是那么爱偷东西，怪！我没敢惊动那位守门的，自己硬往里走。穿过两间空屋子，遇见了我的新朋友。他非常的快乐，干净，活泼，有礼貌，我不由得十分喜爱他。他的名字叫猫拉夫司基。我知道这绝不是猫国的通行名字，一定是个外国字。我深怕他跟我说一大串带"夫司基"字尾的字，所以我开门见山对他说明我是要参观古物，求他指导一下。我想，他绝不会把古物也都"夫司基"了；他不"夫司基"，我便有办法。

"请，请，往这边请。"猫拉夫司基非常地快活，客气。

我们进了一间空屋子，他说：

"这是一万年前的石器保存室，按照最新式的方法排列，请看吧。"

我向四围打量了一眼，什么也没有。"又来得邪！"我心里说。还没等发问，他向墙上指了一指，说：

"这是一万年前的一座石罐，上面刻着一种外国字，价值三百万国魂。"

噢，我看明白了，墙上原来刻着一行小字，大概那个价值三百万的石罐在那里陈列过。

"这是一万零一年的一个石斧，价值二十万国魂。这是一万零二年的一套石碗，价值一百五十万。这是……三十万。这是……四十万。"

别的不说，我真佩服他把古物的价值能记得这么烂熟。

又进了一间空屋子，他依然很客气殷勤地说：

"这是一万五千年前的书籍保存室，世界上最古的书籍，按照最新式的编列法陈列。"

他背了一套书名和价值；除了墙上有几个小黑虫，我是什么也没看见。

一气看了十间空屋子，我的忍力叫猫拉夫司基给耗干了，可是我刚要向他道谢告别，到外面吸点空气去，他把我又领到一间屋子，屋子外面站着二十多个人，手里全拿着木棍！里面确是有东西，谢天谢地，我幸而没走，十间空的，一间实的，也就算不虚此行。

"先生来得真凑巧，过两天来，可就看不见这点东西了。"猫拉夫司基十二分殷勤客气地说："这是一万二千年前的一些陶器，按照最新式的排列方法陈列。一万二千年前，我们的陶器是世界上最精美的，后来，自从八千年前吧，我们的陶业断绝了，直到如今，没有人会造。"

"为什么呢？"我问。

"呀呀夫司基。"

什么意思，呀呀夫司基？没等我问，他继续地说：

"这些陶器是世界上最值钱的东西，现在已经卖给外国，一共卖了三千万万国魂，价钱并不算高，要不是政府急于出售，大概至少可以卖到五千万万。前者我们卖了些不到一万年的石器，还卖到两千万万，这次的协定总算个失败。政府的失败还算小事，我们办事的少得一些回扣是值得注意的。我们指着什么吃饭？薪水已经几年不发了，不仗着出卖古物得些回扣，难道叫我们天天喝风？自然古物出卖的回扣是很大的，可是看管古物的全是新式的学者，我们的日常花费要比旧学者高上多少倍，我们用的东西都来自外国，我们买一件东西都够老读书的人们花许多日子的，这确是一个问题！"猫拉夫司基的永远快乐的脸居然带出些悲苦的样子。

为什么将陶业断绝？呀呀夫司基！出卖古物？学者可以得些回扣。我对于新学者的希望连半点也不能存留了。我没心再细问，我简直不屑于再与他说话了。我只觉得应当抱着那些古物痛哭一场。不必再问了，政府是以出卖古物为财政来源之一，新学者是只管拿回扣和报告卖出的古物价值，这还有什么可问的。但是，我还是问了一句：

"假如这些东西也卖空了，大家再也拿不到回扣，又怎办呢？"

"呀呀夫司基！"

我明白了，呀呀夫司基比小蝎的"敷衍"又多着一万多分的敷衍。我恨猫拉夫司基，更恨他的呀呀夫司基。

吃惯了迷叶是不善于动气的，我居然没打猫拉夫司基两个嘴巴子。我似乎想开了，一个中国人何苦替猫人的事动气呢？我看清了：猫国的新学者只是到过外国，看了些，或是听了些，最新的排列方法。他们根本没有丝毫判断力，根本不懂哪是好，哪是坏，只凭听来的一点新排列方法来混饭吃。陶业绝断了是多么可惜的事，只值得个呀呀夫司基！出售古物是多么痛心的事，还是个呀呀夫司基！没有骨气，没有判断力，没有人格，他们只是在外国去了一遭，而后自号为学者，以便舒舒服服地呀呀夫司基！

我并没向猫拉夫司基打个招呼便跑了出来。我好像听见那些空屋子里都有些呜咽的声音，好像看见一些鬼影都掩面而泣。设若我是那些古物，假如古物是有魂灵的东西，我必定把那出卖我的和那些新学者全弄得七窍流血而亡！

到了街上，我的心平静了些。在这种黑暗社会中，把古物卖给外国未必不是古物的福气。偷盗，毁坏，是猫人最惯于做的事，与其叫他们自己把历史上的宝物给毁坏了，一定不如拿到外国去保存着。不过，这只是对古物而言，而绝不能拿来原谅猫拉夫司基。出卖古物自然不是他一个人的主意，但是他那点恬不知耻的态度是无可原谅的。他似乎根本不晓得什么叫作耻辱。历史的骄傲，据我看，是人类最难消灭的一点根性。可是猫国青年们竟自会丝毫不动感情地断送自家历史上的宝贝，况且猫拉夫司基还是个学者，学者这样，不识字的人们该当怎样呢。我对猫国复兴的希望算是连根烂的一点也没有了。努力过度有时也足以使个人或国家死亡，但是我不能不钦佩因努力而吐血身亡的。猫拉夫司基们只懂得呀呀夫司基，无望！

无心再去会别个新学者了。也不愿再看别的文化机关。多见一个人多减去我对"理想的人"的一分希望，多看一个机关多使我落几点泪，何苦呢！小蝎是可佩服的，他不领着我来看，也不事先给我说明，他先叫我自己看，这是有言外之意的。

路过一个图书馆，我不想进去看，恐怕又中了空城计。从里边走出一群学生来，当然是阅书的了，又引起我的参观欲。图书馆的建筑很不错，虽然看着像年久失修的样子，可是并没有塌倒的地方。

一进大门，墙上有几个好似刚写好的白字："图书馆革命"。图书馆向谁革命呢？我是个不十分聪明的人，不能立刻猜透。往里走了两步，只顾看墙上的字，冷不防我的腿被人抱住了，"救命！"地上有人喊了一声。

地上躺着十来个人呢，抱住我的腿的那位是，我认出来，新学者之一。他们的手脚都捆着呢。我把他们全放开，大家全像放生的鱼一气儿跑出多远去，只剩下那位新学者。

"怎么回事？"我问。

"又革命了！这回是图书馆革命！"他很惊惶地说。

"图书馆革了谁的命？"

"人家革了图书馆的命！先生请看，"他指了指他的腿部。

噢，他原来穿上了一条短裤子。但是穿上裤子与图书馆革命有什么关系呢？

"先生不是穿裤子吗？我们几个学者是以介绍外国学问道德风俗为职志的，所以我们也开始穿裤子。"他说："这是一种革命事业。"

"革命事业没有这么容易的！"我心里说。

"我穿上裤子，可糟了，隔壁的大学学生见我这革命行为，全找了我来，叫我给他们每人一条裤子。我是图书馆馆长，我卖出去的书向来要分给学生们一点钱的，因为学生很有些信仰'大家夫司基主义'的。我不能不卖书，不卖书便没法活着，卖书不能不分给他们一点钱，大家夫司基的信仰者是很会杀人的。可是，大家夫司基惯了，今天他们看见我穿上裤子，也要大家夫司基，我哪有钱给大家都做裤子，于是他们反革命起来；我穿裤子是革命事业，他们穿不上裤子又来革我的命，于是把我们全绑起来，把我那一点积蓄全抢了去！"

"他们倒没抢图书？"我不大关心个人的得失，我要看的是图书馆。

"不能抢去什么，图书在十五年前就卖完了，我们现在专做整理的工作。"

"没书还整理什么呢？"

"整理房屋，预备革命一下，把图书室改成一座旅馆，名称上还叫图书馆，实际上可以租出去收点租，本来此地已经驻过许多次兵，别人住自然比兵们要规矩一点的。"

我真佩服了猫人，因为佩服他们，我不敢再往下听了；恐怕由佩服而改为骂街了。


## 第二十一章


夜间又下了大雨。猫城的雨似乎没有诗意的刺动力。任凭我怎样地镇定，也摆脱不开一种焦躁不安之感。墙倒屋塌的声音一阵接着一阵，全城好像遇风的海船，没有一处，没有一刻，不在颤战惊恐中。毁灭才是容易的事呢，我想，只要多下几天大雨就够了。我绝不是希望这不人道的事实现，我是替猫人们难过，着急。他们都是为什么活着呢？他们到底是怎么活着呢？我还是弄不清楚；我只觉得他们的历史上有些极荒唐的错误，现在的人们正在为历史的罪过受惩罚，假如这不是个过于空洞与玄幻的想法。

"大家夫司基"，我又想起这个字来，反正是睡不着，便醒着做梦玩玩吧。不管这个字，正如旁的许多外国字，有什么意思，反正猫人是受了字的害处不浅，我想。

学生们有许多信仰大家夫司基的，我又想起这句话。我要打算明白猫国的一切，我非先明白一些政治情形不可了。我从地球上各国的历史上看清楚：学生永远是政治思想的发酵力；学生，只有学生的心感是最敏锐的；可是，也只有学生的热烈是最浮浅的，假如心感的敏锐只限于接收几个新奇的字眼。假如猫学生真是这样，我只好对猫国的将来闭上眼！只责备学生，我知道，是不公平的，但是我不能不因期望他们而显出责备他们的意思。我必须看看政治了。差不多我一夜没能睡好，因为急于起去找小蝎，他虽然说他不懂政治，但是他必定能告诉我一些历史上的事实；没有这些事实我是无从明白目前的状况的，因为我在此地的日子太浅。

我起来得很早，为是捉住小蝎。

"告诉我，什么是大家夫司基？"我好像中了迷。

"那便是人人为人人活着的一种政治主义。"小蝎吃着迷叶说。"在这种政治主义之下，人人工作，人人快活，人人安全，社会是个大机器，人人是这个大机器的一个工作者，快乐地安全地工作着的小钉子或小齿轮。的确不坏！"

"火星上有施行这样主义的国家？"

"有的是，行过二百多年了。"

"贵国呢？"

小蝎翻了翻白眼，我的心跳起来了。待了好半天，他说："我们也闹过，闹过，记清楚了；我们向来不'实行'任何主义。"

"为什么'闹过'呢？"

"假如你家中的小孩子淘气，你打了他几下，被我知道了，我便也打我的小孩子一顿，不是因他淘气，是因为你打了孩子所以我也得去打；这对于家务便叫做闹过，对政治也是如此。"

"你似乎是说，你们永远不自己对自己的事想自己的办法，而是永远听见风便是雨地随着别人的意见闹？你们永远不自己盖房子，打个比喻说，而是老租房子住？"

"或者应当说，本来无须穿裤子，而一定要穿，因为看见别人穿着，然后，不自己按着腿的尺寸去裁缝，而只去买条旧裤子。"

"告诉我些个过去的事实吧！"我说，"就是闹过的也好，闹过的也至少引起些变动，是不是？"

"变动可不就是改善与进步？"

小蝎这家伙确是厉害！我微笑了笑，等着他说。他思索了半天：

"从哪里说起呢？！火星上一共有二十多国，一国有一国的政治特色与改革。我们偶尔有个人听说某国政治的特色是怎样，于是大家闹起来。又忽然听到某国政治上有了改革，大家又急忙闹起来。结果，人家的特色还是人家的，人家的改革是真改革了，我们还是我们；假如你一定要知道我们的特色，越闹越糟便是我们的特色。"

"还是告诉我点事实吧，哪怕极没统系呢。"我要求他。

"先说哄吧。"

"哄？什么东西？"

"这和裤子一样，不是我们原有的东西。我不知道你们地球上可有这种东西，不，不是东西，是种政治团体组织——大家联合到一块拥护某种政治主张与政策。"

"有的，我们的名字是政党。"

"好吧，政党也罢，别的名字也罢，反正到了我们这里改称为哄。你看，我们自古以来总是皇上管着大家的，人民是不得出声的。忽然由外国来了一种消息，说：人民也可以管政事；于是大家怎想怎不能逃出这个结论——这不是起哄吗？再说，我们自古以来是拿洁身自好作道德标准的，忽然听说许多人可以组成个党，或是会，于是大家怎翻古书怎找不到个适当的字；只有哄字还有点意思：大家到一处为什么？为是哄。于是我们便开始哄。我告诉过你，我不懂政治；自从哄起来以后，政治——假如你能承认哄也算政治——的变动可多了，我不能详细地说；我只能告诉你些事实，而且是粗枝大叶的。"

"说吧，粗枝大叶地说便好。"我唯恐他不往下说了。

"第一次的政治的改革大概是要求皇上允许人民参政，皇上自然是不肯了，于是参政哄的人们联合了许多军人加入这个运动，皇上一看风头不顺，就把参政哄的重要人物封了官。哄人做了官自然就要专心做官了，把哄的事务忘得一干二净。恰巧又有些人听说皇上是根本可以不要的，于是大家又起哄，非赶跑皇上不可。这个哄叫做民政哄。皇上也看出来了，打算寻个心静，非用以哄攻哄的办法不可了，于是他自己也组织了一个哄，哄员每月由皇上手里领一千国魂。民政哄的人们一看红了眼，立刻屁滚尿流地向皇上投诚，而皇上只允许给他们每月一百国魂。几乎破裂了，要不是皇上最后给添到一百零三个国魂。这些人们能每月白拿钱，引起别人的注意，于是一人一哄，两人一哄，十人一哄，哄的名字可就多多了。"

"原谅我问一句，这些哄里有真正的平民在内没有？"

"我正要告诉你。平民怎能在内呢，他们没受过教育，没知识，没脑子，他们干等着受骗，什么办法也没有。不论哪一哄起来的时候，都是一口一个为国为民。得了官做呢，便由皇上给钱，皇上的钱自然出自人民身上。得不到官做呢，拼命地哄，先是骗人民供给钱，及至人民不受骗了，便联合军人去给人民上脑箍。哄越多人民越苦，国家越穷。"

我又插了嘴："难道哄里就没有好人？就没有一个真是为国为民的？"

"当然有！可是你要知道，好人也得吃饭，革命也还要恋爱。吃饭和恋爱必需钱，于是由革命改为设法得钱，得到钱，有了饭吃，有了老婆，只好给钱做奴隶，永远不得翻身，革命，政治，国家，人民，抛到九霄云外。"

"那么，有职业，有饭吃的人全不做政治运动？"我问。

"平民不能革命，因为不懂，什么也不懂。有钱的人，即使很有知识，不能革命，因为不敢；他只要一动，皇上或军人或哄员便没收他的财产。他老实地忍着呢，或是捐个小官呢，还能保存得住一些财产，虽然不能全部的落住；他要是一动，连根烂。只有到过外国的，学校读书的，流氓，地痞，识几个字的军人，才能干政治，因为他们进有所得，退无一失，哄便有饭吃，不哄便没有饭吃，所以革命在敝国成了一种职业。因此，哄了这么些年，结果只有两个显明的现象。第一，政治只有变动，没有改革。这样，民主思想越发达，民众越贫苦。第二，政哄越多，青年们越浮浅。大家都看政治，不管学识，即使有救国的真心，而且拿到政权，也是事到临头白瞪眼！没有应付的能力与知识。这么一来，老人们可得了意，老人们一样没有知识，可是处世的坏主意比青年们多得多。青年们既没真知识，而想运用政治，他们非求老人们给出坏主意不可，所以革命自管革命，真正掌权的还是那群老狐狸。青年自己既空洞，而老人们的主意又极奸狡，于是大家以为政治便是人与人间的敷衍，敷衍得好便万事如意，敷衍得不好便要塌台。所以现在学校的学生不要读书，只要多记几个新字眼，多学一点坏主意，便自许为政治的天才。"

我容小蝎休息了一会儿："还没说大家夫司基呢？"

"哄越多人民越穷，因为大家只管哄，而没管经济的问题。末后，来了大家夫司基——是由人民做起，是由经济的问题上做起。革命了若干年，皇上始终没倒，什么哄上来，皇上便宣言他完全相信这一哄的主张，而且愿做这一哄的领袖；暗中递过点钱去，也就真做了这一哄的领袖，所以有位诗人曾赞扬我们的皇上为'万哄之主'。只有大家夫司基来到，居然杀了一位皇上。皇上被杀，政权真的由哄——大家夫司基哄——操持了；杀人不少，因为这一哄是要根本铲除了别人，只留下真正农民与工人。杀人自然算不了怪事，猫国向来是随便杀人的。假如把不相干的人都杀了，而真的只留下农民与工人，也未必不是个办法。不过，猫人到底是猫人，他们杀人的时候偏要弄出些花样，给钱的不杀，有人代为求情的不杀，于是该杀的没杀，不该杀的倒丧了命。该杀的没杀，他们便混进哄中去出坏主意，结果是天天杀人，而一点没伸明了正义。还有呢，大家夫司基主义是给人人以适当的工作，而享受着同等的酬报。这样主义的施行，第一是要改造经济制度，第二是由教育上培养人人为人人活着的信仰。可是我们的大家夫司基哄的哄员根本不懂经济问题，更不知道怎么创设一种新教育。人是杀了，大家白瞪了眼。他们打算由农民与工人做起，可是他们一点不懂什么是农，哪叫做工。给地亩平均分了一次，大家拿过去种了点迷树；在迷树长成之前，大家只好饿着。工人呢，甘心愿意工作，可是没有工可做。还得杀人，大家以为杀剩了少数的人，事情就好办了；这就好像是说，皮肤上发痒，把皮剥了去便好了。这便是大家夫司基的经过；正如别种由外国来的政治主义，在别国是对病下药的良策，到我们这里便变成自己找罪受。我们自己永远不思想，永远不看问题，所以我们只受革命应有的灾害，而一点得不到好处。人家革命是为施行一种新主张，新计划；我们革命只是为哄，因为根本没有知识；因为没有知识，所以必须由对事改为对人；因为是对人，所以大家都忘了做革命事业应有的高尚人格，而只是大家彼此攻击和施用最卑劣的手段。因此，大家夫司基了几年，除了杀人，只是大家瞪眼；结果，大家夫司基哄的首领又做了皇上。由大家夫司基而皇上，显着多么接不上茬，多么像个噩梦！可是在我们看，这不足为奇，大家本来不懂什么是政治，大家夫司基没有走通，也只好请出皇上；有皇上到底是省得大家分心。到如今，我们还有皇上，皇上还是'万哄之主'，大家夫司基也在这万哄之内。"

小蝎落了泪！

## 第二十二章

即使小蝎说的都正确，那到底不是个建设的批评；太悲观有什么好处呢。自然我是来自太平快乐的中国，所以我总以为猫国还有希望；没病的人是不易了解病夫之所以那样悲观的。不过，希望是人类应有的——简直地可以说是人类应有的一种义务。没有希望是自弃的表示，希望是努力的母亲。我不信猫人们如果把猫力量集合在一处，而会产不出任何成绩的。有许多许多原因限制着猫国的发展，阻碍着政治入正轨，据我看到的听到的，我深知他们的难处不少，但是猫人到底是人，人是能胜过一切困难的动物。

我决定去找大蝎，请他给介绍几个政治家；假如我能见到几位头脑清楚的人，我也许得到一些比小蝎的议论与批评更切实更有益处的意见。我本应当先去看民众，但是他们那样地怕外国人，我差不多想不出方法与他们接近。没有懂事的人民，政治自然不易清明；可是反过来说，有这样的人民，政治的运用是更容易一些，假如有真正的政治家肯为国为民地去干。我还是先去找我的理想的英雄吧，虽然我是向来不喜捧英雄的脚的。

恰巧赶上大蝎请客，有我；他既是重要人物之一，请的客人自然一定有政治家了，这是我的好机会。我有些日子不到街的这边来了。街上依然是那么热闹，有蚂蚁的忙乱而没有蚂蚁的勤苦。我不知道这个破城有什么吸引力，使人们这样贪恋它；也许是，我继而一想，农村已然完全崩溃，城里至少总比乡下好。只有一样比从前好了，街上已不那么臭了；因为近来时常下雨，老天替他们做了清洁运动。

大蝎没在家，虽然我是按着约定的时间来到的。招待我的是前者在迷林给我送饭的那个人，多少总算熟人，所以他告诉了我："要是约定正午呀，你就晚上来；要是晚上，就天亮来；有时过两天来也行；这是我们的规矩。"我很感谢他的指导，并且和他打听请的客都是什么人，我心中计划着：设若客人们中没有我所希望见的，我便不再来了。"客人都是重要人物，"他说，"不然也不能请上外国人。"好了，我一定得回来，但是上哪里消磨这几点钟的时光呢？忽然我想起个主意：袋中还有几个国魂，掏出来赠给我的旧仆人。自然其余的事就好办了。我就在屋顶上等着，和他讨教一些事情。猫人的嘴是以国魂作钥匙的。

城里这么些人都拿什么做生计呢？这是我的第一个问题。

"这些人？"他指着街上那个人海说："都什么也不干。"

来得邪，我心里说；然后问他："那么怎样吃饭呢？"

"不吃饭，吃迷叶。"

"迷叶从哪儿来呢？"

"一人做官，众人吃迷叶。这些人全是官们的亲戚朋友。做大官的种迷叶，卖迷叶，还留些迷叶分给亲戚朋友。做小官的买迷叶，自己吃，也分给亲戚朋友吃。不做官的呢，等着迷叶。"

"做官的自然是很多了？"我问。

"除了闲着的都是做官的。我，我也是官。"他微微地笑了笑。这一笑也许是对我轻视他——我揭过他一小块头皮——的一种报复。

"做官的都有钱？"

"有。皇上给的。"

"大家不种地，不做工，没有出产，皇上怎么能有钱呢？"

"卖宝物，卖土地，你们外国人爱买我们的宝物与土地，不愁没有钱来。"

是的，古物院，图书馆……前后合上茬了。

"你，拿你自己说，不以为卖宝物，卖土地，是不好的事？"

"反正有钱来就好。"

"合算着你们根本没有什么经济问题？"

这个问题似乎太深了一些，他半天才回答出："当年闹过经济问题，现在已没人再谈那个了。"

"当年大家也种地，也做工，是不是？"

"对了。现在乡下已差不多空了，城里的人要买东西，有外国人卖，用不着我们种地与工做，所以大家全闲着。"

"那么，为什么还有人做官？做官总不能闲着呀？做官与不做官总有迷叶吃，何苦去受累做官呢？"

"做官多来钱，除了吃迷叶，还可以多买外国东西，多讨几个老婆。不做官的不过只分些迷叶吃罢了。再说，做官并不累，官多事少，想做事也没事可做。"

"请问，那死去的公使太太怎么能不吃迷叶呢，既是没有别的东西可吃？"

"要吃饭也行啊，不过是贵得很，肉、菜，全得买外国的。在迷林的时候，你非吃饭不可，那真花了我们主人不少的钱。公使太太是个怪女人，她要是吃迷叶，自有人供给她；吃饭，没人供给得起；她只好带着那八个小妖精去掘野草、野菜吃。"

"肉呢？"

"肉可没地方去找，除非有钱买外国的。在人们还一半吃饭，一半吃迷叶的时候——这是多少年前的事了——人们已把一切动物吃尽，飞的走的一概不留；现在你可看见过飞禽或走兽？"

我想了半天，确是没见过动物；"啊，白尾鹰，我见过！"

"是的，只剩下它们了，因为它们的肉有毒，不然，也早绝种了。"

你们这群东西也快……我心里说。我不必往下问了。蚂蚁、蜜蜂是有需要的，可是并没有经济问题。虽然它们没有问题，可是大家本能地操作，这比猫人强得多。猫人已无政治经济可言，可是还免不了纷争捣乱，我不知道哪位上帝造了这么群劣货，既没有蜂、蚁那样的本能，又没有人类的智慧，造他们的上帝大概是有意开玩笑。有学校而没教育，有政客而没政治，有人而没人格，有脸而没羞耻，这个玩笑未免开得太过了。

但是，无论怎说，我非看看那些要人不可了。我算是给猫人想不出高明主意来了，看他们的要人有方法没有吧。问题看着好似极简单：把迷叶平均地分一分，成为一种迷叶大家夫司基主义，也就行了。但这正是走入绝地的方法。他们必须往回走，禁止迷叶，恢复农工，然后才能避免同归于尽。但是，谁能担得起这个重任？他们非由蚊虫、苍蝇的生活法改为人的不可——这一跳要费多大力气，要有多大的毅力与决心！我几乎与小蝎一样地悲观了。

大蝎回来了。他比在迷林的时候瘦了许多，可是更显着阴险、狡诈。对他，我是毫不客气的，见面就问："为什么请客呢？"

"没事，没事，大家谈一谈。"

这一定是有事，我看出来。我要问他的问题很多，可是我不知道怎么这样地讨厌他，见了他我得少说一句便少说一句了。

客人继续地来了。这些人是我向来没看见过的。他们和普通的猫人一点也不同。一见着我，全说：老朋友，老朋友。我不客气地声明，我是从地球上来的，这自然是表示"老朋友"的不适当；可是他们似乎把言语中的苦味当作甜的，依然是：老朋友，老朋友。

来了十几位客人。我的运气不错，他们全是政客。

十几位中，据我的观察，可以分为三派：第一派是大蝎派，把"老朋友"说得极自然，可是稍微带着点不得不这么说的神气；这派都是年纪大些的，我想起小蝎所说的老狐狸。第二派的人年岁小一些，对外国人特别亲热有礼貌，脸上老是笑着，而笑得那么空洞，一看便看出他们的骄傲全在刚学会了老狐狸的一些坏招数，而还没能成精作怪。第三派的岁数最小，把"老朋友"说得极不自然，好像还有点羞涩的样子。大蝎特别地介绍这第三派："这几位老朋友是刚从那边过来的。"我不大明白他的意思。可是不好意思细问。过了一会儿，我醒悟过来，所谓"那边"者是学校，这几位必定是刚入政界的新手。我倒要看看这几位刚由那边来的怎样和这些老狐狸打交道。

赴宴，这是，对我头一遭。客人到齐，先吃迷叶，这是我预想得到的。迷叶吃过，我预备好看新花样了。果然来了。大蝎发了话："为欢迎新由那边过来的朋友，今天须由他们点选妓女。"

刚从那边过来的几位，又是笑，又是挤眼，又是羞涩，又是骄傲，都嘟囔着大家夫司基，大家夫司基。我的心好似我的爱人要死那么痛。这就是他们的大家夫司基！在那边的时候是一嘴的新主张与夫司基，刚到，刚到这边便大家夫司基妓女！完了，什么也不说了，我只好看着吧！

妓女到了，大家重新又吃迷叶。吃过迷叶，青年的政客脸上在灰毛下都透过来一些粉红色，偷眼看着大蝎。大蝎笑了。"诸位随便吧，"他说，"请，随便，不客气。"他们携着妓女的手都走到下层去，不用说，大蝎已经给他们预备好行乐的地方。

他们下去，大蝎向老年、中年的政客笑了笑。他说："好了，他们不在眼前，我们该谈正经事了。"

我算是猜对了，请客一定是有事。

"诸位都已经听说了？"大蝎问。

老年的人没有任何表示，眼睛好像省察着自己的内心。中年的有一位刚要点头，一看别人，赶快改为扬头看天。

我哈哈地笑起来。

大家更严重了，可是严重地笑起来，意思是陪着我笑——我是外国人。

待了好久，到底还是一位中年的说："听见了一点，不知道，绝对不知道，是否可靠。"

"可靠！我的兵已败下来了！"大蝎确是显着关切，或者因为是他自己的兵败下来了。

大家又不出声了。呆了许久，大家连出气都缓着劲，好像唯恐伤了鼻须。

"诸位，还是点几个妓女陪陪吧？"大蝎提议。

大家全活过来了："好的，好的！没女人没良策，请！"

又来了一群妓女。大家非常的快活。

太阳快落了，谁也始终没提一个关于政治的事。

"谢谢，谢谢，明天再会！"大家全携着妓女走去。

那几位青年也由下面爬上来，脸色已不微红，而稍带着灰绿。他们连声"谢谢"也没说，只嘟囔着大家夫司基。

我想：他们必是发生了内战，大蝎的兵败了，请求大家帮忙，而他们不愿管。假如我猜得不错，没人帮助大蝎也未必不是件好事。可是大蝎的神气很透着急切，我临走问了他一句："你的兵怎么败下来了？"

"外国打进来了！"

# 死 国

## 第二十三章

　　太阳还没完全落下去，街上已经连个鬼也没有了。可是墙上已写好了大白字："彻底抵抗！""救国便是救自己！""打倒吞并夫司基！"……我的头晕得像转欢了的黄牛！

　　在这活的死城里，我觉得空气非常的稀少，虽然路上只有我一个人。"外国打进来了！"还在我的耳中响着，好似报死的哀钟。为什么呢？不晓得。大蝎显然是吓昏了，不然他为什么不对我详细地说呢？可是，吓昏了还没忘记应酬，还没忘记召妓女，这便不是我所能了解的了。至于那一群政客，外国打进来，而能高兴地玩妓女，对国事一字不提，更使我没法明白猫人的心到底是怎样长着的了。

　　我只好去找小蝎，他是唯一的明白人，虽然我不喜欢他那悲观的态度！可是，我能还怨他悲观吗，在看见这些政客以后？

　　太阳已落了，一片极美的明霞在余光里染红了半天。下面一线薄雾，映出地上的惨寂，更显出天上的光荣。微风吹着我的胸与背，连声犬吠也听不到，原始的世界大概也比这里热闹一些吧，虽然这是座大城！我的眼泪整串地往下流了。到了小蝎的住处。进到我的屋中，在黑影中坐着一个人，虽然我看不清他是谁，但是我看得出他不是小蝎，他的身量比小蝎高着许多。

"谁？"他高声地问了一声。由他的声音我断定了，他不是个平常的猫人，平常的猫人就没有敢这样理直气壮地发问的。

"我是地球上来的那个人。"我回答。

"噢，地球先生，坐下！"他的口气有点命令式的，可是爽直使人不至于难堪。

"你是谁？"我也不客气地问，坐在他的旁边。因为离他很近，我可以看出他不但身量高，而且是很宽。脸上的毛特别地长，似乎把耳鼻口等都遮住，只在这团毛中露着两只极亮的眼睛，像鸟巢里的两个发亮的卵。

"我是大鹰，"他说："人们叫我大鹰，并不是我的真名字。大鹰？因为人们怕我，所以送给我这个名号。好人，在我们的国内，是可怕的，可恶的，因此——大鹰！"

我看了看天上，黑上来了，只有一片红云，像朵孤独的大花，恰好在大鹰的头上。我呆了，想不起问什么好，只看着那朵孤云，心中想着刚才那片光荣的晚霞。

"白天我不敢出来，所以我晚上来找小蝎。"他自动地说。

"为什么白天不？"我似乎只听见那前半句，就这么重了一下。

"没有一个人，除了小蝎，不是我的敌人，我为什么白天出来找不自在呢？我并不住在城里，我住在山上，昨天走了一夜，今天藏了一天，现在才到了城里。你有吃食没有？已经饿了一整天。"

"我只有迷叶。"

"不，饿死也好，迷叶是不能动的！"他说。

有骨气的猫人，这是在我经验中的第一位。我喊迷，想叫她设法。迷在家呢，但是不肯过来。

"不必了，她们女人也全怕我。饿一两天不算什么，死已在目前，还怕饿？"

"外国打进来了？"我想起这句话。

"是的，所以我来找小蝎。"他的眼更亮了。

"小蝎太悲观，太浪漫。"我本不应当这样批评我的好友，可是爽直可以掩过我的罪过。

"因他聪明，所以悲观。第二样，太什么？不懂你的意思。不论怎么着吧，设若我要找个与我一同死去的，我只能找他。悲观人是怕活着，不怕去死。我们的人民全很快乐地活着，饿成两张皮也还快乐，因为他们天生来不会悲观，或者说天生来没有脑子。只有小蝎会悲观，所以他是第二个好人，假如我是第一个。"

"你也悲观？"我虽然以为他太骄傲，可是我不敢怀疑他的智慧。

"我？不！因为不悲观，所以大家怕我、恨我；假如能和小蝎学，我还不致被赶入山里去。小蝎与我的差别只在这一点上。他厌恶这些没脑子、没人格的人，可是不敢十分得罪他们。我不厌恶他们，而想把他们的脑子打明白过来，叫他们知道他们还不大像人，所以得罪了他们。真遇到大危险了，小蝎是与我一样不怕死的。"

"你先前也是做政治的？"我问。

"是。先从我个人的行为说起：我反对吃迷叶，反对玩妓女，反对多娶老婆。我也劝人不吃迷叶，不玩妓女，不多娶老婆。这样，新人、旧人全叫我得罪尽了。你要知道，地球先生，凡是一个愿自己多受些苦，或求些学问的，在我们的人民看，便是假冒为善。我自己走路，不叫七个人抬着我走，好，他们绝不看你的甘心受苦，更不要说和你学一学，他们会很巧妙的给你加上'假冒为善'！做政客的口口声声是经济这个，政治那个；做学生的是口口声声这个主义，那个夫司基；及至你一考问他们，他们全白瞪眼；及至你自己真用心去研究，得，假冒为善。平民呢，你要给他一个国魂，他笑一笑；你要说，少吃迷叶，他瞪你一眼，说你假冒为善。上自皇上，下至平民，都承认做坏事是人生大道，做好事与受苦是假冒为善，所以人人想杀了我，以除去他们所谓的假冒为善。在政治上，我以为无论哪个政治主张，必须由经济问题入手，无论哪种政治改革，必须具有改革的真诚。可是我们的政治家就没有一个懂得经济问题的，就没有一个真诚的，他们始终以政治为一种把戏，你要我一下，我挤你一下，于是人人谈政治，而始终没有政治，人人谈经济，而农工已完全破产。在这种情形之下，有一个人，像我自己，打算以知识及人格为做政治的基础——假冒为善！不加我以假冒为善的罪状，他们便须承认他们自己不对，承认自己不对是建设的批评，没人懂。在许多年前，政治的颓败是经济制度不良的结果；现在，已无经济问题可言，打算恢复猫国的尊荣，应以人格为主；可是，人格一旦失去，想再恢复，与使死人复活的希望一样微小。在最近的几十年中，我们的政治变动太多了，变动一次，人格的价值低落一次，坏的必得胜，所以现在都希望得最后的胜利，那就是说，看谁最坏。我来谈人格，这个字刚一出口便招人吐我一脸唾沫。主义在外国全是好的，到了我们手里全变成坏的，无知与无人格使天粮变成迷叶！可是，我还是不悲观，我的良心比我，比太阳，比一切，都大！我不自杀，我不怕反对。遇上有我能尽力的地方，我还是干一下。明知无益，可是我的良心，刚才说过，比我的生命大得多。"

大鹰不言语了，我只听着他的粗声喘气。我不是英雄崇拜者，可是我不能不钦佩他；他是个被万人唾骂的，这样的人不是立在浮浅的崇拜心理上的英雄，而是个替一切猫人雪耻的牺牲者，他是个教主。

小蝎回来了。他向来没这么晚回来过，这一定是有特别的事故。

"我来了！"大鹰立起来，扑过小蝎去。

"来得好！"小蝎抱住大鹰。二人痛哭起来。

我知道事情是极严重了，虽然我不明白其中的底细。

"但是，"小蝎说，他似乎知道大鹰已经明白一切，所以从半中腰里说起，"你来并没有多少用处。"

"我知道，不但没用，反有碍于你的工作，但是我不能不来；死的机会到了。"大鹰说。两个人都坐下了。

"你怎么死？"小蝎问。

"死在战场的虚荣，我只好让给你。我愿不光荣的死，可是死得并非全无作用。你已有了多少人？"

"不多。父亲的兵，没打全退下来了。别人的兵也预备退，只有大蝇的人或者可以听我调遣；可是，他们如果听到你在这里，这'或者'便无望了。"

"我知道，"大鹰极镇静地说："你能不能把你父亲的兵拿过来？"

"没有多少希望。"

"假如你杀一两个军官，示威一下呢？"

"我父亲的军权并没交给我。"

"假如你造些谣，说：我有许多兵，而不受你的调遣——"

"那可以，虽然你没有一个兵，可是我说你有十万人，也有人相信。还怎样？"

"杀了我，把我的头悬在街上，给不受你调遣的兵将下个警告，怎样？"

"方法不错，只是我还得造谣，说我父亲已经把军权让给我。"

"也只好造谣，敌人已经快到了，能多得一个兵便多得一个。好吧，朋友，我去自尽吧，省得你不好下手杀我。"大鹰抱住了小蝎，可是谁也没哭。

"等等!"我的声音已经岔了。"等等! 你们二位这样做,究竟有什么好处呢?"

"没有好处。"大鹰还是非常镇静:"一点好处也没有。敌人的兵多,器械好,出我们全国的力量也未必战胜。可是,万一我们俩的工作有些影响呢,也许就是猫国的一大转机。敌人是已经料到,我们绝不敢,也不肯,抵抗;我们俩,假如没有别的好处,至少给敌人这种轻视我们一些惩戒。假如没人响应我们呢,那就很简单了:猫国该亡,我们俩该死,无所谓牺牲,无所谓光荣,活着没做亡国的事,死了免做亡国奴,良心是大于生命的,如是而已。再见,地球先生。"

"大鹰,"小蝎叫住他,"四十片迷叶可以死得舒服些。"

"也好,"大鹰笑了,"活着为不吃迷叶,被人指为假冒为善;死时为吃迷叶,好为人们证实我是假冒为善,生命是多么曲折的东西! 好吧,叫迷拿迷叶来。我也不用到外边去了,你们看着我断气吧。死时有朋友在面前到底觉得多些人味。"

迷把迷叶拿来,转身就走了。

大鹰一片一片地嚼食,似乎不愿再说什么。

"你的儿子呢? "小蝎问,问完似乎又后悔了,"噢,我不应当问这个!"

"没关系,"大鹰低声地说:"国家将亡,还顾得儿子!"他继续地吃,渐渐地嚼得很慢了,大概嘴已麻木过去。

"我要睡了。"他极慢地说。说完倒在地上。

待了半天,我摸了摸他的手,还很温软。他极低微地说了声:"谢谢!"这是他的末一句话。虽然一直到夜半他还未曾断气,可是没再发一语。

# 第二十四章

大鹰的死——我不愿用"牺牲",因为他自己不以英雄自居——对他所希望的作用是否实现,和,假如实现,到了什么程度,一时还不能知道。我所知道的是:他的头确是悬挂起来,"看头去"成为猫城中一时最流行的三个字。我没肯看那人头,可是细心地看了看参观人头的大众。小蝎已不易见到,他忙得连迷也不顾得招呼了,我只好到街上去看看。城中依然很热闹,不,我应当说更热闹:有大鹰的头可以看,这总比大家争看地上的一粒石子更有趣了。在我到了悬人头之处以前,听说,已经挤死了三位老人两个女子。猫人的为满足视官而牺牲是很可佩服的。看的人们并不批评与讨论,除了拥挤与互骂似乎别无作用。没有人问:这是谁?为什么死?没有。我只听见些,脸上的毛很长。眼睛闭上了。只有头,没身子,可惜!

设若大鹰的死只惹起这么几句评断,他无论怎说是死对了;和这么群人一同活着有什么味儿呢。

离开这群人,我向皇宫走去,那里一定有些值得看的,我想。路上真难走。音乐继续不断地吹打,过了一队又一队,人们似乎看不过来了,又顾着细看人头,又舍不得音乐队,大家东撞撞西跑跑,似乎很不满意只长着两只眼睛。由他们的喊叫,我听出来,这些乐队都是结婚的迎娶前导。人太多,我只能听见吹打,看不见新娘子是坐轿,还是被七个人抬着。我也无意去看,我倒是要问问,为什么大难当头反这么急于结婚呢?没地方去问;猫人是不和外国人讲话的。回去找迷。她正在屋里哭呢,见了我似乎更委屈了,哭得已说不出话。我劝了她半天,她才住声,说:

"他走了，打战去了，怎么好！"

"他还回来呢，"我虽然是扯谎，可是也真希望小蝎回来，"我还要跟他一同去呢。他一定回来，我好和他一同走。"

"真的？"她带着泪笑了。

"真的。你跟我出去吧，省得一个人在这儿哭。"

"我没哭，"迷擦了擦眼，扑上点白粉，和我一同出来。

"为什么现在这么多结婚的呢？"我问。

假如能安慰一个女子，使她暂时不哭，是件功绩，我只好以此原谅我的自私；我几乎全没为迷设想——小蝎战死不是似乎已无疑了么——只顾满足我的好奇心。到如今我还觉得对不起她。

"每次有乱事，大家便赶快结婚，省得女的被兵丁给毁坏了。"迷说。

"可是何必还这样热闹地办呢？"我心中是专想着战争与灭亡。

"要结婚就得热闹，乱事是几天就完的，婚事是终身的。"到底还是猫人对生命的解释比我高明。她继续着说："咱们看戏去吧。"她信了我的谎话以后便忘了一切悲苦："今天外务部部长娶儿媳妇，在街上唱戏。你还没看过戏？"

我确是还没看过猫人的戏剧，可是我以为去杀了在这种境况下还要唱戏的外务部长是比看戏更有意义。虽然这么想，我到底不是去杀人的人，因此也就不妨先去看戏。近来我的辩证法已有些猫化了。

外务部长的家外站满了兵。戏已开台，可是平民们不得上前；往前一挤，头上便啪的一声挨一大棍。猫兵确是会打——打自家的人。迷是可以挤进去的，兵们自然也不敢打我，可是我不愿进前去看，因为唱和吹打的声音在远处就觉着难听，离近了还不定怎样刺耳呢。

听了半天，只听到乱喊乱响，不客气地说，我对猫戏不能欣赏。

"你们没有比这再安美、雅趣一点的戏吗？"我问迷。

"我记得小时候听过外国戏，比这个雅趣。可是后来因为没人懂那种戏，就没人演唱了。外务部长他自己就是提倡外国戏的，可是后来听一个人——一个外国人——说，我们的戏顶有价值，于是他就又提倡旧戏了。"

"将来再有个人——一个外国人——告诉他，还是外国戏有价值呢？"

"那也不见得他再提倡外国戏。外国戏确是好，可是深奥。他提倡外国戏的时候未必真明白它的深妙处，所以一听人说，我们的戏好，他便立刻回过头来。他根本不明白戏剧，可是愿得个提倡戏剧的美名，那么，提倡旧戏是又容易，又能得一般人的爱戴，一举两得，为什么不这样干呢。我们有许多事是这样，新的一露头就完事，旧的因而更发达；真能明白新的是不容易的事，我们也就不多费那份精神。"

迷是受了小蝎的传染，我猜，这绝不会是她自己的意见；虽然她这么说，可是随说随往前挤。我自然不便再叮问她。又看了会儿，我实在受不住了。

"咱们走吧？"我说。

迷似乎不愿走，可是并没坚执，大概因为说了那片话，不走有些不好意思。

我要到皇宫那边看看，迷也没反对。

皇宫是猫城里最大的建筑，可不是最美的。今天官前特别的难看：墙外是兵，墙上是兵，没有一处没有兵。这还不算，墙上堆满了烂泥，墙下的沟渠填满了臭水。我不明白这烂泥臭水有什么作用，问迷。

"外国人爱干净，"迷说，"所以每逢听到外国人要打我们来，皇宫外便堆上泥，放上臭水；这样，即使敌人到了这里，也不能立刻进去，因为他们怕脏。"

我连笑都笑不上来了！

墙头上露出几个人头来。待了好大半天，他们爬上来，全骑在墙上了。迷似乎很兴奋："上谕！上谕！"

"哪儿呢？"我问。

"等着！"

等了多大工夫，腿知道；我站不住了。

又等了许久，墙上的人系下一块石头来，上面写着白字。迷的眼力好，一边看一边"哟"。

"到底什么事？"我有些着急。

"迁都！迁都！皇上搬家！坏了，坏了！他不在这里，我可怎办呢！"迷是真急了。本来，小蝎不在此地，叫她怎办呢！

我正要安慰她，墙上又下来一块石板。"快看！迷！"

"军民人等不准随意迁移，只有皇上和官员搬家。"她念给我听。

我很佩服这位皇上，只希望他走在半路上一跤跌死。可是迷反倒喜欢了：

"还好，大家都不走，我就不害怕了！"

我心里说，大家怎能不走呢，官们走了，大家在此地哪里得迷叶吃呢。正这么想，墙上又下来一块上谕。迷又读给我听：

"从今以后，不许再称皇上为'万哄之主'。大难临头，全国人民应一心一德，应称皇上为'一哄之主'。"迷加了一句："不哄敢情就好了！"然后往下念："凡我军民应一致抵抗，不得因私误国！"我加上了一句："那么，皇上为什么先逃跑呢？"

我们又等了半天，墙上的人爬下去，大概是没有上谕了。迷要回去，看看小蝎回来没有。我打算去看看政府各机关，就是进不去，也许能在外边看见一些命令。我与她分手，她往东，我往西。东边还是那么热闹，娶亲的、唱戏的音乐远射着刺耳的嘈杂。西边很清静，虽然下了极重要的谕旨，可是没有多少人来看，好像看结婚的是天下第一件要事。

我特别注意外务部。可是衙门外没有一个人。等了半天，不见一个人出来。是的，部长家里办喜事，当然没人来办公；特别是在这外交吃紧的时节。不过，猫人有没有外交，还是个问题，虽然有这么个外务部。没人，我要不客气了，进去看看。里面真没有人。屋子也并没关着。我可以自由参观了。屋子里什么也没有，除了堆着一些大石板，石板上都刻着"抗议"。我明白了：所谓外交者一定就是无论发生了什么事便送去一块"抗议"，外交官便是抗议专家。我想找到些外国给猫人的公文；找不到。大概对猫人的"抗议"，人家是永远置之不理的。也别说，这样的外交确是简单省事。

不用再看别的衙门了，外务部既是这么简单，别的衙门里还许连块像"抗议"的石头也没有呢。

出来还往西走，衙门真多：妓女部，迷叶所，留洋部，抵制外货局，肉菜厅，孤儿公卖局……这不过是几个我以为特别有趣的名字，我看不懂的还多着呢。除了闲着便是做官，当然得多设一些衙门；我以为多，恐怕猫人还以为不够呢。

一直往西走。这是我第一次走到西头。想到外国城去看看，不，还是回去看看小蝎回来没有。我改由街的那一边往回走。没遇上多少学生，大概都看人头与听戏去了。可是，走了半天，遇见一群学生，都在地上跪着，面前摆着一大块石头，上边写着几个白字："马祖大仙之神位"。我知道，过去一问，他们准跑得一干二净；我轻轻地溜到后边，也下跪，听他们讲些什么。

最前面的立起来一个，站在石头前面向大家喊："马祖主义万岁！大家夫司基万岁！扑罗普落扑拉扑万岁！"大家也随着喊。喊过之后，那个人开始对大家说话，大家都坐在地上。他说："我们要打倒大神，专信马祖大仙！我们要打倒家长，打倒教员，恢复我们的自由！我们要打倒皇上，实行大家夫司基！我们欢迎侵伐我们的外国人，他们是扑罗普落扑拉扑！我们现在就去捉皇上，把他献给我们的外国同志！这是我们唯一的机会，马上就要走。捉到了皇上，然后把家长、教员杀尽，杀尽！杀尽他们，迷叶全是我们的，女子都是我们的，人民也都是我们的，做我们的奴隶！大家夫司基是我们的，马祖大仙说过：扑罗普落扑拉扑是地冬地冬的呀呀者的上层下层花拉拉！我们现在就到皇宫去！"

大家并没动。"我们现在就走！"大家还是不动。

"好不好大家先回家杀爸爸？"有一位建议："皇宫的兵太多，不要吃眼前亏！"

大家开始要往起站。

"坐下！那么，先回家杀爸爸？"

大家彼此问答起来。

"杀了爸爸，谁给迷叶吃？"有一位这样问。

"正是因为把迷叶都拿到手才杀爸爸！"有一位回答。

"现在我们的主张已不一致，可以分头去做：杀皇上派的去杀皇上，杀爸爸派的去杀爸爸。"又是一个建议。

"但是马祖大仙只说过杀皇上的观识大加油，没有说过杀爸爸——"

"反革命！"

"杀了那错解马祖大仙的神言的！"

我以为这是快打起来了。待了半天，谁也没动手，可是乱得不可开交。慢慢地一群分为若干小群，全向马祖大仙的神位立着嚷。又待了半天，一个人一组了，依旧向着石头嚷。嚷来嚷去，大家嚷得没力气了，努着最后的力量向石头喊了声："马祖大仙万岁！"各自散去。

什么把戏呢？

## 第二十五章

对猫人我不愿再下什么批评；批评一块石头不能使它成为美妙的雕刻。凡是能原谅的地方便加倍地原谅；无可原谅的地方只好归罪于他们国的风水不大好。

我去等小蝎，希望和他一同到前线上去看看。对火星上各国彼此间的关系，我差不多完全不晓得。问迷，她只知道外国的粉比猫人造得更细、更白，此外，一问一个摇头。摇头之后便反攻："他怎还不回来呢？！"我不能回答这个，可是我愿为全世界的妇女祷告：世界上永不再发生战争！

等了一天，他还没回来。迷更慌了。猫城的做官的全走净了，白天街上也不那么热闹了，虽然还有不少参观大鹰的人头的。打听消息是不可能的事；没人晓得国事，虽然"国"字在这里用得特别地起劲：迷叶是国食，大鹰是国贼，沟里的臭泥是国泥……有心到外国城去探问，又怕小蝎在这个当儿回来。迷是死跟着我，口口声声："咱们也跑吧？人家都跑了！花也跑了！"我只有摇头，说道不出来什么。

又过了一天，他回来了。他脸上永远带着的那点无聊而快活的神气完全不见了。迷喜欢得连一句话也说不出，只带着眼泪盯着他的脸。我容他休息了半天才敢问："怎样了？"

"没希望！"他叹了口气。

迷看我一眼，看他一眼，蓄足了力量把句早就要说而不敢说的话挤出来："你还走不走？"

小蝎没看着她，摇了摇头。

我不敢再问了，假如小蝎是说谎呢，我何必因追问而把实话套出来，使迷伤心呢！自然迷也不见得就看不出来小蝎是否骗她。

休息了半天，他说去看他的父亲。迷一声不出，可是似乎下了决心跟着他。小蝎有些转磨；他的谎已露出一大半来了。我要帮助他骗迷，但是她的眼神使我退缩回来。小蝎还在屋里转，迷真闷不住了："你上哪里我上哪里！"随着流下泪来。小蝎低着头，似乎想了半天："也好吧！"

我该说话了："我也去！"

当然不是去看大蝎。

我们往西走，一路上遇见的人都是往东的，连军队也往东走。

"为什么敌人在西边而军队往东呢？"我不由得问出来。

"因为东边平安！"小蝎咬牙的声音比话响得多。

我们遇见了许多学者，新旧派分团往东走，脸上带着非常高兴的神气。有几位过来招呼小蝎："我们到东边去见皇帝！开御前学者会议！救国是大家的事，主意可是得由学者出，学者！前线上到底有多少兵？敌人是不是要占领猫城？假如他们有意攻猫城，我们当然劝告皇帝再往东迁移，当然的！光荣的皇上，不忘记学者！光荣的学者，要尽忠于皇帝！"小蝎一声没出。学者被皇上召见的光荣充满，毫不觉得小蝎的不语是失礼的。这群学者过去，小蝎被另一群给围上；这一群人的脸上好像都是刚死了父亲，神气一百二十分的难看："帮帮我们！大人！为什么皇上召集学者会议而没有我们？我们的学问可比那群东西的低？我们的名望可比那群东西的小？我们是必须去的，不然，还有谁再称我们为学者？大人，求你托托人情，把我们也加入学者会议！"小蝎还是一语没发。学者们急了："大人要是不管，可别怪我们批评政府，叫大家脸上无光！"小蝎拉着迷就走，学者都放声哭起来。

又来了军队，兵丁的脖子上全拴着一圈红绳。我一向没见过这样的军队，又不好意思问小蝎，我知道他已经快被那群学者气死了。小蝎看出我的心意来，他忽然疯了似的狂笑："你不晓得这样的是什么军队？这就是国家夫司基军。别国有过这样的组织，脖子上都戴红绳作标志。国家夫司基军，在别国，是极端的爱国，有国家没个人。一个褊狭而热烈的夫司基。我们的红绳军，你现在看见，也往平安地方调动呢，大概因为太爱国了，所以没法不先谋自己的安全，以免爱国军的解体。被敌人杀了还怎能再爱国呢？你得想到这一层！"小蝎又狂笑起来，我有点怕他真是疯了。我不敢再说什么，只一边走一边看那红绳军。在军队的中心有个坐在十几个兵士头上的人，他项上的红绳特别的粗。小蝎看了他一眼，低声向我说："他就是红绳军的首领！他想把政府一切的权柄全拿在他一人手里，因为别国有因这么办而强盛起来的。现在他还没得到一切政权，可是他比一切人全厉害——我所谓的厉害便是狡猾。我知道他这是去收拾皇上，实行独揽大权的计划，我知道！"

"也许那么着猫国可以有点希望？"我问。

"狡猾是可以得政权，不见得就能强国，因为他以他的志愿为中心，国家两个字并不在他的心里。真正爱国的是向敌人洒血的。"

我看出来：敌人来到是猫人内战的引火线。我被红绳军的红绳弄花了眼，看见一片红而不光荣的血海，这些军人在里边泅泳着。

我们已离开了猫城。我心里不知为什么有个不能再见这个城的念头。又走了不远，遇见一群猫人，对于我这又是很新奇的：他们的身量都很高，样子特别的傻，每人手里都拿着根草。迷，半天没说一句话，忽然出了声："好啦，西方的大仙来了！"

"什么？"小蝎，对迷向来没动过气的，居然是声色俱厉了！迷赶紧改嘴：

"我并不信大仙！"

我知道因我的发问可以减少他向迷使气："什么大仙？"

小蝎半天也没回答我，可是忽然问了我一句：

"你看，猫人的最大缺点在哪里？"

这确是个难以回答的问题，我一时回答不出。

小蝎自己说了："糊涂！"我知道他不是说我糊涂。

又待了半天，小蝎说："你看，朋友，糊涂是我们的要命伤。在猫人里没有一个是充分明白任何事体的。因此他们在平日以模仿别人表示他们多知多懂，其实是不懂装懂。及至大难在前，他们便把一切新名词撇开，而翻着老底把那最可笑的、最糊涂的东西——他们的心灵底层的岩石——拿出来，因为他们本来是空洞的，一着急便显露了原形，正如小孩急了便喊妈一样。我们的大家夫司基的信徒一着急便喊马祖大仙，而马祖大仙根本是个最不迷信的人。我们的革命家一着急便搬运西方大仙，而西方大仙是世上最没仙气、最糊涂的只会拿草棍的人。问题是没有人懂得，等到问题非立待解绝不可了，大家只好求仙。这是我们必亡的所以然，大家糊涂！经济，政治，教育，军事等等不良足以亡国，但是大家糊涂足以亡种，因为世上没有人以人对待糊涂像畜类的人的。这次，你看着，我们的失败是无疑的了；失败之后，你看着，敌人非把我们杀尽不可，因为他们根本不拿人对待我们，他们杀我们正如屠宰畜类，而且绝不至于引起别国的反感，人们看杀畜类是不十分动心的；人是残酷的，对他所不崇敬的——他不崇敬糊涂人——是毫不客气地去杀戮的。你看着吧！"

我真想回去看看西方大仙到底去做些什么，可是又舍不得小蝎与迷。

在一个小村里我们休息了一会儿。所谓小村便是只有几处塌倒的房屋，并没有一个人。

"在我的小时候，"小蝎似乎想起些过去的甜蜜，"这里是很大的一个村子。这才几年的工夫，连个人影也看不到了。灭亡是极容易的事！"他似乎是对他自己说呢，我也没细问他这小村所以灭亡的原因，以免惹他伤心。我可以想象到：革命，革命，每次革命要战争，而后谁得胜谁没办法，因为只顾革命而没有建设的知识与热诚，于是革命一次增多一些军队，增多一些害民的官吏；在这种情形之下，人民工作也是饿着，不工作也是饿着，于是便逃到大城里去，或是加入只为得几片迷叶的军队，这一村的人便这样死走逃亡净尽。革命而没有真知识，是多么危险的事呢！什么也救不了猫国，除非他们知道了糊涂是他们咽喉上的绳子。

我正在这么乱想，迷忽然跳起来了，"看那边！"

西边的灰沙飞起多高，像忽然起了一阵怪风。

小蝎的唇颤动着，说了声："败下来了！"

## 第二十六章

"你们藏起去！"小蝎虽然很镇静，可是显出极关切的样子，他的眼向来没有这么亮过。"我们的兵上阵虽不勇，可是败下来便疯了。快藏起去！"他面向着西，可是还对我说："朋友，我把迷托付给你了！"他的脸还朝着西，可是背过一只手来，似乎在万忙之中还要摸一摸迷。

迷拉住他的手，浑身哆嗦着说："咱们死在一处！"

我是完全莫名其妙。带着迷藏起去好呢，还是与他们两个同生死呢？死，我是不怕的；我要考虑的是哪个办法更好一些。我知道：设若有几百名兵和我拼命，我那把手枪是无用的。我顾不得再想，一手拉住一个就往村后的一间破屋里跑。不知道我是怎样想起来的，我的计划——不，不是计划，因为我已顾不得细想；是直觉的一个闪光，我心里那么一闪，看出这么条路来：我们三个都藏起去，等到大队过去，我可以冒险去捉住一个散落的兵，便能探问出前线的情形，而后再做计较。不幸而被大队——比如说他们也许在此地休息一会儿——给看见，我只好尽那把手枪所能为的抵挡一阵，其余便都交给天了。

但是小蝎不干。他似乎有许多不干的理由，可是顾不得说；我是莫名其妙。他不跑，自然迷也不会听我的。我又不知怎样好了。西边的尘土越滚越近；猫人的腿与眼的厉害我是知道的；被他们看见，再躲就太晚了。

"你不能死在他们手里！我不许你那么办！"我急切地说，还拉着他们俩。

"全完了！你不必赔上一条命；你连迷也不用管了，随她的便吧！"小蝎也极坚决。

讲力气，他不是我的对手；我搂住了他的腰，半抱半推地硬行强迫；他没挣扎，他不是撒泼打滚的人。迷自然紧跟着我。这样，还是我得了胜，在村后的一间破屋藏起来。我用几块破砖在墙上堆起一个小屏，顺着砖的孔隙往外看。小蝎坐在墙根下，迷坐在一旁，拉着他的手。

不久，大队过来了。就好像一阵怪风裹着灰沙与败叶，整团的前进。嘈杂的声音一阵接着一阵，忽然声音小了一些，好像波涛猛然低降，我闭着气等那波浪再猛孤丁的涌起。人数稀少的时候，能看见兵们的全体，一个个手中连木棍也没有，眼睛只盯着脚尖，惊了魂似的向前跑。现象的新异使我胆寒。一个军队，没有马鸣，没有旗帜，没有刀枪，没有行列，只在一片热沙上奔跑着无数的裸体猫人，个个似因惊惧而近乎发狂，拼命地急奔，好似吓狂了的一群，一地，一世界野人。向来没看见过这个！设若他们是整着队走，我绝不会害怕。

好大半天，兵们渐渐稀少了。我开始思想了：兵们打了败仗，小蝎干什么一定要去见他们呢？这是他父亲的兵，因打败而和他算账？这在情理之中。但是小蝎为何不躲避他们而反要迎上去呢？想不出道理来。因迷惑而大了胆，我要冒险去拿个猫兵来。除了些破屋子，没有一棵树或一个障碍物；我只要跳出去，便得被人看见！又等了半天，兵们更稀少了，可是个个跑得分外的快；大概是落在后面特别的害怕而想立刻赶上前面的人们。去追他们是无益的，我得想好主意。

好吧，试试我的枪法如何。我知道设若我打中一个，别人绝不去管他。前面的人听见枪响也绝不会再翻回头来。可是怎能那么巧就打中一个人正好不轻不重而被我生擒了来呢？再说，打中了他，虽然没打到致命的地方，而还要审问他，枪弹在肉里而还被审，我没当过军官，没有这分残忍劲儿。这个计策不高明。

兵们越来越少了。我怕起来：也许再待一会儿便一个也剩不下了。我决定出去活捉一个来。反正人数已经不多，就是被几个猫兵围困住，到底我不会完全失败。不能再耽延了，我掏出手枪，跑出去。事情不永远像理想的那么容易，可也不永远像理想的那么困难。假如猫兵们看见了我就飞跑，管保追一天我也连个影也捉不到。可是居然有一个兵，忽然看见我，就好像小蛙见了水蛇，一动也不动地呆软在那儿了。其余的便容易了，我把他当猪似的扛了回来。他没有喊一声，也没挣扎一下；或者跑得已经过累，再加上惊吓，他已经是半死了。

把他放在破屋里，他半天也没睁眼。好容易他睁开眼，一看见小蝎，他好像身上最娇嫩的地方挨了一刺刀似的，意思是要立起来扑过小蝎去。我握住他的胳臂。他的眼睛似是发着火，有我在一旁，他可是敢怒而不敢言。

小蝎好像对这个兵一点也不感觉兴趣，他只是拉着迷的手坐着发呆。我知道，我设若温和地审问那个兵，他也许不回答；我非恐吓他不可。恐吓得到了相当的程度，我问他怎样败下来的。

他似乎已忘了一切，呆了好大半天他好像想起一点来："都是他！"指着小蝎。

小蝎笑了笑。

"说！"我命令着。

"都是他！"兵又重复了一句。我知道猫人的好啰唆，忍耐着等他把怒气先放一放。

"我们都不愿打仗，偏偏他骗着我们去打。敌人给我们国魂，他，他不许我们要！可是他能，只能，管着我们；那红绳军，这个军，那个军，也全是他调去的，全能接了外国人的国魂平平安安地退下来，只剩下我们被外国人打得魂也不知道上哪里去！我们是他爸爸的兵，他反倒不照应我们，给我们放在死地！我们有一个人活着便不能叫他好好地死！他爸爸已经有意把我们撤回来，他，他不干！人家那平安退却的，既没受伤，又可以回去抢些东西；我们，现在连根木棍也没有了，叫我们怎么活着？！"他似乎是说高兴了，我和小蝎一声也不出，听着他说；小蝎或者因心中难过也许只是不语而并没听着，我呢，兵的每句话都非常的有趣，我只盼望他越多说越好。

"我们的地，房子，家庭，"兵继续说："全叫你们弄了去；你们今天这个，明天那个，越来官越多，越来民越穷。抢我们，骗我们，直落得我们非去当兵不可；就是当兵帮着你们做官的抢，你们到底是拿头一份，你们只是怕我们不再帮助你们，才分给我们一点点。到了外国人来打你们，来抢你们的财产，你叫我们去死，你个瞎眼的，谁能为你们去卖命！我们不会做工，因为你们把我们的父母都变成了兵，使我们自幼就只会当兵；除了当兵我们没有法子活着！"他喘了一口气。我乘这个机会问了他一句：

"你们既知道他们不好，为什么不杀了他们，自己去办理一切呢？"

兵的眼珠转开了，我以为他是不懂我的话，其实他是思索呢。呆了一会儿，他说：

"你的意思是叫我们革命？"

我点了点头；没想到他会知道这么两个字——自然我是一时忘了猫国革命的次数。

"不用说那个，没有人再信！革一回命，我们丢点东西，他们没有一个不坏的。就拿那回大家平分地亩财产说吧，大家都是乐意的；可是每人只分了一点地，还不够种十几棵迷树的；我们种地是饿着，不种也是饿着，他们没办法；他们，尤其是年青的，只管出办法，可是不管我们肚子饿不饿。不治肚子饿的办法全是糊涂办法。我们不再信他们的话，我们自己也想不出主意，我们只是谁给迷叶吃给谁当兵；现在连当兵也不准我们了，我们非杀不可了，见一个杀一个！叫我们和外国人打仗便是杀了我们的意思，杀了我们还能当兵吃迷叶吗？他们的迷叶成堆，老婆成群，到如今连那点破迷叶也不再许我们吃，叫我们去和外国人打仗，那只好你死我活了。"

"现在你们跑回来，专为杀他？"我指着小蝎问。

"专为杀他！他叫我们去打仗，他不许我们要外国人给的国魂！"

"杀了他又怎样呢？"我问。

他不言语了。

小蝎是我经验中第一个明白的猫人，而被大家恨成这样；我自然不便，也没工夫，给那个兵说明小蝎并非是他所应当恨的人。他是误以小蝎当做官吏阶级的代表，可是又没法子去打倒那一阶级，而只想杀了小蝎出口气。这使我明白了一个猫国的衰亡的真因：有点聪明的想指导着人民去革命，而没有建设所必需的知识，于是因要解决政治、经济问题而自己被问题给裹在旋风里；人民呢经过多少次革命，有了阶级意识而愚笨无知，只知道受了骗而一点办法没有。上下糊涂，一齐糊涂，这就是猫国的致命伤！带着这个伤的，就是有亡国之痛的刺激也不会使他们咬着牙立起来抵抗一下的。

该怎样处置这个兵呢？这倒是个问题。把他放了，他也许回去调兵来杀小蝎；叫他和我们在一块，他又不是个好伴侣。还有，我们该上哪里去呢？

天已不早了，我们似乎应当打主意了。小蝎的神气似乎是告诉我：他只求速死，不必和他商议什么。迷自然是全没主张。我是要尽力阻止小蝎的死，明知这并无益于他，可是由人情上看我不能不这么办。上哪里去呢？回猫城是危险的；往西去？正是自投罗网，焉知敌人现在不是正往这里走呢！想了半天，似乎只有到外国城去是万全之策。

但是小蝎摇头。是的，他肯死，也不肯去丢那个脸。他叫我把那个兵放了："随他去吧！"

也只好是随他去吧。我把那个兵放了。

天渐渐黑上来；异常的，可怕的，静寂！心中准知道四外无人，准知道远处有许多溃兵，准知道前面有敌人袭来，这种静寂好像是在荒岛上等着风潮的突起，越静心中越紧张。自然猫国灭亡，我可以到别国去，但是为我的好友，小蝎，设想，我的心似乎要碎了！一间破屋中过着亡国之夕，这是何等的悲苦。就是对于迷，现在我也舍不得她了。在亡国的时候才理会到一个"人"与一个"国民"相互的关系是多么重大！这个自然与我无关，但是我必须为小蝎与迷设想，这么着我才能深入他们的心中，而分担一些他们的苦痛；安慰他们是没用的，国家灭亡是民族愚钝的结果，用什么话去安慰一两个人呢？亡国不是悲剧地舒解苦闷，亡国不是诗人的正义之拟喻，它是事实，是铁样的历史，怎能纯以一些带感情的话解说事实呢！我不是读着一本书，我是听着灭亡的足音！我的两位朋友当然比我听的更清楚一些。他们是咒诅着，也许是甜蜜地追忆着他们的过去一切；他们只有过去而无将来。他们的现在是人类最大的耻辱正在结晶。

天还是那么黑，星还是那么明，一切还是那么安静，只有亡国之夕的眼睛是闭不牢的。我知道他们是醒着，他们也知道我没睡，但是谁也不能说话，舌似乎被毁灭的指给捏住，从此人与国永不许再出声了。世界上又哑了一个文化，它的最后的梦是已经太晚了的自由歌唱。它将永不会再醒过来。它的魂灵只能向地狱里去，因为它生前的纪录是历史上一个污点。

## 第二十七章

大概是快天亮了，我蒙眬地睡去。

当！当！两响！我听见已经是太晚了。我睁开眼——两片血迹，两个好朋友的身子倒在地上，离我只有二尺多远。我的，我的手枪在小蝎的身旁！

要形容我当时的感情是不可能的。我忘了一切，我不知道心里哪儿发痛。我只觉得两个活泼泼的青年瞪着四只死定的眼看着我呢。活泼泼的？是的，我一时脑子里不能转弯了，想不到他们会停止了呼吸的。他们看着我，但是并没有丝毫的表情，他们像捉住一些什么肯定的意义，而只要求我去猜。我看着他们，我的眼酸了，他们的还是那样的注视。他们把个最难猜透的谜交给我，而我忘了一切。我想不出任何方法去挽回生命；在他们面前我觉得到人生的脆弱与无能。我始终没有落泪；除了他们是躺着，我是立着，我完全和他们一样地呆死。无心的，我蹲下，摸了摸他们，还温暖，只是没有了友谊的回应；他们的一切只有我所知道的那点还存在着，其余的，他们自己已经忘了。死或者是件静美的事。

迷是更可怜的。一个美好的女子岂是为亡国预备的呢。我的心要碎了。民族的罪恶惩罚到他们的姊妹妻母；就算我是上帝，我也得后悔为这不争气的民族造了女子！

我明白小蝎，所以我更可怜迷；她似乎无论怎样也不应当死；小蝎有必死的理由。可是，与国家同死或者不需要什么辩论？民族与国家，在这个世界上，还有种管辖生命的力量。这个力量的消失便是死亡，那不肯死的只好把身体变作木石，把灵魂交与地狱。我更爱迷与小蝎了。我恨不能唤醒他们，告诉他们，他们是纯洁的，他们的灵魂还是自己的。我恨不能唤起他们，带他们到地球上来享受生命一切应有的享受。幻想是无益的；除了幻想却只有悲哀。我无论怎样幻想，他们只是呆呆的不动；他们似乎已忘了我是个好朋友。不管我心中怎样疼痛，他们一点也不欣赏，生死之间似隔着几重天。生是一切，死是一切，生死中间隔着个无限大的不可知。我似乎能替花鸟解释一些什么，我不能使他们再出一声。死的缄默是绝对的真实：我不知怎样好了，可是他们决定不再动了。我觉不到生命还有什么意义。

就是那么呆呆地守着他们，一直到太阳出来。他们的形体越来越看得清楚，我越觉得没有主张。光射在迷的脸上，还是那么美好，可爱，只是默默不语。小蝎的头窝在墙角，脸上还不时地带出那种无聊的神气，好像死还没医治了他的悲观，迷的脸上一点害怕的样子没有了。

我不能再守着他们。这是我心中忽然觉出来的。设若再继续下去，我一定会疯。离开他们？这么一想，我那始终没落的眼泪雨似的落下来。茫茫大地，我到哪里去？舍了两个好朋友，独自去游浪，这比我离开地球的时候难堪得多多了。异地的孤寂是难以担当的，况且是由于死别，他们的死将永远追随着我。我哭了不知好久，我双手拉住他们，几乎是喊着：迷，小蝎，再见了！

顾不得掩埋他们，我似乎只要再耽误一秒钟，便永不能起身了。咬一咬牙，拾起我的手枪，跳出破墙。走开几步，我回头看了看；决定不再回去，叫他们的尸身腐烂在那里，我不能再回去！我骂我自己，不祥的人，由地球上同来的朋友死在这里，现在又眼看着他们俩这样，我应当永不再交朋友！

往哪里走？回猫城，当然的。那是我的家。

路上一个人不见，死笼罩住一切。天空是灰的，灰黄的路上卧着几个死兵，白尾鹰们正在啄食，上下飞舞，尖苦地叫着。我走得飞快，可是眼中时常看见迷的笑，耳中似乎听到小蝎惯说的字句，他们是追随着我呢。快到了猫城，我的心跳得紧；是希冀，是恐怖，我说不清。到了，没有一个人。街上卧着，东一个，西一个，许多妇女。兵们由此经过，我猜得出其中的道理。"花也跑了！"我似乎又听见迷在我耳旁说。是的，花要是不走，也必定被兵们害死。我顾不得细看，一直往前跑，到了大鹰的头悬挂所在，他还在那里守着这空城，头上的肉已被鹰鸟啄尽。他是这死寂猫城的灵魂。跑到小蝎的住处，什么也没有了，连墙都推倒了两处。

兵们没有把小蝎的任何东西留下，我真愿意得着一点，无论是什么，作个纪念物。我只好走吧，这个地方的一砖一石都能引下我的泪。

我往东去，我知道人们都在那边。回头看了看，灰空中立着个死城！

向大蝎的迷林走去，这是我认识的一条路。路上那个小村已经没人了，我知道兵们一定已由此经过了。

到了迷林，没有人。我坐在树下休息了一会儿。还得走，静寂逼迫着我动作。向前走到我常洗澡的沙滩那里，从雾气中我看见些行人往西来。我猜想，这或者是大局已有转机，所以人们又要回猫城去。一会儿比一会儿人多了，有许多贵人还带着不少的兵。我坐在河岸上一边休息一边观察。人越来越多，带兵的人们似乎都争着往前跑，像急于去得到一些利益似的。一来二去，因为争路，兵们开始打起来，而且贵人们亲自指挥着。我莫名其妙。猫人的战争是不易见胜负的，大家只用木棍相击，轻易不致打倒一个；打的工夫还不如转的工夫多，你躲我，我躲你，非赶到有人失神，木棍是没有碰到身上的机会。工夫大了，大家还是乱转，而且是越转相距越远。有一队，一边打，一边往前转，大概是指挥人要乘着大家乱打的当儿，把他的兵转到前面去，好继续往西走。这一队离河岸较近，我认出来，为首的是大蝎。他到底是有些策略。又待了一会儿，他的兵们全转在前面来了，果然不出我所料，他们一摆脱清便向前急进。

我的机会到了。似乎是飞呢，我赶上了大蝎。

他似乎很愿意见着我，同时又似乎连讲话都顾不得，急于往前跑。我一边喘一边问他，干什么去。

"请跟我去！跟我去！"他十分恳切地说："敌人就快到猫城了！也许已过了那里，说不定！"

我心中痛快了一些，大概是到了不能不战的时候了，大家一齐去保护猫城，我想。可是，大家要都是去迎敌，为什么半路上自己先打起来呢？我想的不对！我告诉大蝎，他不告诉我干什么去，我不能跟他走。

他似乎不愿说实话，可是又好像很需要我，而且他知道我的脾气，他说了实话：

"我们去投降，谁先到谁能先把京城交给敌人，以后自不愁没有官做。"

"请吧！"我说："没那个工夫陪你去投降！"没有再和他说第二句话，我便扭头往回走。

后面的兵也学着大蝎，一边打一边前进了。我看见那位红绳军的领袖也在其中，仍旧项上系着极粗的红绳，精神百倍地争着往前去投降。

我正看着，前面忽然全站定了。转过头来，敌人到了，已经和大蝎打了对面。这我倒要看看了，看大蝎怎样投降。

我刚跑到前面，后面的那些领袖也全飞奔前来。红绳军的首领特别地轻快，像个燕子似的，一落便落在大蝎的前面，向敌人跪好。后面的领袖继续也全跪好，就好像咱们老年间大家庭出殡的时候，灵前跪满了孝子贤孙。

这是我第一次看见猫人的敌军。他们的身量，多数都比猫人还矮些。看他们脸上的神气似乎都不大聪明，可是分明地显出小气与毒狠的样子。我不知道他们的历史与民性，无从去判断，他们给我的第一个印象是这样罢了。他们手里都拿条像铁似的短棍，我不知道它们有什么用处。

等猫人首领全跪好了，矮人们中的一个，当然是长官了，一抬手，他后面的一排兵，极轻巧地向前一蹿，小短棍极准确地打在大蝎们的头上。我看得清楚极了，大蝎们全一低头，身上一颤，倒在地上，一动也不动了。莫非短棍上有电？不知道。后面的猫人看见前面投降的首领全被打死，哎呀，那一声喊，就好像千万把刀放在脖子上的公鸡。喊了一声，就好像比声音还快，一齐向后跑去。一时被挤倒的不计其数，倒了被踩死的也很多。敌人并没有追他们。大蝎们的尸首被人家用脚踢开，大队慢慢地前进。

我想起小蝎的话："敌人非把我们杀尽不可！"

可是，我还替猫人抱着希望：投降的也是被杀，难道还激不起他们的反抗吗？他们假如一致抵抗，我不信他会灭亡。我是反对战争的，但是我由历史上看，战争有时候还是自卫的唯一方法；遇到非战不可的时候，到战场上去死是人人的责任。褊狭的爱国主义是讨厌的东西，但自卫是天职。我理想着猫人经过这一打击，必能背城一战，而且胜利者未必不是他们。

我跟着大队走。那方才没被踩死而跑不了的，全被矮兵用短棍结果了性命。我不能承认这些矮子是有很高文化的人，但是拿猫人和他们比，猫人也许比他们更低一些。无论怎说，这些矮人必是有个，假如没有别的好处，国家观念。国家观念不过是扩大的自私，可是它到底是"扩大"的；猫人只知道自己。

幸而和小蝎起行的时候，身旁带了些迷叶，不然我一定会饿死的。我远远地跟着矮人的大队，不要说是向他们乞求点吃食，就是连挨近他们也不敢。焉知他们不拿我当作侦探呢。一直地走到我的飞机坠落处，他们才休息一下。我在远远望着，那只飞机引起了他们注意，这又是他们与猫人不同之处，这群人是有求知心的。我想起我的好友，可怜，他的那些残骨也被他们践踏得粉碎了！

他们休息了一会儿，有一部分的兵开始掘地。工作得很快，看着他们那么笨手笨脚的，可是说做便做，不迟疑，不懒散，不马马虎虎，一会儿的工夫他们挖好了深大的一个坑。又待了一会儿，由东边来了许多猫人，后面有几个矮子兵赶着，就好像赶着一群羊似的。赶到了大坑的附近，在此地休息着的兵把他们围住，往坑里挤。猫人的叫喊真足以使铁做的心也得碎了，可是矮兵们的耳朵似乎比铁还硬，拿着铁棒一个劲儿往坑里赶。猫人中有男有女，而且有的妇女还抱着小娃娃。我的难过是说不出来的，但是我没法去救他们。我闭上眼，可是那哭喊的声音至今还在我的耳旁。哭喊的声音忽然小了，一睁眼，矮兽们正往坑中填土呢。整批的活埋！这是猫人不自强的惩罚。我不知道恨谁好，我只得了一个教训：不以人自居的不能得人的待遇；一个人的私心便足以使多少多少同胞受活埋的暴刑！

要形容一切我所看见的，我的眼得哭瞎了；矮人们是我所知道的人们中最残忍的。猫国的灭亡是整个的，连他们的苍蝇恐怕也不能剩下几个。

在最后，我确是看见些猫人要反抗了，可是他们还是三个一群，五个一伙的干；他们至死还是不明白合作。我曾在一座小山里遇见十几个逃出来的猫人，这座小山是还未被矮兵占据的唯一的地方；不到三天，这十几个避难的互相争吵打闹，已经打死一半。及至矮兵们来到山中，已经剩了两个猫人，大概就是猫国最后的两个活人。敌人到了，他们两个打得正不可开交。矮兵们没有杀他们俩，把他们放在一个大木笼里，他们就在笼里继续作战，直到两个人相互咬死；这样，猫人们自己完成了他们的灭绝。

　　我在火星上又住了半年，后来遇到法国的一只探险的飞机，才能生还我的伟大的、光明的、自由的中国。

**全书终**

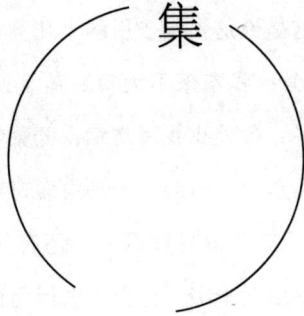

赶

集

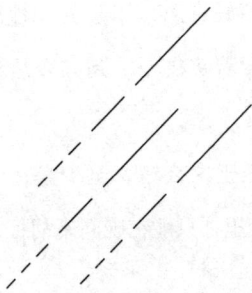

# 序

　　这里的"赶集"不是逢一四七或二五八到集上去卖两只鸡或买二斗米的意思，不是；这是说这本集子里的十几篇东西都是赶出来的。几句话就足以说明这个：我本来不大写短篇小说，因为不会。可是自从沪战后，刊物增多，各处找我写文章；既蒙赏脸，怎好不捧场？同时写几个长篇，自然是做不到的，于是由靠背戏改唱短打。这么一来，快信便接得更多："既肯写短篇了，还有什么说的？写吧，伙计！三天的工夫还赶不出五千字来？少点也行啊！无论怎着吧，赶一篇，要快！"话说得很"自己"，我也就不好意思，于是天昏地暗，胡扯一番；明知写得不成东西，还没法不硬着头皮干。到如今居然凑成这么一小堆堆了！

　　设若我要是不教书，或者这些篇还不至于这么糟，至少是在文字上。可是我得教书，白天的工夫都花费在学校里，只能在晚间来胡扯；扯到哪儿算哪儿，没办法！

　　现在要出集了，本当给这堆小鬼一一修饰打扮一番；哼，哪有那个工夫！随它们去吧；它们没出息，日后自会受淘汰；我不拿它们当宝贝儿，也不便把它们都勒死。就是这个主意！

　　排列的次序是依着写成的先后。设若后边的比前边的好一点，那总算狗急跳墙，居然跳过去了。说真的，这种"歪打正着"的办法，能得一两个虎头虎脑的家伙就得念佛！

蒙载过这些篇的杂志们允许我把它们收入这本里，十分的感激！

老舍一九三四年，二月一日，济南。

# 五 九

张丙，瘦得像剥了皮的小树，差不多每天晚上来喝茶。他的脸上似乎没有什么东西；只有一对深而很黑的眼睛，显出他并不是因为瘦弱而完全没有精力。当喝下第三碗茶之后，这对黑眼开始发光；嘴唇，像小孩要哭的时候，开始颤动。他要发议论了。

他的议论，不是有统系的；他遇到什么事便谈什么，加以批评。但无论谈什么事，他的批评总结束在"中国人是无望的，我刚说的这件事又是个好证据"。说完，他自动的斟上一碗茶，一气喝完；闭上眼，不再说了，显出："不必辩论，中国人是无望的。无论怎说！"

这一晚，电灯非常的暗，读书是不可能的。张丙来了，看了看屋里，看了看电灯，点了点头，坐下，似乎是心里说："中国人是无望的，看这个灯；电灯公司……"

第三碗茶喝过，我笑着说："老张，什么新闻？"

出我意料之外，他笑了笑——他向来是不轻易发笑的。

"打架来着。"他说。

"谁？你？"我问。

"我！"他看着茶碗，不再说了。

等了足有五分钟，他自动的开始："假如你看见一个壮小伙子，利用他身体气力的优越，打一个七八岁的小孩，你怎办？"

"过去劝解，我看，是第一步。"

"假若你一看见他打那个小孩子，你便想到：设若过去劝，他自然是停止住打，而嘟囔着骂话走开；那小孩子是白挨一顿打！你想，过去劝解是有意义的吗？"他的眼睛发光了，看看我的脸。

"我自然说他一顿，叫他明白他不应当欺侮小孩子，那不体面。"

"是的，不体面；假如他懂得什么体面，他还不那样做呢！而且，这样的东西，你真要过去说他几句，他一定问你：'你管得着吗？你是干什么的，管这个事？'你跟他辩驳，还不如和石头说几句好话呢；石头是不会用言语冲撞你的。假如你和他嚷嚷起来，自然是招来一群人，来看热闹；结果是他走他的，你走你的路；可是他白打了小孩一顿，没受一点惩罚；下回他遇到机会还这样做！白打一个不能抵抗的小孩子，是便宜的事，他一定这么想。"

"那末，你以为应当立刻叫他受惩罚，路见不平……那一套？"我知道他最厌恶武侠小说，而故意斗他。果然不出我所料，他说："别说《七侠五义》！我不要做什么武侠，我只是不能瞪着眼看一个小孩挨打；那叫我的灵魂全发了火！更不能叫打人的占了全胜去！我过去，一声没出，打了他个嘴巴！"

"他呢？"

"他？反正我是计划好了的：假如我不打他，而过去劝，他是得意扬扬而去；打人是件舒服事，从人们的兽性方面看。设若我跟他讲理，结果也还是得打架；不过，我未必打得着他，因为他必先下手，不给我先发制人的机会。"他又笑了；我知道他笑的意思。

"但是，"我问："你打了他，他一定还手，你岂是他的对手？"我很关心这一点，因为张丙是那样瘦弱的人。"那自然我也想到了。我打他，他必定打我；我必定失败。可是有一层，这种人，善于利用筋肉欺侮人的，遇到自家皮肉上挨了打，他会登时去用手遮护那里，在那一刻，他只觉得疼，而忘了动作。及至他看明白了你，他还是不敢动手，因为他向来利用筋肉的优越欺人，及至他自己挨了打，他必定想想那个打他的，一定是有些来历；因为他自己打人的时候是看清了有无操必胜之券而后开打的。就是真还了手，把我打伤，我，不全象那小子那样傻，会找巡警去。至少我跟他上警区，耽误他一天的工夫（先不用说他一定受什么别的惩罚），叫他也晓得，打人是至少要上警区的。"

他不言语了，我看得出，他心中正在难受——难受，他打了人家一下，不用提他的理由充足与否。

"他打人，人也打他，对这等人正是妥当的办法；人类是无望的，你常这么说。"我打算招他笑一下。

他没笑，只轻轻摇了摇头，说："这是今天早晨的事。下午四五点钟的时候，我又遇见他了。"

"他要动手了？"我问，很不放心的。

"动手打我一顿，倒没有什么！叫我，叫我—— 我应当怎样说？——伤心的是：今天下午我遇见他的时候，他正拉着两个十来岁的外国小孩儿；他分明是给一家外国人做仆人的。他拉着那两个外国小孩，赶过我来，告诉他们，低声下气的央告他们：踢他！踢他！然后向我说：你！你敢打我？洋人也不打我呀！（请注意，这里他很巧妙的，去了一个"敢"字！）然后又向那两个小孩说：踢！踢他！看他敢惹洋人不敢！"他停顿了一会儿，忽然的问我："今天是什么日子？"

"五九！"我不知道，为什么我的泪流下来了。"呕！"张丙立起来说："怪不得街上那么多的'打倒帝国主义'的标语呢！"

他好象忘了说那句："中国人没希望，"也没喝那末一碗茶，便走了。

# 热包子

爱情自古时候就是好出轨的事。不过，古年间没有报纸和杂志，所以不像现在闹得这么血花。不用往很古远里说，就以我小时候说吧，人们闹恋爱便不轻易弄得满城风雨。我还记得老街坊小邱。那时候的"小"邱自然到现在已是"老"邱了。可是即使现在我再见着他，即使他已是白发老翁，我还得叫他"小"邱。他是不会老的。我们一想起花儿来，似乎便看见些红花绿叶，开得正盛；大概没有一人想花便想到落花如雨，色断香消的。小邱也是花儿似的，在人们脑中他永远是青春，虽然他长得离花还远得很呢。

小邱是从什么地方搬来的，和哪年搬来的，我似乎一点也不记得。我只记得他一搬来的时候就带着个年青的媳妇。他们住我们的外院一间北小屋。从这小夫妇搬来之后，似乎常常听人说：他们俩在夜半里常打架。小夫妇打架也是自古有之，不足为奇；我所希望的是小邱头上破一块，或是小邱嫂手上有些伤痕……我那时候比现在天真的多多了；很欢迎人们打架，并且多少要挂点伤。可是，小邱夫妇永远是——在白天——那么快活和气，身上确是没伤。我说身上，一点不假，连小邱嫂的光脊梁我都看见过。我那时候常这么想：大概他们打架是一人手里拿着一块棉花打的。

小邱嫂的小屋真好。永远那么干净永远那么暖和，永远有种味儿——特别的味儿，没法形容，可是显然的与众不同。小俩口味儿，对，到现在我才想到一个适当的形容字。怪不得那时候街坊们，特别是中年男子，愿意上小邱嫂那里去谈天呢，谈天的时候，他们小夫妇永远是欢天喜地的，老好象是大年初一迎接贺年的客人那么欣喜。可是，客人散了以后，据说，他们就必定打一回架。有人指天起誓说，曾听见他们打得咚咚的响。

小邱，在街坊们眼中，是个毛腾厮火①的小伙子。他走路好像永远脚不贴地，而且除了在家中，仿佛没人看见过他站住不动，哪怕是一会儿呢。就是他坐着的时候，他的手脚也没老实着的时候。他的手不是摸着衣缝，便是在凳子沿上打滑溜，要不然便在脸上搓。他的脚永远上下左右找事做，好像一边坐着说话，还一边在走路，想象的走着。街坊们并不因此而小看他，虽然这是他永远成不了"老邱"的主因。在另一方面，大家确是有点对他不敬，因为他的脖子老缩着。不知道怎么一来二去的"王八脖子"成了小邱的另一称呼。自从这个称呼成立以后，听说他们半夜里更打得欢了。可是，在白天他们比以前更显着欢喜和气。

小邱嫂的光脊梁不但是被我看见过，有些中年人也说看见过。古时候的妇女不许露着胸部，而她竟自被人参观了光脊梁，这连我——那时还是个小孩子——都觉着她太洒脱了。这又是我现在才想起的形容字——洒脱。她确是洒脱：自天子以至庶人好像没有和她说不来的。我知道门外卖香油的，卖菜的，永远给她比给旁人多些。她在我的孩子眼中是非常的美。她的牙顶美，到如今我还记得她的笑容，她一笑便会露出世界上最白的一点牙来。只是那么一点，可是这一点白色能在人的脑中延展开无穷的幻想，这些幻想是以她的笑为中心，以她的白牙为颜色。拿着落花生，或铁蚕豆，或大酸枣，在她的小屋里去吃，是我儿时生命里一个最美的事。剥了花生豆往小邱嫂嘴里送，那个报酬是永生的欣悦——能看看她的牙。

———————
① 毛腾厮火：形容一个人毛手毛脚，不安生。

把一口袋花生都送给她吃了也甘心，虽然在事实上没这么办过。

小邱嫂没生过小孩。有时候我听见她对小邱半笑半恼的说，凭你个软货也配有小孩？！小邱的脖子便缩得更厉害了，似乎十分伤心的样子；他能半天也不发一语，呆呆的用手擦脸，直等到她说："买洋火！"他才又笑一笑，脚不擦地飞了出去。

记得是一年冬天，我刚下学，在胡同口上遇见小邱。他的气色非常的难看，我以为他是生了病。他的眼睛往远处看，可是手摸着我的绒帽的红绳结子，问："你没看见邱嫂吗？"

"没有哇，"我说。

"你没有？"他问得极难听，就好像为儿子害病而占卦的妇人，又愿意听实话，又不愿意相信实话，要相信又愿反抗。他只问了这么一句，就向街上跑了去。

那天晚上我又到邱嫂的小屋里去，门，锁着呢。我虽然已经到了上学的年纪，我不能不哭了。每天照例给邱嫂送去的落花生，那天晚上居然连一个也没剥开。

第二天早晨，一清早我便去看邱嫂，还是没有；小邱一个人在炕沿上坐着呢，手托着脑门。我叫了他两声，他没答理我。

差不多有半年的工夫，我上学总在街上寻望，希望能遇见邱嫂，可是一回也没遇见。

她的小屋，虽然小邱还是天天晚上回来，我不再去了。还是那么干净，还是那么暖和，只是邱嫂把那点特别的味儿带走了。我常在墙上，空中看见她的白牙，可是只有那么一点白牙，别的已不存在：那点牙也不会轻轻嚼我的花生米。

小邱更毛腾厮火了，可是不大爱说话。有时候他回来的很早，不做饭，只呆呆的愣着。每遇到这种情形，我们总把他让过来，和我们一同吃饭。他和我们吃饭的时候，还是有说有笑，手脚不识闲。可是他的眼时时往门外或窗外瞭那么一下。我们谁也不提邱嫂；有时候我忘了，说了句："邱嫂上哪儿了呢？"他便立刻搭讪着回到小屋里去，连灯也不点，在炕沿上坐着。有半年多，这么着。

忽然有一天晚上，不是五月节前，便是五月节后，我下学后同着学伴去玩，回来晚了。正走在胡同口，遇见了小邱。他手里拿着个碟子。

"干什么去？"我截住了他。

他似乎一时忘了怎样说话了，可是由他的眼神我看得出，他是很喜欢，喜欢得说不出话来。呆了半天，他似乎趴在我的耳边说的：

"邱嫂回来啦，我给她买几个热包子去！"他把个"热"字说得分外的真切。

我飞了家去。果然她回来了。还是那么好看，牙还是那么白，只是瘦了些。

我直到今日，还不知道她上哪儿去了那么半年。我和小邱，在那时候，一样的只盼望她回来，不问别的。到现在想起来，古时候的爱情出轨似乎也是神圣的，因为没有报纸和杂志们把邱嫂的像片登出来，也没使小邱的快乐得而复失。

# 爱的小鬼


我向来没有见过苓这么喜欢，她的神气几乎使人怀疑了，假如不是使人害怕。她哼唧着有腔无字的歌，随着口腔的方便继续的添凑，好像可以永远唱下去而且永远新颖，扶着椅子的扶手，似乎是要立起来，可是脚尖在地上轻轻的点动，似乎急于为她自造的歌曲敲出节拍，而暂时的忘了立起来。她的眼可是看着天花板，像有朵鲜玫瑰在那儿似的。她的耳似乎听着她自己脸上的红潮进退的微音。她确是快乐得有点忘形。她忽然的跳起来，自己笑着，三步加一跳的在屋中转了几个圈，故意的微喘，嘴更笑得张开些。头发盖住了右眼，用脖子的弹力给抛回头上，然后双手交叉撑住脑杓儿，又看天花板上那朵无形的鲜玫瑰。

"苓！"我叫了她一声。

她的眼光似乎由天上收回到人间来了，刚遇上我的便又微微的挪开一些，放在我的耳唇那一溜儿。

"什么事这么喜欢？"我用逗弄的口气"说"——实在不像是"问"。

"猜吧，"苓永远把两个字，特别是那半个"吧"，说得像音乐做的两颗珠子，一大一小。

"谁猜得着你个小狗肚子里又憋什么坏！"我的笑容把那个"！"减去一切应有的分量。

"你个臭东东！打你去！"苓欢喜的时候，"东西"便是"东东"。

"不用打岔，告诉我！"

"偏不告诉你，偏不，偏不！"她还是笑着，可是笑的声儿，恐怕只有我听得出来，微微有点不自然了。

设若我不再往下问，大概三分钟后她总得给我些眼泪看看。设若一定问，也无须等三分钟眼泪便过度的降生。我还是不敢耽误工夫太大了，一分钟冷静的过去，全世界便变成个冰海。迅速定计，可是，真又不容易。爱的生活里有无数的小毛毛虫，每个小毛毛虫都足以使你哭不得笑不得。一天至少有那么几次。

"好宝贝，告诉我吧！"说得有点欠火力，我知道。她笑着走向我来，手扶在我的藤椅背沿上。

"告诉你吧？"

"好爱人！"

"我妹妹待一会儿来。"

我的心从云中落在胸里。

"英来也值得这么乐，上星期六她还来过呢。还有别的典故，一定。"爱的笑语里时常有个小鬼，名字叫"疑"。苓的脸，设若，又红起来，我的罪过便只限于爱闹着玩；她的脸上红色退了，我知道还是要阴天！

"你老不许人交朋友！"头一个闪。

"英还同着个人来？"我的雷也响了。

"不理你，不理你啦！"是的，被我猜对了。

一个旧日的男朋友——看爱的情面，我没敢多往这点上想。但是，就假使是个旧日的——爽快的说出来吧——爱人，又有什么关系？没关系，一点关系没有！可是，她那么快乐？天阴得更沉了。

苓又坐在她的小黑椅子上了。又依着发音机关的方便创造着自然的歌，可是并不带分毫歌意。

她和我全不说话了，都心里制造着黑云；雷闪暂时休息，可是大雨快到了。谁也不肯再先放个休战的口号，两个人的战事，因为关系不大，所以更难调解。家庭里需要个小孩，其次是只小狗或小猫；不然，就是一对天使，老在一块儿，也得设法拌几句嘴，好给爱的音乐一点变化。决定去抱只小猫，我计划着；满可以不再生气了，但是"我"不能先投降；好吧，计划着抱只小猫：要全身雪白，短腿，长身，两个小耳朵就像两个小棉花阄儿。这个小白球一定会减少我们俩的小冲突。一定！可是，焉知不因这小白宝贝又发生新战事呢？离婚似乎比抱小白猫还简当，但这是发疯，就是离婚也不能由我提出！君子吗？君子似乎是没多大价值；看不起自己了；还是不能先向她投降；心中要笑；还是设计抱小猫吧！

英来了，暂时屈尊她做做小白猫吧。无论多么好的小姨子，遇到夫妻的冲突，哪怕小的冲突呢，她总是站在她们那边的。特别是定了婚的小姨，像英，因为正恋着自己的天字第一号的男性，不由的便挑剔出姐丈的毛病，以便给她那个人又增补上一些优点。可是我自有办法，我才不当着她们俩争论是非呢；我把苓交给英，便出去走走；她们背地里怎样谈论我，听不见心不烦，爱说什么说什么。这样，英便是小白猫了。

英刚到屋门，我的帽子已在手中，我不能不庆祝我的手急眼快，就是想做个大魔术家也不是全无希望的。况且，脸上那一堆笑纹，倒好像英是发笑药似的。

"出门吗，共产党？"英对我——从她有了固定的情人以后——是一点不带敬意的。

"看个朋友去，坐着啊，晚上等我一块吃饭啊。"声音随着我的脚一同出了屋门，显着异常的缠绵幽默。

出了街门，我的速度减缩了许多，似乎又想回去了。为什么英独自来，而没同着那个人呢？是不是应当在街门外等等，看个水落石出？未免太小气了？焉知苓不是从门缝中窥看我呢？走吧，别闹笑话！偏偏看见个邮差，他的制服的颜色给我些酸感。

本来是不要去看朋友的；上哪儿去呢？走着瞧吧。街上不少女子，似乎今天街上没有什么男的。而且今天遇见的女子都非常的美艳，虽然没拿她们和苓比较，可是苓似乎在我心中已经没有很分明的一个丽像，像往常那样。由她们的美好便想到，我在她们的眼中到底是怎样的人物呢？由这个设想，心思的路线又折回到苓，她到底是佩服我呢，还是真爱我呢？佩服的爱是牺牲，无头脑的爱是真爱，苓的是哪种？借着百货店的玻璃照了照自己，也还看不出十分得女子的心的地方。英老管我叫共产党，也许我的胡子苍茬太重，也许因为我太好辩论？可是苓在结婚以前说过，她"就"是爱听我说话。也许现在她的耳朵与从前不同了？说不定。

该回去了，隔着铺户的窗子看看里面的钟，然后拿出自己的表，这样似乎既占了点便宜，又可以多销磨半分来的时间；不过只走了半点多钟。不好就回家，这么短的时间不像去看朋友；君子人总得把谎话作圆到了。

对面来了个人，好像特别挑选了我来问路；我脸上必定有点特别引人注意的地方，似乎值得自傲。

"到万字巷去是往那么走？"他向前指着。

"一点也不错，"笑着，总得把脸上那点特别引人注意的地方做足。

"凑巧您也许知道万字巷里可有一家姓李的，姊妹俩？"脸上那点刚做足的特点又打了很大的折扣！"是这小子！"心里说。然后向他："可就是，我也在那儿住家。姊妹俩，怪好看，摩登，男朋友很多？"

那小子的脸上似乎没了日光。"呕"了几声。我心里比吃酸辣汤还要痛快，手心上居然见了汗。

"您能不能替我给她们捎个信？"

"不费事，正顺手。"

"您大概常和她们见面？"

"岂敢，天天看见她们；好出风头，她们。"笑着我自己的那个"岂敢"。

"原先她们并不住在万字巷，记得我给她们一封信，写的不是万字巷，是什么街？"

"大佛寺街，谁都知道她们的历史，她们搬家都在报纸本地新闻栏里登三号字。"

"呕！"他这个"呕"有点像牛闭住了气。"那么，请您就给捎个口信吧，告诉她们我不再想见她们了——"

"正好！"我心里说。

"我不必告诉您我的姓名，您一提我的样子她们自会明白。谢谢！"

"好说！我一定把信带到！"我伸出手和他握了握。

那小子带着五百多斤的怒气向后转。我往家里走——不是走，是飞。

到了家中。胜利使我把嫉妒从心里铲净，只是快乐，乐得几乎错吻小姨。但是街上那一幕还在心中消化着，暂且闷她们一会儿。

"他怎还不来？"英低声问苓。

我假装没听见。心里说，"他不想再见你们！"

苓在屋中转开了磨，时时用眼偷着撩我一下；我假装写信。

"你告诉他是这里，不是——"苓低声的问。

"是这里，"英似乎也很关切，"我怕他去见伯母，所以写信说咱俩都住在这里。也没告诉他你已结了婚。"我心中笑得起了泡。

"你始终也没看见他？"

"你知道他最怕妇女，尤其是怕见结过婚的妇女。"我的耳朵似乎要惊。

"他一晃儿走了八年了，一听说他来我直欢喜得像个小鸟，"苓说。

我憋不住了"谁？"

"我们舅舅家的大哥！由家里逃走八年了！他待一会儿也许就来，他来的时候你可得藏起去，他最不喜欢见亲戚！"

"为什么早不告诉我？"我的声音有点发颤。

"你不是看朋友去了吗？谁知道你这么快就回来。我要明明白白的告诉你，你光景是不会相信么；臭男人们，脏心眼多着呢！"

她们的表哥始终没来。

# 同　盟

"男子即使没别的好处，胆量总比女人大一些。"天一对爱人说，因为她把男人看得不值半个小钱。

"哼！"她的鼻子里响了声，天一的话只值得用鼻子回答。"天一虽然没胆量，可是他的话说得不错；男子，至少是多数的男子，比你们女人胆儿大。天一，你很怕鬼，是不是？我就不管什么鬼不鬼，专好走黑路！"子敬对爱人说，拿天一做了她所看不起的男子的代表。

"哼！"她的鼻子里响了一声，把子敬和天一全看得不值半个小钱。

他们俩都以她为爱人，写信的时候都称她为"我的粉红翅的安琪儿"。可是她——玉春——高兴的时候才给他们一个"哼"。

看见子敬也挨了一哼，天一的心差点乐碎了："我怕鬼；也不是谁，那天电灯忽然灭了，吓得登时钻了被窝？"

"对了，也不是谁，那天看见一个老鼠，嘴唇都吓白了？"子敬也发了问。

"也不是谁，那天床上有个鸡毛，吓得直叫唤？"

"也不是谁，那天——"

玉春没等子敬说出男子胆大的证据，发了命令："都给我出去！"

二位先生立刻觉出服从是必要的，一齐微笑，一齐立起，一齐鞠躬，一齐出去。

出了她的屋门，二位立刻由情敌改为朋友。

"子敬，还得回去，圆上脸面。"天一说："咱俩一齐上她的屋顶，表示男子登梯爬高也不眼晕？"

"万一要真眼晕，从房上滚下来呢，岂不是当场出丑？"子敬不赞成。

"再说，咱们的新洋服也六十多块一身呢；爬一身土？不！"天一看了看自己的裤缝比子敬的直些，更不愿上房了。"你说怎么办？"

"咱们俩三天不去找她，"子敬建议："到第三天晚上，你我前后脚到她那里去，假装咱们俩也三天没见面了，咱们一见面，你就问我：子敬，老没见呀，上哪儿啦？我就造一片谣言，说什么表嫂被鬼迷住了，我去给赶鬼。然后我就问你；天一，老没见呀，上哪儿啦？你就造一片谣言，说家里闹狐狸精，盆碗大酒坛子满屋里飞，你回家去捉妖。这个主意怎样？"

"不错，可也不十分高明，"天一取了批评的态度说："第一，我三天不去，你要是偷偷的去了呢？不公道！"

"一言为定，谁也不准私自去。咱们俩讲究联合起来，公开的，和她求爱；看到底谁能得胜，这才叫难能可贵！谁要是背地里加油，谁就不算人！"子敬带着热情声明。

"好了；第二，咱们造谣，她可得信哪？"天一问。

"这里还有文章，"子敬非常的得意："我刚才说什么时候去找她？晚上。为什么要在晚上？女人在晚上胆子更小。你我拼命的说鬼，小眼鬼，大眼鬼，牛头鬼，歪脖鬼，越多越好，越厉害越好，你说，她得害怕不？她一害怕，咱俩就告辞，她还不央告咱们多坐一会儿？这，她已经算输了。咱们乐得多坐一会儿，可是不要再提半个鬼字。然后，你或者我，立起来说：唉！忘了，还得出城呢！好在路上只经过五六块坟地，不算什么；有鬼也打它个粉碎！你或是我这么说完就走。然后剩下的那位也立起来，也说些什么到亲戚家去守尸那类的话，也就出来。谁先走谁在巷口上等，咱们好一块儿回来。"

"她相信吗？"

"管她信不信呢，"子敬笑了："反正半夜里独自走道，女人就来不及。就是她不信咱们去打鬼守尸，她也得佩服咱们敢在半夜里独行。"

"对！现在要说第三，咱们三天不去，岂不是给小李个好机会？你难道不知道她给小李的哼声比给咱们的柔和着一半？"

"这——"子敬确是要思索会儿了；想了半天，有了主意："你要晓得，天一，在爱情的进程里须有柔有刚，忽近忽远；一味的缠磨，有时适足惹起厌恶，因为你老不给她想念你的机会，她自然对你不敬。反之，在相当的时节给她个休息三天，你看吧，她再见你的时候，管保另眼看待，就好像三个星期没看电影以后，连破片子也觉得有趣。咱们三天不去，而小李天天去，正可以减少他的价值，而增高我们的身份。咱们先约好，你给她买水果，我买鲜花；而且要理发刮脸，穿新洋服，这一下子要不把小李打退十里才怪！"

"有理！"天一十分佩服子敬。

"这只是一端，还有花样呢，"子敬似乎说开了头，话是源源而来。"咱们还可以当面和小李挑战，假如他也在那儿的话——我想咱们必定遇上他。咱们就可以老声老气的问他：小李，不跟我到王家坟绕个弯？或是，小李，跟我去守尸吧？他一定说不去；在她面前，咱们又压过他一头。"天一插嘴："他要是不输气，真和咱们去，咱们岂不漏了底？"

"没那回事！他干什么没事发疯去半夜绕坟地玩呀，他正乐得我们出去；他好多坐一会儿——可是适足以增加她的厌恶心。他又不认识咱们的亲戚，他去守哪门子尸呀；当然说不去。只要他一说不去，咱们就算战胜，因为女子的心细极了，她总要把爱人们全丝毫不苟的称量过，然后她挑选个最合适的——最合适的，并非是最好的，你要晓得。你看，小李的长像，无须说，是比咱俩漂亮些。"

"哼！"天一差点把鼻子弄成三个鼻孔。

"可是，漂亮不是一切。假如个个女子'能'嫁梅博士，不见得个个就'愿'嫁他。小李漂亮及格，而无胆量，便不是最合适的；女子不喜欢女性的男人；除非是林黛玉那样的痨病鬼，才会爱那个傻公子宝玉，可是就连宝玉也到底比黛玉强健些，是不是？看吧，我的计划决弄不出错儿来！等把小李打倒，那便要看你我见个高低了。"子敬笑了。

天一看了看自己的拳头，并不比子敬的大，微觉失意。小李果然是在她那里呢。

子敬先到，献上一束带露水的紫玫瑰。

她给他一个小指叫他挨了一挨，可是没哼。他的脸比小李的多着二两雪花膏。

天一次到，献上一筐包纸印洋字的英国罐形梨。

她给他一个小指叫他挨了一挨，可是没哼。他的头发比小李的亮得多着二十烛光。

"喝，小李，"二人一齐唱："领带该换了！"

她的眼光在小李的项下一扫。二人心中痒了一下。"天一，老没见哪？别太用功了；得个学士就够了，何必非考留洋不可呢？"子敬独唱。

"不是；不用提了！"天一叹了口气："家里闹狐狸。"

"哟！"子敬的脸落下一寸。

"家里闹狐狸还往这儿跑干吗？"玉春说："别往下说，不爱听！"

天一的头一炮没响，心中乱了营。

"大概是闹完了？"子敬给他个台阶："别说了，怪叫人害怕！我倒不怕；小李你呢？"

"晚上不大爱听可怕的事，"小李回答。

子敬看了天一一眼。

"子敬，老没见哪？"天一背书似的问："上哪儿去？"

"也是可怕的事，所以不便说，怕小李害怕；表哥家里闹大头鬼，我——"

玉春把耳朵用手指堵上。

"呕，对不起！不说就是了。"子敬很快活的道歉。小李站起来要走。

"咱们也走吧？"天一探探子敬的口气。

"你上哪儿？"子敬问。

"二舅过去了，得去守尸，家里还就是我有点胆子。你呢？"

"我还得出城呢，好在只过五六块坟地，遇上一个半个吊死鬼也还没什么。"子敬转问小李，"不出城和我绕个弯去？坟地上冒绿火，很有个意思。"

小李摇了摇头。

天一和小李先走了，临走的时候天一问小李愿意陪他守尸去不？小李又摇了摇头。

剩下子敬和玉春。

"小李都好，"他笑着说，"就是胆量太小，没有男子气。请原谅我，按说不应当背后讲究人，都是好朋友。

"他的胆子不大，"她承认了。

"一个男人没有胆气可不大好办，"子敬叹惜着。"一个男人要是不诚实，假充胆大，就更不好办。"她看着天花板说。

子敬胸中一恶心。

"请你告诉天一以后少来，我不愿意吃他的果子，更不愿意听闹狐狸！"

"一定告诉他：以后再来，我不约着他就是了。"

"你也少来，不愿意什么大头鬼小头鬼的吓着我的小李。小李的领带也用不着你提醒他换；我是干什么的？再说，长得俊也不在乎修饰；我就不爱看男人的头发亮得像电灯泡。"

天一一清早就去找子敬，心中觉得昨晚的经过确是战胜了小李——当着她承认了胆小。

子敬没在宿舍，因为入了医院。

子敬在医院里比不在医院里的人还健美，脸上红扑扑的好像老是刚吃过一杯白兰地。可是他要住医院——希望玉春来看他。假如她拿着一束鲜花来看他，那便足以说明她还是有意，而他还大有希望。

她压根儿没来！

于是他就很喜欢：她不来，正好。因为他的心已经寄放在另一地方。

天一来看他，带来一束鲜花，一筐水果，一套武侠爱情小说。到底是好朋友，子敬非常感谢天一；可是不愿意天一常来，因天一头一次来看朋友，眼睛就专看那个小看护妇，似乎不大觉得子敬是他所要的人。而子敬的心现在正是寄放在小看护妇的身上，所以既不以玉春无情为可恼，反觉得天一的探病为多事。不过，看在鲜花水果的面上，还不好意思不和天一瞎扯一番。

"不用叫玉春臭抖，我才有工夫给她再送鲜花呢！"子敬决定把玉春打入冷宫。

"她的鼻子也不美！"天一也觉出她的缺点。

"就会哼人，好像长鼻子不为吸气，只为哼气的！"

"那还不提，鼻子上还有一排黑雀斑呢！就仗着粉厚，不然的话，那只鼻子还不像个斑竹短烟嘴？"

"扇风耳朵！"

"故意的用头发盖住，假装不扇风！"

"上嘴唇多么厚！"

"下嘴唇也不薄，两片夹馅的鸡蛋糕，白叫我吻也不干！"

"高领子专为掩盖着一脖子泥！"

"小短手就会接人家的礼物！"

粉红翅的安琪儿变成一个小钱不值。

天一舍不得走；子敬假装要吃药，为是把天一支出去。二人心中的安琪儿现在不是粉红翅的了，而是像个玉蝴蝶：白帽，白衣，白小鞋，耳朵不扇风，鼻子不像斑竹烟嘴，嘴唇不像两片鸡蛋糕，脖子上没泥，而且胳臂在外面露着，像一对温泉出的藕棒，又鲜又白又香甜。这还不过是消极的比证；积极的美点正是非常的多：全身没有一处不活泼，不漂亮，不温柔，不洁净。先笑后说话，一嘴的长形小珍珠。按着你的头闭上了眼，任你参观，她是只顾测你的温度。然后，小白手指轻动，像蟋蟀的须儿似的，在小白本上写几个字。你碰她的鲜藕棒一下，不但不恼，反倒一笑。捧着药碗送到你的唇边。对着你的脸问你还要什么。子敬不想再出院，天一打算也赶紧搬进来，预防长盲肠炎。好在没病住院，自要纳费，谁也不把你撵出去。

子敬的鲜花与水果已经没地方放。因为天一有时候一天来三次；拿子敬当幌子，专为看她。子敬在院内把看护所应做的和帮助做的都尝试过，打清血针，照爱克司光，洗肠子；越觉得她可爱：老是那么温和，干净，快活。天一在院外把看护的历史族系住址籍贯全打听明白；越觉得她可爱：虽够不上大家闺秀，可也不失之为良家碧玉。子敬打算约她去看电影，苦于无法出口——病人出去看电影似乎不成一句话。天一打算请她吃饭，在医院外边每每等候半点多钟，一回没有碰到她。

"天一，"子敬最后发了言："世界上最难堪的是什么？"

"据我看是没病住医院。"天一也来得厉害。

"不对。是一个人发现了爱的花，而别人老在里面捣乱！"

"你是不喜欢我来？"

"一点不错；我的水果已够开个小铺子的了，你也该休息几天吧。"

"好啦，明天不再买果子就是，来还是要来的。假如你不愿意见我的话，我可以专来找她；也许约她出去走一走，没准！"

天一把子敬拿下马来了。子敬假笑着说：

"来就是了，何必多心呢！也许咱们是生就了的一对朋友兼情敌。"

"这么说，你是看上了小秀珍？"天一诈子敬一下。

"要不然怎会把她的名字都打听出来！"子敬也不示弱。

"那也是个本事！"天一决定一句不让。

"到底不如叫她握着胳臂给打清血针。你看，天一，这只小手按着这儿，那只小手——打得浑身发麻！"

天一馋得直咽唾沫，非常的恨恶子敬；要不是看他是病人，非打他一顿不可，把清血药汁全打出来！

天一的脸气得像大肚坛子似的走了，决定明天再来。天一又来了。子敬热烈的欢迎他。

"天一，昨天我不是说咱俩天生是好朋友一对？真的！咱们还得合作。"

"又出了事故？"天一惊喜各半的问。

"你过来，"子敬把声音低降得无可再低，"昨天晚上我看见给我治病的那个小医生吻她来着！"

"喝！"天一的脸登时红起来。"那怎么办呢？"

"还是得联合战线，先战败小医生再讲。"

"又得设计？老实不客气的说，对于设计我有点寒心，上次——"

"不用提上次，那是个教训，有上次的经验，这回咱们确有把握。上次咱们的失败在哪儿？"

"不诚实，假充大胆。"

"是呀。来，递给我耳朵。"以下全是嘀咕嘀咕。

秀珍七点半来送药——一杯开水，半片阿司匹灵。天一七点二十五分来到。

秀珍笑着和天一握手，又热又有力气。子敬看着眼馋，也和她握手，她还是笑着。

"天一，你的气色可不好，怎么啦？"子敬很关心的问。

"子敬，你的胆量怎样？假如胆小的话，我就不便说了。"

"我？为人总得诚实，我的胆子不大。可是，咱们都在这儿，还怕什么？说吧！"

"你知道，我也是胆小——总得说实话。你记得我的表哥？西医，很漂亮——"

"我记得他，大眼睛，可不是，当西医；他怎么啦？"

"不用提啦！"天一叹了一口气："把我表嫂给杀了！"

"哟！"子敬向秀珍张着嘴。

"他不是西医吗，好，半夜三更撒吃症，用小刀把表嫂给解剖了！"天一的嘴唇都白了。

"要不怎么说，姑娘千万别嫁给医生呢！"子敬对秀珍说："解剖有瘾，不定哪时一高兴便把太太做了试验，不是玩的！"

　　"我可怕死了！"天一直哆嗦："大解八块，喝，我的天爷！秀珍女士，原谅我，大晚上的说这么可怕的事！"

　　"我才不怕呢，"秀珍轻慢的笑着："常看死人。我们当看护的没有别的好处，就是在死人前面觉到了比常人有胆量，尸不怕，血不怕；除了医生就得属我们了。因此，我们就是看得起医生！"

　　"可是，医生做梦把太太解剖了呢？"天一问。

　　"那只是因为太太不是看护。假如我是医生的太太，天天晚上给他点小药吃，消食化水，不会做恶梦。"

　　"秀珍！"小医生在门外叫："什么时候下班哪？我楼下等你。"

　　"这就完事；你进来，听听这件奇事。"秀珍把医生叫了进来，"一位大夫在梦中把太太解剖了。"

　　"那不足为奇！看护妇做梦把丈夫毒死当死尸看着，常有的事。胆小的人就是别娶看护妇，她一看不起他，不定几时就把他毒死，为是练习看守死尸。就是不毒死他，也得天天打他一顿。胆小的男人，胆大的女人，弄不到一块！走啊，秀珍，看电影去！"

　　"再见——"秀珍拉着长声，手拉手和小医生走出去。子敬出了院。

　　天一来看他。"干什么玩呢，子敬？"

　　"读点妇女心理，有趣味的小书！"子敬依然乐观。

　　"子敬，你不是好朋友，独自念妇女心理！"

　　"没的事！来，咱们一块儿念。念完这本小书，你看吧，一来一个准！就怕一样——四角恋爱。咱们就怕四角恋爱。上两回咱们都输了。"

　　"顶好由第三章，'三角恋爱'念起。"

"好吧。大概几时咱俩由同盟改为敌手，几时才真有点希望，是不是？"

　　"也许。"

# 大悲寺外

　　黄先生已死去二十多年了。这些年中，只要我在北平，我总忘不了去祭他的墓。自然我不能永远在北平；别处的秋风使我倍加悲苦：祭黄先生的时节是重阳的前后，他是那时候死的。去祭他是我自己加在身上的责任；他是我最钦佩敬爱的一位老师，虽然他待我未必与待别的同学有什么分别；他爱我们全体的学生。可是，我年年愿看看他的矮墓，在一株红叶的枫树下，离大悲寺不远。

　　已经三年没去了，生命不由自主的东奔西走，三年中的北平只在我的梦中！

　　去年，也不记得为了什么事，我跑回去一次，只住了三天。虽然才过了中秋，可是我不能不上西山去；谁知道什么时候才再有机会回去呢。自然上西山是专为看黄先生的墓。为这件事，旁的事都可以搁在一边；说真的，谁在北平三天能不想办一万样事呢。

　　这种祭墓是极简单的：只是我自己到了那里而已，没有纸钱，也没有香与酒。黄先生不是个迷信的人，我也没见他饮过酒。

　　从城里到山上的途中，黄先生的一切显现在我的心上。在我有口气的时候，他是永生的。真的；停在我心中，他是在死里活着。每逢遇上个穿灰布大褂，胖胖的人，我总要细细看一眼。是的，胖胖的而穿灰布大衫，因黄先生而成了对我个人的一种什么象征。甚至于有的时候与同学们聚餐，"黄先生呢？"常在我的舌尖上；我总以为他是还活着。还不是这么说，我应当说：我总以为他不会死，不应该死，即使我知道他确是死了。

他为什么做学监呢？胖胖的，老穿着灰布大衫！他做什么不比当学监强呢？可是，他竟自做了我们的学监；似乎是天命，不做学监他怎能在四十多岁便死了呢！

胖胖的，脑后折着三道肉印；我常想，理发师一定要费不少的事，才能把那三道弯上的短发推净。脸像个大肉葫芦，就是我这样敬爱他，也就没法否认他的脸不是招笑的。可是，那双眼！上眼皮受着"胖"的影响，松松的下垂，把原是一对大眼睛变成了俩螳螂卵包似的，留个极小的缝儿射出无限度的黑亮。好像这两道黑光，假如你单单的看着它们，把"胖"的一切注脚全勾销了。那是一个胖人射给一个活动，灵敏，快乐的世界的两道神光。他看着你的时候，这一点点黑珠就像是钉在你的心灵上，而后把你像条上了钩的小白鱼，钓起在他自己发射出的慈祥宽厚光朗的空气中。然后他笑了，极天真的一笑，你落在他的怀中，失去了你自己。那件松松裹着胖黄先生的灰布大衫，在这时节，变成了一件仙衣。在你没看见这双眼之前，假如你看他从远处来了，他不过是团蠕蠕而动的灰色什么东西。

无论是哪个同学想出去玩玩，而造个不十二分有伤于诚实的谎，去到黄先生那里请假，黄先生先那么一笑，不等你说完你的谎——好像唯恐你自己说漏了似的——便极用心的用苏字给填好"准假证"。但是，你必须去请假。私自离校是绝对不行的。凡关乎人情的，以人情的办法办；凡关乎校规的，校规是校规；这个胖胖的学监！

他没有什么学问，虽然他每晚必和学生们一同在自修室读书；他读的都是大本的书，他的笔记本也是庞大的，大概他的胖手指是不肯甘心伤损小巧精致的书页。他读起书来，无论冬夏，头上永远冒着热汗，他决不是聪明人。有时我偷眼看看他，他的眉，眼，嘴，好像都被书的神秘给迷住；看得出，他的牙是咬得很紧，因为他的腮上与太阳穴全微微的动弹，微微的，可是紧张。忽然，他那么天真的一笑，叹一口气，用块像小床单似的白手绢抹抹头上的汗。

先不用说别的，就是这人情的不苟且与傻用功已足使我敬爱他——多数的同学也因此爱他。稍有些心与脑的人，即使是个十五六岁的学生，像那时候的我与我的学友们，还能看不出：他的温和诚恳是出于天性的纯厚，而同时又能丝毫不苟的负责是足以表示他是温厚，不是懦弱？还觉不出他是"我们"中的一个，不是"先生"们中的一个；因为他那种努力读书，为读书而着急，而出汗，而叹气，还不是正和我们一样？

到了我们有了什么学生们的小困难——在我们看是大而不易解决的——黄先生是第一个来安慰我们，假如他不帮助我们；自然，他能帮忙的地方便在来安慰之前已经自动的做了。二十多年前的中学学监也不过是挣六十块钱，他每月是拿出三分之一来，预备着帮助同学，即使我们都没有经济上的困难，他这三分之一的薪水也不会剩下。假如我们生了病，黄先生不但是殷勤的看顾，而且必拿来些水果，点心，或是小说，几乎是偷偷的放在病学生的床上。

但是，这位困苦中的天使也是平安中的君王——他管束我们。宿舍不清洁，课后不去运动……都要挨他的雷，虽然他的雷是伴着以泪做的雨点。

世界上，不，就说一个学校吧，哪能都是明白人呢。我们的同学里很有些个厌恶黄先生的。这并不因为他的爱心不普遍，也不是被谁看出他是不真诚，而是伟大与藐小的相触，结果总是伟大的失败，好似不如此不足以成其伟大。这些同学们一样的受过他的好处，知道他的伟大，但是他们不能爱他。他们受了他十样的好处后而被他申斥了一阵，黄先生便变成顶可恶的。我一点也没有因此而轻视他们的意思，我不过是说世上确有许多这样的人。他们并不是不晓得好歹，而是他们的爱只限于爱自己；爱自己是溺爱，他们不肯受任何的责备。设若你救了他的命，而同时责劝了他几句，他从此便永远记着你的责备——为是恨你——而忘了救命的恩惠。黄先生的大错处是根本不应来做学监，不负责的学监是有的，可是黄先生与不负责永远不能联结在一处。不论他怎样真诚，怎样厚道，管束。

他初来到学校，差不多没有一个人不喜爱他，因为他与别位先生是那样的不同。别位先生们至多不过是比书本多着张嘴的，我们佩服他们和佩服书籍差不多。即使他们是活泼有趣的，在我们眼中也是另一种世界的活泼有趣，与我们并没有多么大的关系。黄先生是个"人"，他与别位先生几乎完全不相同。他与我们在一处吃，一处睡，一处读书。

半年之后，已经有些同学对他不满意了，其中有的，受了他的规戒，有的是出于立异——人家说好，自己就偏说坏，表示自己有头脑，别人是顺竿儿爬的笨货。

经过一次小风潮，爱他的与厌恶他的已各一半了。风潮的起始，与他完全无关。学生要在上课的时间开会了，他才出来劝止，而落了个无理的干涉。他是个天真的人——自信心居然使他要求投票表决，是否该在上课时间开会！幸而投与他意见相同的票的多着三张！风潮虽然不久便平静无事了，可是他的威信已减了一半。

因此，要顶他的人看出时机已到：再有一次风潮，他管保得滚。谋着以教师兼学监的人至少有三位。其中最活动的是我们的手工教师，一个用嘴与舌活着的人，除了也是胖子，他和黄先生是人中的南北极。在教室上他曾说过，有人给他每月八百圆，就是提夜壶也是美差。有许多学生喜欢他，因为上他的课时就是睡觉也能得八十几分。他要是做学监，大家岂不是入了天国！每天晚上，自从那次小风潮后，他的屋中有小的会议。不久，在这小会议中种的子粒便开了花。校长处有人控告黄先生，黑板上常见"胖牛"，"老山药蛋"……同时，有的学生也向黄先生报告这些消息。忽然黄先生请了一天的假。可是那天晚上自修的时候，校长来了，对大家训话，说黄先生向他辞职，但是没有准他。末后，校长说，"有不喜欢这位好学监的，请退学；大家都不喜欢他呢，我与他一同辞职。"大家谁也没说什么。可是校长前脚出去，后脚一群同学便到手工教员室中去开紧急会议。

第三天上黄先生又照常办事了，脸上可是好像瘦减了一圈。在下午课后他召集全体学生训话，到会的也就是半数。他好像是要说许多许多的话似的，及至到了台上，他第一个微笑就没笑出来，愣了半天，他极低细的说了一句："咱们彼此原谅吧！"没说第二句。

暑假后，废除月考的运动一天扩大一天。在重阳前，炸弹爆发了。英文教员要考，学生们不考；教员下了班，后面追随着极不好听的话。及至事情闹到校长那里去，问题便由罢考改为撤换英文教员，因为校长无论如何也要维持月考的制度。虽然有几位主张连校长一齐推倒的，可是多数人愿意先由撤换教员做起。既不向校长作战，自然罢考须暂放在一边。这个时节，已经有人警告了黄先生："别往自己身上拢！"

可是谁叫黄先生是学监呢？他必得维持学校的秩序。况且，有人设法使风潮往他身上转来呢。

校长不答应撤换教员。有人传出来，在职教员会议时，黄先生主张严办学生，黄先生劝告教员合作以便抵抗学生，黄学监……

风潮及转了方向，黄学监，已经不是英文教员，是炮火的目标。

黄先生还终日与学生们来往，劝告，解说，笑与泪交替的揭露着天真与诚意。有什么用呢？

学生中不反对月考的不敢发言。依违两可的是与其说和平的话不如说激烈的，以便得同学的欢心与赞扬。这样，就是敬爱黄先生的连暗中警告他也不敢了：风潮像个魔咒捆住了全校。

我在街上遇见了他。

"黄先生，请你小心点，"我说。

"当然的，"他那么一笑。

"你知道风潮已转了方向？"

他点了点头，又那么一笑，"我是学监！"

"今天晚上大概又开全体大会，先生最好不用去。"

"可是，我是学监！"

"他们也许动武呢！"

"打'我'？"他的颜色变了。

我看得出，他没想到学生要打他；他的自信力太大。可是同时他并不是不怕危险。他是个"人"，不是铁石做的英雄——因此我爱他。

"为什么呢？"他好似是诘问着他自己的良心呢。

"有人在后面指挥。"

"呕！"可是他并没有明白我的意思，据我看；他紧跟着问："假如我去劝告他们，也打我？"

我的泪几乎落下来。他问得那么天真，几乎是儿气的；始终以为善意待人是不会错的。他想不到世界上会有手工教员那样的人。

"顶好是不到会场去，无论怎样！"

"可是，我是学监！我去劝告他们就是了；劝告是惹不出事来的。谢谢你！"

我愣在那儿了。眼看着一个人因责任而牺牲，可是一点也没觉到他是去牺牲——一听见"打"字便变了颜色，而仍然不退缩！我看得出，此刻他决不想辞职了，因为他不能在学校正极紊乱时候抽身一走。"我是学监！"我至今忘不了这一句话，和那四个字的声调。

果然晚间开了大会。我与四五个最敬爱黄先生的同学，故意坐在离讲台最近的地方，我们计议好：真要是打起来，我们可以设法保护他。

开会五分钟后，黄先生推门进来了。屋中连个大气也听不见了。主席正在报告由手工教员传来的消息——就是宣布学监的罪案——学监进来了！我知道我的呼吸是停止了一会儿。

黄先生的眼好似被灯光照得一时不能睁开了，他低着头，像盲人似的轻轻关好了门。他的眼睁开了，用那对慈善与宽厚做成的黑眼珠看着大众。他的面色是，也许因为灯光太强，有些灰白。他向讲台那边挪了两步，一脚登着台沿，微笑了一下。

"诸位同学，我是以一个朋友，不是学监的地位，来和大家说几句话！"

"假冒为善！"

"汉奸！"

后边有人喊。

黄先生的头低下去，他万也想不到被人这样骂他。他决不是恨这样骂他的人，而是怀疑了自己，自己到底是不真诚，不然……

这一低头要了他的命。

他一进来的时候，大家居然能那样静寂，我心里说，到底大家还是敬畏他；他没危险了。这一低头，完了，大家以为他是被骂对了，羞愧了。

"打他！"这是一个与手工教员最亲近的学友喊的，我记得。跟着，"打！"

"打！"后面的全立起来。我们四五个人彼此按了按膝，"不要动"的暗号；我们一动，可就全乱了。我喊了一句。

"出去！"故意的喊得很难听，其实是个善意的暗示。他要是出去——他离门只有两三步远——管保没有事了，因为我们四五个人至少可以把后面的人堵住一会儿。可是黄先生没动！好像蓄足了力量，他猛然抬起头来。他的眼神极可怕了。可是不到半分钟，他又低下头去，似乎用极大的忏悔，矫正他的要发脾气。他是个"人"，可是要拿人力把自己提到超人的地步。我明白他那心中的变动：冷不防的被人骂了，自己怀疑自己是否正道；他的心告诉他——无愧；在这个时节，后面喊"打！"：他怒了；不应发怒，他们是些青年的学生——又低下头去。

随着第二次低头，"打！"成了一片暴雨。

假如他真怒起来，谁也不敢先下手；可是他又低下头去——就是这么着，也还只听见喊打，而并没有人向前。这倒不是大家不勇敢，实在是因为多数——大多数——人心中有一句："凭什么打这个老实人呢？"自然，主席的报告是足以使些人相信的，可是究竟大家不能忘了黄先生以前的一切；况且还有些人知道报告是由一派人造出来的。

我又喊了声，"出去！"我知道"滚"是更合适的，在这种场面上，怎忍得出口呢！

黄先生还是没动。他的头又抬起来：脸上有点笑意，眼中微湿，就像个忠厚的小儿看着一个老虎，又爱又有点怕忧。

忽然由窗外飞进一块砖，带着碎玻璃碴儿，像颗横飞的彗星，打在他的太阳穴上。登时见了血。他一手扶住了讲桌。后面的人全往外跑。我们几个挽住了他。

"不要紧，不要紧，"他还勉强的笑着，血已几乎盖满他的脸。

找校长，不在；找校医，不在；找教务长，不在；我们决定送他到医院去。

"到我屋里去！"他的嘴已经似乎不得力了。

我们都是没经验的，听他说到屋中去，我们就挽扶着他走。到了屋中，他摆了两摆，似乎要到洗脸盆处去，可是一头倒在床上；血还一劲的流。

老校役张福进来看了一眼，跟我们说，"扶起先生来，我接校医去。"

校医来了，给他洗干净，绑好了布，叫他上医院。他喝了口白兰地，心中似乎有了点力量，闭着眼叹了口气。校医说，他如不上医院，便有极大的危险。他笑了。低声的说："死，死在这里；我是学监！我怎能走呢——校长们都没在这里！"

老张福自荐伴着"先生"过夜。我们虽然极愿守着他，可是我们知道门外有许多人用轻鄙的眼神看着我们；少年是最怕被人说"苟事"的——同情与见义勇为往往被人解释作"苟事"，或是"狗事"；有许多青年的血是能极热，同时又极冷的。我们只好离开他。连这样，当我们出来的时候还听见了："美呀！黄牛的干儿子！"

第二天早晨，老张福告诉我们，"先生"已经说胡话了。

校长来了，不管黄先生依不依，决定把他送到医院去。

可是这时候，他清醒过来。我们都在门外听着呢。那位手工教员也在那里，看着学监室的白牌子微笑，可是对我们皱着眉，好像他是最关心黄先生的苦痛的。我们听见了黄先生说：

"好吧，上医院；可是，容我见学生一面。"

"在哪儿？"校长问。

"礼堂；只说两句话。不然，我不走！"

钟响了。几乎全体学生都到了。

老张福与校长搀着黄先生。血已透过绷布，像一条毒花蛇在头上盘着。他的脸完全不像他的了。刚一进礼堂门，他便不走了，从绷布下设法睁开他的眼，好像是寻找自己的儿女，把我们全看到了。他低下头去，似乎已支持不住，就是那么低着头，他低声——可是很清楚的——说："无论是谁打我来着，我决不，决不计较！"

他出去了，学生没有一个动弹的。大概有两分钟吧。忽然大家全往外跑，追上他，看他上了车。

过了三天，他死在医院。

谁打死他的呢？

丁庚。

可是在那时节，谁也不知道丁庚扔砖头来着。在平日他是"小姐"，没人想到"小姐"敢飞砖头。

那时的丁庚，也不过是十七岁。老穿着小蓝布衫，脸上长着小红疙瘩，眼睛永远有点水锈，像敷着些眼药。老实，不好说话，有时候跟他好，有时候又跟你好，有时候自动的收拾宿室，有时候一天不洗脸。所以是小姐——有点忽东忽西的小性。

风潮过去了，手工教员兼任了学监。校长因为黄先生已死，也就没深究谁扔的那块砖。说真的，确是没人知道。

可是，不到半年的工夫，大家猜出谁了——丁庚变成另一个人，完全不是"小姐"了。他也爱说话了，而且永远是不好听的话。他永远与那些不用功的同学在一起了，吸上了香烟——自然也因为学监不干涉——每晚上必出去，有时候嘴里喷着酒味。他还做了学生会的主席。

由"那"一晚上，黄先生死去，丁庚变了样。没人能想到"小姐"会打人。可是现在他已不是"小姐"了，自然大家能想到他是会打的。变动的快出乎意料之外，那么，什么事都是可能的了；所以是"他"！

过了半年，他自己承认了——多半是出于自夸，因为他已经变成个"刺儿头"。最怕这位"刺儿头"的是手工兼学监那位先生。学监既变成他的部下，他承认了什么也当然是没危险的。自从黄先生离开了学监室，我们的学校已经不是学校。

为什么扔那块砖？据丁庚自己说，差不多有五六十个理由，他自己也不知道哪一个最好，自然也没人能断定哪个最可靠。

据我看，真正的原因是"小姐"忽然犯了"小姐性"。他最初是在大家开会的时候，连进去也不敢，而在外面看风势。忽然他的那个劲儿来了，也许是黄先生责备过他，也许是他看黄先生的胖脸好玩而试试打得破与否，也许……不论怎么着吧，一个十七岁的孩子，天性本来是变鬼变神的，加以脸上正发红泡儿的那股忽人忽兽的郁闷，他满可以做出些无意做而做了的事。从多方面看，他确是那样的人。在黄先生活着的时候，他便是千变万化的，有时候很喜欢人叫他"黛玉"。黄先生死后，他便不知道他是怎回事了。有时候，他听了几句好话，能老实一天，趴在桌上写小楷，写得非常秀润。第二天，一天不上课！

这种观察还不只限于学生时代，我与他毕业后恰巧在一块做了半年的事，拿这半年中的情形看，他确是我刚说过的那样的人。拿一件事说吧。我与他全做了小学教师，在一个学校里，我教初四。已教过两个月，他忽然想换班，唯一的原因是我比他少着三个学生。可是他和校长并没这样说——为少看三本卷子似乎不大好出口。他说，四年级级任比三年级的地位高，他不甘居人下。这虽然不很像一句话，可究竟是更精神一些的争执。他也告诉校长：他在读书时是做学生会主席的，主席当然是大众的领袖，所以他教书时也得教第一班。校长与我谈论这件事，我是无可无不可，全凭校长调动。校长反倒以为已经教了快半个学期，不便于变动。这件事便这么过去了。到了快放年假的时候，校长有要事须请两个礼拜的假，他打算求我代理几天。丁庚又答应了。可是这次他直接的向我发作了，因为他亲自请求校长叫他代理是不好意思的。我不记得我的话了，可是大意是我应着去代他向校长说说：我根本不愿意代理。

及至我已经和校长说了，他又不愿意，而且忽然的辞职，连维持到年假都不干。校长还没走，他卷铺盖走了。谁劝也无用，非走不可。

从此我们俩没再会过面。

看见了黄先生的坟，也想起自己在过去二十年中的苦痛。坟头更矮了些，那么些土上还长着点野花，"美"使悲酸的味儿更强烈了些。太阳已斜挂在大悲寺的竹林上，我只想不起动身。深愿黄先生，胖胖的，穿着灰布大衫，来与我谈一谈。

远处来了个人。没戴着帽，头发很长，穿着青短衣，还看不出他的模样来，过路的，我想；也没大注意。可是他没顺着小路走去，而是舍了小道朝我来了。又一个上坟的？

他好像走到坟前才看见我，猛然的站住了。或者从远处是不容易看见我的，我是倚着那株枫树坐着呢。"你，"他叫着我的名字。

我愣住了，想不起他是谁。

"不记得我了？丁——"

没等他说完我想起来了，丁庚。除了他还保存着点"小姐"气——说不清是在他身上哪处——他绝对不是二十年前的丁庚。头发很长，而且很乱。脸上乌黑，眼睛上的水锈很厚，眼窝深陷进去，眼珠上许多血丝。牙已半黑，我不由的看了看他的手，左右手的食指与中指全黄了一半。他一边看着我，一边从袋里摸出一盒"大长城"来。

不知道为什么我觉得一阵悲惨。我与他是没有什么感情的，可是幼时的同学……我过去握住他的手；他的手颤得很厉害。我们彼此看了一眼，眼中全湿了；然后不约而同的看着那个矮矮的墓。

"你也来上坟？"这话已到我的唇边，被我压回去了。他点一支烟，向蓝天吹了一口，看看我，看看坟，笑了。

"我也来看他，可笑，是不是？"他随说随坐在地上。我不晓得说什么好，只好顺口搭音的笑了声，也坐下了。他半天没言语，低着头吸他的烟，似乎是思想什么呢。烟已烧去半截，他抬起头来，极有姿式的弹着烟灰。先笑了笑，然后说：

"二十多年了！他还没饶了我呢！"

"谁？"

他用烟卷指了指坟头："他！"

"怎么？"我觉得不大得劲；深怕他是有点疯魔。

"你记得他最后的那句？决——不——计——较，是不是？"

我点点头。

"你也记得咱们在小学教书的时候，我忽然不干了？我找你去叫你不要代理校长？好，记得你说的是什么？"

"我不记得。"

"决不计较！你说的。那回我要和你换班次，你也是给了我这么一句。你或者出于无意，可是对于我，这句话是种报复，惩罚。它的颜色是红的一条布，像条毒蛇；它确是有颜色的。它使我把生命变成一阵颤抖；志愿，事业，全随颤抖化为——秋风中的落叶。像这颗枫树的叶子。你大概也知道，我那次要代理校长的原因？我已运动好久，叫他不能回任。可是你说了那么一句——"

"无心中说的，"我表示歉意。

"我知道。离开小学，我在河务局谋了个差事。很清闲，钱也不少。半年之后，出了个较好的缺。我和一个姓李的争这个地位。我运动，他也运动，力量差不多是相等，所以命令多日没能下来。在这个期间，我们俩有一次在局长家里遇上了，一块打了几圈牌。局长，在打牌的时候，露出点我们俩竞争很使他为难的口话。我没说什么，可是姓李的一边打出一个红中，一边说：'红的！我让了，决不计较！'红的！不计较！黄学监又立在我眼前，头上围着那条用血浸透的红布！我用尽力量打完了那圈牌，我的汗湿透了全身。我不能再见那个姓李的，他是黄学监第二，他用杀人不见血的咒诅在我魂灵上作祟：假如世上真有妖术邪法，这个便是其中的一种。我不干了。不干了！"他的头上出了汗。

"或者是你身体不大好，精神有点过敏。"我的话一半是为安慰他，一半是不信这种见神见鬼的故事。

"我起誓，我一点病没有。黄学监确是跟着我呢。他是假冒为善的人，所以他会说假冒为善的恶咒。还是用事实说明吧。我从河务局出来不久便成婚，"这一句还没说全，他的眼神变得像失了雏儿的恶鹰似的，瞪着地上一颗半黄的鸡爪草，半天，他好像神不附体了。我轻嗽了声，他一哆嗦，抹了抹头上的汗，说："很美，她很美。可是——不贞。在第一夜，洞房便变成地狱，可是没有血，你明白我的意思？没有血的洞房是地狱，自然这是老思想，可是我的婚事是老式的，当然感情也是老式的。她都说了，只求我，央告我，叫我饶恕她。按说，美是可以博得一切赦免的。可是我那时铁了心；我下了不戴绿帽的决心。她越哭，我越狠，说真的，折磨她给我一些愉快。末后，她的泪已干，她的话已尽，她说出最后的一句：'请用我心中的血代替吧，'她打开了胸，'给这儿一刀吧；你有一切的理由，我死，决不计较你！'我完了，黄学监在洞房门口笑我呢。我连动一动也不能了。第二天，我离开了家，变成一个有家室的漂流者，家中放着一个没有血的女人，和一个带着血的鬼！但是我不能自杀，我跟他干到底，他劫去我一切的快乐，不能再叫他夺去这条命！"

"丁：我还以为你是不健康。你看，当年你打死他，实在不是有意的。况且黄先生的死也一半是因为耽误了，假如他登时上医院去，一定不会有性命的危险。"我这样劝解；我准知道，设若我说黄先生是好人，决不能死后作祟，丁庚一定更要发怒的。

"不错。我是出于无心，可是他是故意的对我发出假慈悲的原谅，而其实是种恶毒的诅咒。不然，一个人死在眼前，为什么还到礼堂上去说那个呢？好吧，我还是说事实吧。我既是个没家的人，自然可以随意的去玩了。我大概走了至少也有十二三省。最后，我在广东加入了革命军。打到南京，我已是团长。设若我继续工作，现在来至少也做了军长。可是，在清党的时节，我又不干了。是这么回事，一个好朋友姓王，他是左倾的。他比我职分高。设若我能推倒他，我登时便能取得他的地位。陷害他，是极容易的事，我有许多对他不利的证据，但是我不忍下手。我们俩出死入生的在一处已一年多，一同入医院就有两次。可是我又不能抛弃这个机会；志愿使英雄无论如何也得辣些。我不是个十足的英雄，所以我想个不太激进的办法来。我托了一个人向他去说，他的危险怎样的大，不如及早逃走，把一切事务交给我，我自会代他筹画将来的安全。他不听。我火了。不能不下毒手。我正在想主意，这个不知死的鬼找我来了，没带着一个人。有些人是这样：至死总假装宽厚大方，一点不为自己的命想一想，好像死是最便宜的事，可笑。这个人也是这样，还在和我嘻嘻哈哈。我不等想好主意了，反正他的命是在我手心里，我对他直接的说了——我的手摸着手枪。他，他听完了，向我笑了笑。'要是你愿杀我，'他说，还是笑着，'请，我决不计较。'这能是他说的吗？怎能那么巧呢？我知道，我早就知道了，凡是我要成功的时候，'他'老借着个笑脸来报仇，假冒为善的鬼会拿柔软的方法来毁人。我的手连抬也抬不起来了，不要说还要拿枪打人。姓王的笑着，笑着，走了。他走了，能有我的好处吗？他的地位比我高。拿证据去告发他恐怕已来不及了，他能不马上想对待我的法子吗？结果，我得跑！到现在，我手下的小卒都有做团长的了，我呢？我只是个有妻室而没家，不当和尚而住在庙里的——我也说不清我是什么！"乘他喘气，我问了一句："哪个庙事？"

"眼前的大悲寺！为是离着他近，"他指着坟头。看我没往下问，他自动的说明："离他近，我好天天来诅咒他！"

不记得我又和他说了什么，还是什么也没说，无论怎样吧！我是踏着金黄的秋色下了山，斜阳在我的背后。我没敢回头，我怕那株枫树，叶子不是怎么红得似血！

# 马裤先生

火车在北平东站还没开，同屋那位睡上铺的穿马裤，戴平光的眼镜，青缎子洋服上身，胸袋插着小楷羊毫，足登青绒快靴的先生发了问："你也是从北平上车？"很和气的。

我倒有点迷了头，火车还没动呢，不从北平上车，难道由——由哪儿呢？我只好反攻了："你从哪儿上车？"很和气的。我希望他说是由汉口或绥远上车，因为果然如此，那么中国火车一定已经是无轨的，可以随便走走；那多么自由！他没言语。看了看铺位，用尽全身——假如不是全身——的力气喊了声，"茶房！"

茶房正忙着给客人搬东西，找铺位。可是听见这么紧急的一声喊，就是有天大的事也得放下，茶房跑来了。"拿毯子！"马裤先生喊。

"请少待一会儿，先生，"茶房很和气的说，"一开车，马上就给您铺好。"

马裤先生用食指挖了鼻孔一下，别无动作。

茶房刚走开两步。

"茶房！"这次连火车好似都震得直动。

茶房像旋风似的转过身来。

"拿枕头，"马裤先生大概是已经承认毯子可以迟一下，可是枕头总该先拿来。

"先生，请等一等，您等我忙过这会儿去，毯子和枕头就一齐全到。"茶房说的很快，可依然是很和气。

茶房看马裤客人没任何表示，刚转过身去要走，这次火车确是哗啦了半天，"茶房！"

茶房差点吓了个跟头，赶紧转回身来。

"拿茶！"

"先生请略微等一等，一开车茶水就来。"

马裤先生没任何的表示。茶房故意地笑了笑，表示歉意。然后搭讪着慢慢地转身，以免快转又吓个跟头。转好了身，腿刚预备好要走，背后打了个霹雳，"茶房！"

茶房不是假装没听见，便是耳朵已经震聋，竟自没回头，一直地快步走开。

"茶房！茶房！茶房！"马裤先生连喊，一声比一声高：站台上送客的跑过一群来，以为车上失了火，要不然便是出了人命。茶房始终没回头。马裤先生又挖了鼻孔一下，坐在我的床上。刚坐下，"茶房！"茶房还是没来。看着自己的磕膝，脸往下沉，沉到最长的限度，手指一挖鼻孔，脸好似刷的一下又纵回去了。然后，"你坐二等？"这是问我呢。我又毛了，我确是买的二等，难道上错了车？

"你呢？"我问。

"二等。这是二等。二等有卧铺。快开车了吧？茶房！"我拿起报纸来。

他站起来，数他自己的行李，一共八件，全堆在另一卧铺上——两个上铺都被他占了。数了两次，又说了话，"你的行李呢？"

我没言语。原来我误会了：他是善意，因为他跟着说，"可恶的茶房，怎么不给你搬行李？"

我非说话不可了："我没有行李。"

"呕？！"他确是吓了一跳，好像坐车不带行李是大逆不道似的。"早知道，我那四只皮箱也可以不打行李票了！"这回该轮着我了，"呕？！"我心里说，"幸而是如此，不然的话，把四只皮箱也搬进来，还有睡觉的地方啊？！"

我对面的铺位也来了客人，他也没有行李，除了手中提着个扁皮夹。

"呕？！"马裤先生又出了声，"早知道你们都没行李，那口棺材也可以不另起票了！"

我决定了。下次旅行一定带行李；真要陪着棺材睡一夜，谁受得了！

茶房从门前走过。

"茶房！拿毛巾把！"

"等等，"茶房似乎下了抵抗的决心。

马裤先生把领带解开，摘下领子来，分别挂在铁钩上：所有的钩子都被占了，他的帽子，大衣，已占了两个。车开了，他顿时想起买报，"茶房！"

茶房没有来。我把我的报赠给他；我的耳鼓出的主意。

他爬上了上铺，在我的头上脱靴子，并且击打靴底上的土。枕着个手提箱，用我的报纸盖上脸，车还没到永定门，他睡着了。

我心中安坦了许多。

到了丰台，车还没站住，上面出了声，"茶房！"没等茶房答应，他又睡着了；大概这次是梦话。

过了丰台，茶房拿来两壶热茶。我和对面的客人——一位四十来岁平平无奇的人，脸上的肉还可观——吃茶闲扯。大概还没到廊房，上面又打了雷，"茶房！"

茶房来了，眉毛拧得好像要把谁吃了才痛快。

"干吗？先——生——"

"拿茶！"上面的雷声响亮。

"这不是两壶？"茶房指着小桌说。

"上边另要一壶！"

"好吧！"茶房退出去。

"茶房！"

茶房的眉毛拧得直往下落毛。

"不要茶，要一壶开水！"

"好啦！"

"茶房！"

我直怕茶房的眉毛脱净！

"拿毯子，拿枕头，拿手巾把，拿——"似乎没想起拿什么好。

"先生，您等一等。天津还上客人呢；过了天津我们一总收拾，也耽误不了您睡觉！"

茶房一气说完，扭头就走，好像永远不再想回来。

待了会儿，开水到了，马裤先生又入了梦乡，呼声只比"茶房"小一点。可是匀调，继续不断，有时呼声稍低一点。用咬牙来补上。

"开水，先生！"

"茶房！"

"就在这儿；开水！"

"拿手纸！"

"厕所里有。"

"茶房！厕所在哪边？"

"哪边都有。"

"茶房！"

"回头见。"

"茶房！茶房！！茶房！！"

没有应声。

"呼——呼呼——呼"又睡了。

有趣！

到了天津。又上来些旅客。马裤先生醒了，对着壶嘴喝了一气水。又在我头上击打靴底。穿上靴子，溜下来，食指挖了鼻孔一下，看了看外面。"茶房！"

恰巧茶房在门前经过。

"拿毯子！"

"毯子就来。"

马裤先生出去，呆呆地立在走廊中间，专为阻碍来往的旅客与脚夫。忽然用力挖了鼻孔一下，走了。下了车，看看梨，没买；看看报，没买；看看脚行的号衣，更没作用。又上来了，向我招呼了声，"天津，唉？"我没言语。他向自己说，"问问茶房，"紧跟着一个雷，"茶房！"我后悔了，赶紧的说，"是天津，没错儿。"

"总得问问茶房；茶房！"

我笑了，没法再忍住。

车好容易又从天津开走。

刚一开车，茶房给马裤先生拿来头一份毯子枕头和手巾把。马裤先生用手巾把耳鼻孔全钻得到家，这一把手巾擦了至少有一刻钟，最后用手巾擦了擦手提箱上的土。

我给他数着，从老站到总站的十来分钟之间，他又喊了四五十声茶房。茶房只来了一次，他的问题是火车向哪面走呢？茶房的回答是不知道；于是又引起他的建议，车上总该有人知道，茶房应当负责去问。茶房说，连驶车的也不晓得东西南北。于是他几乎变了颜色，万一车走迷了路？！茶房没再回答，可是又掉了几根眉毛。

他又睡了，这次是在头上摔了摔袜子，可是一口痰并没往下唾，而是照顾了车顶。

我睡不着是当然的，我早已看清，除非有一对"避呼耳套"当然不能睡着。可怜的是别屋的人，他们并没预备来熬夜，可是在这种带钩的呼声下，还只好是白瞪眼一夜。

我的目的地是德州，天将亮就到了。谢天谢地！

车在此处停半点钟，我雇好车，进了城，还清清楚楚地听见"茶房！"

一个多礼拜了，我还惦记着茶房的眉毛呢。

# 微　神

清明已过了，大概是；海棠花不是都快开齐了吗？今年的节气自然是晚了一些，蝴蝶们还很弱；蜂儿可是一出世就那么挺拔，好像世界确是甜蜜可喜的。天上只有三四块不大也不笨重的白云，燕儿们给白云上钉小黑丁字玩呢。没有什么风，可是柳枝似乎故意地轻摆，像逗弄着四外的绿意。田中的清绿轻轻地上了小山，因为娇弱怕累得慌，似乎是，越高绿色越浅了些；山顶上还是些黄多于绿的纹缕呢。山腰中的树，就是不绿的也显出柔嫩来，山后的蓝天也是暖和的，不然，大雁们为何唱着向那边排着队去呢？石凹藏着些怪害羞的三月兰，叶儿还赶不上花朵大。

小山的香味只能闭着眼吸取，省得劳神去找香气的来源，你看，连去年的落叶都怪好闻的。那边有几只小白山羊，叫的声儿恰巧使欣喜不至过度，因为有些悲意。偶尔走过一只来，没长犄角就留下须的小动物，向一块大石发了会儿愣，又颠颠着俏式的小尾巴跑了。

我在山坡上晒太阳，一点思念也没有，可是自然而然地从心中滴下些诗的珠子，滴在胸中的绿海上，没有声响，只有些波纹走不到腮上便散了的微笑；可是始终也没成功一整句。一个诗的宇宙里，连我自己好似只是诗的什么地方的一个小符号。

越晒越轻松，我体会出蝶翅是怎样的欢欣。我搂着膝，和柳枝同一律动前后左右的微动，柳枝上每一黄绿的小叶都是听着春声的小耳勺儿。有时看看天空，啊，谢谢那块白云，它的边上还有个小燕呢，小得已经快和蓝天化在一处了，像万顷蓝光中的一粒黑痣，我的心灵像要往那儿飞似的。

远处山坡的小道，像地图上绿的省分里一条黄线。往下看，一大片麦田，地势越来越低，似乎是由山坡上往那边流动呢，直到一片暗绿的松树把它截住，很希望松林那边是个海湾。及至我立起来，往更高处走了几步，看看，不是；那边是些看不甚清的树，树中有些低矮的村舍；一阵小风吹来极细的一声鸡叫。

春晴的远处鸡声有些悲惨，使我不晓得眼前一切是真还是虚，它是梦与真实中间的一道用声音做的金线；我顿时似乎看见了个血红的鸡冠：在心中，村舍中，或是哪儿，有只——希望是雪白的——公鸡。

我又坐下了；不，随便的躺下了。眼留着个小缝收取天上的蓝光，越看越深，越高；同时也往下落着光暖的蓝点，落在我那离心不远的眼睛上。不大一会儿，我便闭上了眼，看着心内的晴空与笑意。

我没睡去，我知道已离梦境不远，但是还听得清清楚楚小鸟的相唤与轻歌。说也奇怪，每逢到似睡非睡的时候，我才看见那块地方——不晓得一定是哪里，可是在入梦以前它老是那个样儿浮在眼前。就管它叫做梦的前方吧。这块地方并没有多大，没有山，没有海。像一个花园，可又没有清楚的界限。差不多是个不甚规则的三角，三个尖端浸在流动的黑暗里。一角上——我永远先看见它——是一片金黄与大红的花，密密层层！没有阳光，一片红黄的后面便全是黑暗，可是黑的背景使红黄更加深厚，就好像大黑瓶上画着红牡丹，深厚得至于使美中有一点点恐怖。黑暗的背景，我明白了，使红黄的一片抱住了自己的彩色，不向四外走射一点；况且没有阳光，彩色不飞入空中，而完全贴染在地上。我老先看见这块，一看见它，其余的便不看也会知道的，正好像一看见香山，准知道碧云寺在哪儿藏着呢。

其余的两角，左边是一个斜长的土坡，满盖着灰紫的野花，在不漂亮中有些深厚的力量，或者月光能使那灰的部分多一些银色，显出点诗的灵空；但是我不记得在哪儿有个小月亮。无论怎样，我也不厌恶它。不，我爱这个似乎被霜弄暗了的紫色，像年轻的母亲穿着暗紫长袍。右边的一角是最漂亮的，一处小草房，门前有一架细蔓的月季，满开着单纯的花，全是浅粉的。

设若我的眼由左向右转，灰紫、红黄、浅粉，像是由秋看到初春，时候倒流；生命不但不是由盛而衰，反倒是以玫瑰做香色双艳的结束。

三角的中间是一片绿草，深绿、软厚、微湿；每一短叶都向上挺着，似乎是听着远处的雨声。没有一点风，没有一个飞动的小虫；一个鬼艳的小世界，活着的只有颜色。

在真实的经验中，我没见过这么个境界。可是它永远存在，在我的梦前。英格兰的深绿，苏格兰的紫草小山，德国黑林的幽晦，或者是它的祖先们，但是谁准知道呢。从赤道附近的浓艳中减去阳光，也有点像它，但是它又没有虹样的蛇与五彩的禽，算了吧，反正我认识它。

我看见它多少多少次了。它和"山高月小，水落石出"，是我心中的一对画屏。可是我没到那个小房里去过。我不是被那些颜色吸引得不动一动，便是由它的草地上恍惚的走入另种色彩的梦境。它是我常遇到的朋友，彼此连姓名都晓得，只是没细细谈过心。我不晓得它的中心是什么颜色的，是含着一点什么神秘的音乐——真希望有点响动！

这次我决定了去探险。

一想就到了月季花下，或也许因为怕听我自己的足音？月季花对于我是有些端阳前后的暗示，我希望在哪儿贴着张深黄纸，印着个硃红的判官，在两束香艾的中间。没有。只在我心中听见了声"樱桃"的吆喝。这个地方是太静了。

小房子的门闭着，窗上门上都挡着牙白的帘儿，并没有花影，因为阳光不足。里边什么动静也没有，好像它是寂寞的发源地。轻轻地推开门，静寂与整洁双双地欢迎我进去，是欢迎我；室中的一切是"人"的，假如外面景物是"鬼"的——希望我没用上过于强烈的字。

一大间，用幔帐截成一大一小的两间。幔帐也是牙白的，上面绣着些小蝴蝶。外间只有一条长案，一个小椭圆桌儿，一把椅子，全是暗草色的，没有油饰过。椅上的小垫是浅绿的，桌上有几本书。案上有一盆小松，两方古铜镜，锈色比小松浅些。内间有一个小床，罩着一块快垂到地上的绿毯。床首悬着一个小篮，有些快干的茉莉花。地上铺着一块长方的蒲垫，垫的旁边放着一双绣白花的小绿拖鞋。

我的心跳起来了！我决不是入了复杂而光灿的诗境；平淡朴美是此处的音调，也不是幻景，因为我认识那只绣着白花的小绿拖鞋。

爱情的故事往往是平凡的，正如春雨秋霜那样平凡。可是平凡的人们偏爱在这些平凡的事中找些诗意；那么，想必是世界上多数的事物是更缺乏色彩的；可怜的人们！希望我的故事也有些应有的趣味吧。

没有像那一回那么美的了。我说"那一回"，因为在那一天那一会儿的一切都是美的。她家中的那株海棠花正开成一个大粉白的雪球；沿墙的细竹刚拔出新笋；天上一片娇晴；她的父母都没在家；大白猫在花下酣睡。听见我来了，她像燕儿似的从帘下飞出来；没顾得换鞋，脚下一双小绿拖鞋像两片嫩绿的叶儿。她喜欢得像清早的阳光，腮上的两片苹果比往常红着许多倍，似乎有两颗香红的心在脸上开了两个小井，溢着红润的胭脂泉。那时她还梳着长黑辫。

她父母在家的时候，她只能隔着窗儿望我一望，或是设法在我走去的时节，和我笑一笑。这一次，她就像一个小猫遇上了个好玩的伴儿；我一向不晓得她"能"这样的活泼。在一同往屋中走的工夫，她的肩挨上了我的。我们都才十七岁。我们都没说什么，可是四只眼彼此告诉我们是欣喜到万分。我最爱看她家壁上那张工笔百鸟朝凤；这次，我的眼匀不出工夫来。我看着那双小绿拖鞋；她往后收了收脚，连耳根儿都有点红了；可是仍然笑着。我想问她的功课，没问；想问新生的小猫有全白的没有，没问；心中的问题多了，只是口被一种什么力量给封起来，我知道她也是如此，因为看见她的白润的脖儿直微微地动，似乎要将些不相干的言语咽下去，而真值得一说的又不好意思说。

她在临窗的一个小红木凳上坐着，海棠花影在她半个脸上微动。有时候她微向窗外看看，大概是怕有人进来。及至看清了没人，她脸上的花影都被欢悦给浸渍得红艳了。她的两手交换着轻轻地摸小凳的沿，显着不耐烦，可是欢喜的不耐烦。最后，她深深地看了我一眼，极不愿意而又不得不说地说，"走吧！"我自己已忘了自己，只看见，不是听见，两个什么字由她的口中出来？可是在心的深处猜对那两个字的意思，因为我也有点那样的关切。我的心不愿动，我的脑知道非走不可。我的眼盯住了她的。她要低头，还没低下去，便又勇敢地抬起来，故意地，不怕地，羞而不肯羞地，迎着我的眼。直到不约而同地垂下头去，又不约而同地抬起来，又那么看。心似乎已碰着心。

我走，极慢的，她送我到帘外，眼上蒙了一层露水。我走到二门，回了回头，她已赶到海棠花下。我像一个羽毛似的飘荡出去。

以后，再没有这种机会。

有一次，她家中落了，并不使人十分悲伤的丧事。在灯光下我和她说了两句话。她穿着一身孝衣。手放在胸前，摆弄着孝衣的扣带。站得离我很近，几乎能彼此听得见脸上热力的激射，像雨后的禾稼那样带着声儿生长。可是，只说了两句极没有意思的话——口与舌的一些动作：我们的心并没管它们。

我们都二十二岁了，可是五四运动还没降生呢。男女的交际还不是普通的事。我毕业后便做了小学的校长，平生最大的光荣，因为她给了我一封贺信。信笺的末尾——印着一枝梅花——她注了一行：不要回信。我也就没敢写回信。可是我好像心中燃着一束火把，无所不尽其极地整顿学校。我拿办好了学校作为给她的回信；她也在我的梦中给我鼓着得胜的掌——那一对连腕也是玉的手！

提婚是不能想的事。许多许多无意识而有力量的阻碍，像个专以力气自雄的恶虎，站在我们中间。

有一件足以自慰的，我那系在心上的耳朵始终没听到她的定婚消息。还有件比这更好的事，我兼任了一个平民学校的校长，她担任着一点功课。我只希望能时时见到她，不求别的。她呢，她知道怎么躲避我——已经是个二十多岁的大姑娘。她失去了十七八岁时的天真与活泼，可是增加了女子的尊严与神秘。

又过了二年，我上了南洋。到她家辞行的那天，她恰巧没在家。

在外国的几年中，我无从打听她的消息。直接通信是不可能的。间接探问，又不好意思。只好在梦里相会了。说也奇怪，我在梦中的女性永远是"她"。梦境的不同使我有时悲泣，有时狂喜；恋的幻境里也自有一种味道。她，在我的心中，还是十七岁时的样子：小圆脸，眉眼清秀中带着一点媚意。身量不高，处处都那么柔软，走路非常的轻巧。那一条长黑的发辫，造成最动心的一个背影。我也记得她梳起头来的样儿，但是我总梦见那带辫的背影。

回国后，自然先探听她的一切。一切消息都像谣言，她已做了暗娼！

就是这种刺心的消息，也没减少我的热情；不，我反倒更想见她，更想帮助她。我到她家去。已不在那里住，我只由墙外看见那株海棠树的一部分。房子早已卖掉了。

到底我找到她了。她已剪了发，向后梳拢着，在项部有个大绿梳子。穿着一件粉红长袍，袖子仅到肘部，那双臂，已不是那么活软的了。脸上的粉很厚，脑门和眼角都有些褶子。可是她还笑得很好看，虽然一点活泼的气象也没有了。设若把粉和油都去掉，她大概最好也只像个产后的病妇。她始终没正眼看我一次，虽然脸上并没有羞愧的样子，她也说也笑，只是心没在话与笑中，好像完全应酬我。我试着探问她些问题与经济状况，她不大愿意回答。她点着一支香烟，烟很灵通地从鼻孔出来，她把左膝放在右膝上，仰着头看烟的升降变化，极无聊而又显着刚强。我的眼湿了，她不会看不见我的泪，可是她没有任何表示。她不住地看自己的手指甲，又轻轻地向后按头发，似乎她只是为它们活着呢。提到家中的人，她什么也没告诉我。我只好走吧。临出来的时候，我把住址告诉给她——深愿她求我，或是命令我，做点事。她似乎根本没往心里听，一笑，眼看看别处，没有往外送我的意思。她以为我是出去了，其实我是立在门口没动，这么着，她一回头，我们对了眼光。只是那么一擦似的她转过头去。

初恋是青春的第一朵花，不能随便掷弃。我托人给她送了点钱去。留下了，并没有回话。

朋友们看出我的悲苦来，眉头是最会出卖人的。她们善意的给我介绍女友，惨笑地摇首是我的回答。我得等着她。初恋像幼年的宝贝永远是最甜蜜的，不管那个宝贝是一个小布人，还是几块小石子。慢慢的，我开始和几个最知己的朋友谈论她，他们看在我的面上没说她什么，可是假装闹着玩似的暗刺我，他们看我太愚，也就是说她不配一恋。他们越这样，我越顽固。是她打开了我的爱的园门，我得和她走到山穷水尽。怜比爱少着些味道，可是更多着些人情。不久，我托友人向她说明，我愿意娶她。我自己没胆量去。友人回来，带回来她的几声狂笑。她没说别的，只狂笑了一阵。她是笑谁？笑我的愚，很好，多情的人不是每每有些傻气吗？这足以使人得意。笑她自己，那只是因为不好意思哭，过度的悲郁使人狂笑。

　　愚痴给我些力量，我决定自己去见她。要说的话都详细的编制好，演习了许多次，我告诉自己——只许胜，不许败。她没在家。又去了两次，都没见着。第四次去，屋门里停着小小的一口薄棺材，装着她。她是因打胎而死。一篮最鲜的玫瑰，瓣上带着我心上的泪，放在她的灵前，结束了我的初恋，开始终生的虚空。为什么她落到这般光景？我不愿再打听。反正她在我心中永远不死。

　　我正呆看着那小绿拖鞋，我觉得背后的幔帐动了一动。一回头，帐子上绣的小蝴蝶在她的头上飞动呢。她还是十七八岁时的模样，还是那么轻巧，像仙女飞降下来还没十分立稳那样立着。我往后退了一步，似乎是怕一往前凑就能把她吓跑。这一退的工夫，她变了，变成二十多岁的样子。她也往后退了，随退随着脸上加着皱纹。她狂笑起来。我坐在那个小床上。刚坐下，我又起来了，扑过她去，极快；她在这极短的时间内，又变回十七岁时的样子。在一秒钟里我看见她半生的变化，她像是不受时间的拘束。我坐在椅子上，她坐在我的怀中。我自己也恢复了十五六年前脸上的红色，我觉得出。我们就这样坐着，听着彼此心血的潮荡。不知有多么久。最后，我找到声音，唇贴着她的耳边，问："你独自住在这里？"

"我不住在这里；我住在这儿，"她指着我的心说。

"始终你没忘了我，那么？"我握紧了她的手。"被别人吻的时候，我心中看着你！"

"可是你许别人吻你？"我并没有一点妒意。

"爱在心里，唇不会闲着；谁叫你不来吻我呢？"

"我不是怕得罪你的父母吗？不是我上了南洋吗？"她点了点头，"惧怕使你失去一切，隔离使爱的心慌了。"

她告诉了我，她死前的光景。在我出国的那一年，她的母亲死去。她比较得自由了一些。出墙的花枝自会招来蜂蝶，有人便追求她。她还想念着我，可是肉体往往比爱少些忍耐力，爱的花不都是梅花。她接受了一个青年的爱，因为他长得像我。他非常地爱她，可是她还忘不了我，肉体的获得不就是爱的满足，相似的容貌不能代替爱的真形。他疑心了，她承认了她的心是在南洋。他们俩断绝了关系。这时候，她父亲的财产全丢了。她非嫁人不可。她把自己卖给一个阔家公子，为是供给她的父亲。

"你不会去教学挣钱？"我问。

"我只能教小学，那点薪水还不够父亲买烟吃的！"

我们俩都愣起来。我是想：假使我那时候回来，以我的经济能力说，能供给得起她的父亲吗？我还不是大睁白眼地看着她卖身？

"我把爱藏在心中，"她说，"拿肉体挣来的茶饭营养着它。我深恐肉体死了，爱便不存在，其实我是错了；先不用说这个吧。他非常的妒忌，永远跟着我，无论我是干什么。上哪儿去，他老随着我。他找不出我的破绽来，可是觉得出我是不爱他。慢慢的，他由讨厌变为公开地辱骂我，甚至于打我，他逼得我没法不承认我的心是另有所寄。忍无可忍也就顾不及饭碗问题了。他把我赶出来，连一件长衫也没给我留。我呢，父亲照样和我要钱，我自己得吃得穿，而且我一向吃好的穿好的惯了。为满足肉体，还得利用肉体，身体是现成的本钱。凡给我钱的便买去我点筋肉的笑。我很会笑：我照着镜子练习那迷人的笑。环境的不同使人作退一步想，这样零卖，到是比终日叫那一个阔公子管着强一些。在街上，有多少人指着我的后影叹气，可是我到底是自由的，有时候我与些打扮得不漂亮的女子遇上，我也有些得意。我一共打过四次胎，但是创痛过去便又笑了。

"最初，我颇有一些名气，因为我既是做过富宅的玩物，又能识几个字，新派旧派的人都愿来照顾我。我没工夫去思想，甚至于不想积蓄一点钱，我完全为我的服装香粉活着。今天的漂亮是今天的生活，明天自有明天管照着自己，身体的疲倦，只管眼前的刺激，不顾将来。不久，这种生活也不能维持了。父亲的烟是无底的深坑。打胎需要花许多费用。以前不想剩钱；钱自然不会自己剩下。我连一点无聊的傲气也不敢存了。我得极下贱地去找钱了，有时是明抢。有人指着我的后影叹气，我也回头向他笑一笑了。打一次胎增加两三岁。镜子是不欺人的，我已老丑了。疯狂足以补足衰老。我尽着肉体的所能伺候人们，不然，我没有生意。我敞着门睡着，我是大家的，不是我自己的。一天二十四小时，什么时间也可以买我的身体。我消失在欲海里。在清醒的世界中我并不存在。我的手指算计着钱数。我不思想，只是盘算——怎能多进五毛钱。我不哭，哭不好看。只为钱着急，不管我自己。"

她休息了一会儿，我的泪已滴湿她的衣襟。

"你回来了！"她继续着说："你也三十多了；我记得你是十七岁的小学生。你的眼已不是那年——多少年了？——看我那双绿拖鞋的眼。可是，你，多少还是你自己，我，早已死了。你可以继续做那初恋的梦，我已无梦可做。我始终一点也不怀疑，我知道你要是回来，必定要我。及至见着你，我自己已找不到我自己，拿什么给你呢？你没回来的时候，我永远不拒绝，不论是对谁说，我是爱你；你回来了，我只好狂笑。单等我落到这样，你才回来，这不是有意戏弄人？假如你永远不回来，我老有个南洋做我的梦景，你老有个我在你的心中，岂不很美？你偏偏回来了，而且回来这样迟——"

　　"可是来迟了并不就是来不及了，"我插了一句。"晚了就是来不及了。我杀了自己。"

　　"什么？"

　　"我杀了我自己。我命定的只能住在你心中，生存在一首诗里，生死有什么区别？在打胎的时候我自己下了手。有你在我左右，我没法子再笑。不笑，我怎么挣钱？只有一条路，名字叫死。你回来迟了，我别再死迟了：我再晚死一会儿，我便连住在你心中的希望也没有了。我住在这里，这里便是你的心。这里没有阳光，没有声响，只有一些颜色。颜色是更持久的，颜色画成咱们的记忆。看那双小鞋，绿的，是点颜色，你我永远认识它们。"

　　"但是我也记得那双脚。许我看看吗？"

　　她笑了，摇摇头。

　　我很坚决，我握住她的脚，扯下她的袜，露出没有肉的一支白脚骨。

　　"去吧！"她推了我一把。"从此你我无缘再见了！我愿住在你的心中，现在不行了；我愿在你心中永远是青春。"太阳已往西斜去；风大了些，也凉了些，东方有些黑云。春光在一个梦中惨淡了许多。我立起来，又看见那片暗绿的松树。立了不知有多久。远处来了些蠕动的小人，随着一些听不甚真的音乐。越来越近了，田中惊起许多白翅的鸟，哀鸣着向山这边飞。我看清了，一群人们匆匆地走，带起一些灰土。三五鼓手在前，几个白衣人在后，最后是一口棺材。春天也要埋人的。撒起一把纸钱，蝴蝶似的落在麦田上。东方的黑云更厚了，柳条的绿色加深了许多，绿得有些凄惨。心中茫然，只想起那双小绿拖鞋，像两片树叶在永生的树上做着春梦。

# 开市大吉

　　我，老王，和老邱，凑了点钱，开了个小医院。老王的夫人做护士主任，她本是由看护而高升为医生太太的。老邱的岳父是庶务兼会计。我和老王是这么打算好，假如老丈人报花账或是携款潜逃的话，我们俩就揍老邱；合着老邱是老丈人的保证金。我和老王是一党，老邱是我们后约的，我们俩总得防备他一下。办什么事，不拘多少人，总得分个党派，留个心眼。不然，看着便不大像回事儿。加上王太太，我们是三个打一个，假如必须打老邱的话。老丈人自然是帮助老邱喽，可是他年岁大了，有王太太一个人就可把他的胡子扯净了。老邱的本事可真是不错，不说屈心的话。他是专门割痔疮，手术非常的漂亮，所以请他合作。不过他要是找揍的话，我们也不便太厚道了。

　　我治内科，老王花柳，老邱专门痔漏兼外科，王太太是看护士主任兼产科，合着我们一共有四科。我们内科，老老实实的讲，是地道二五八。一分钱一分货，我们的内科收费可少呢。要敲是敲花柳与痔疮，老王和老邱是我们的希望。我和王太太不过是配搭，她就根本不是大夫，对于生产的经验她有一些，因为她自己生过两个小孩。至于接生的手术，反正我有太太决不叫她接生。可是我们得设产科，产科是最有利的。只要顺顺当当的产下来，至少也得住十天半月的；稀粥烂饭的对付着，住一天拿一天的钱。要是不顺顺当当的生产呢，那看事做事，临时再想主意。活人还能叫尿憋死？我们开了张。"大众医院"四个字在大小报纸已登了一个半月。名字起的好——办什么赚钱的事儿，在这个年月，就是别忘了"大众"。不赚大众的钱，赚谁的？这不是真情实理吗？自然在广告上我们没这么说，因为大众不爱听实话的；我们说的是："为大众而牺牲，为同胞谋幸福。一切科学化，一切平民化，沟通中西医术，打破阶级思想。"真花了不少广告费，本钱是得下一些的。把大众招来以后，再慢慢收拾他们。专就广告上看，谁也不知道我们的医院有多么大。院图是三层大楼，那是借用近邻转运公司的像片，我们一共只有六间平房。

我们开张了。门诊施诊一个星期，人来的不少，还真是"大众"，我挑着那稍像点样子的都给了点各色的苏打水，不管害的是什么病。这样，延迟过一星期好正式收费呀；那真正老号的大众就干脆连苏打水也不给，我告诉他们回家洗洗脸再来，一脸的滋泥，吃药也是白搭。

忙了一天，晚上我们开了紧急会议，专替大众不行啊，得设法找"二众"。我们都后悔了，不该叫"大众医院"。有大众而没贵族，由哪儿发财去？医院不是煤油公司啊，早知道还不如干脆叫"贵族医院"呢。老邱把刀子沾了多少回消毒水，一个割痔疮的也没来！长痔疮的阔老谁能上"大众医院"来割？

老王出了主意：明天包一辆能驶的汽车，我们轮流的跑几趟，把二姥姥接来也好，把三舅母装来也行。一到门口看护赶紧往里挽，接上这么三四十趟，四邻的人们当然得佩服我们。

我们都很佩服老王。

"再赁几辆不能驶的，"老王接着说。

"干吗？"我问。

"和汽车行商量借给咱们几辆正在修理的车，在医院门口放一天。一会儿叫咕嘟一阵。上咱们这儿看病的人老听外面咕嘟咕嘟的响，不知道咱们又来了多少坐汽车的。外面的人呢，老看着咱们的门口有一队汽车，还不唬住？"我们照计而行，第二天把亲戚们接了来，给他们碗茶喝，又给送走。两个女看护是见一个揆一个，出来进去，一天没住脚。那几辆不能活动而能咕嘟的车由一天亮就运来了，五分钟一阵，轮流的咕嘟，刚一出太阳就围上一群小孩。我们给汽车队照了个像，托人给登晚报。老邱的丈人作了篇八股，形容汽车往来的盛况。当天晚上我们都没能吃饭，车咕嘟得太厉害了，大家都有点头晕。

　　不能不佩服老王，第三天刚一开门，汽车，进来位军官。老王急于出去迎接，忘了屋门是那么矮，头上碰了个大包。花柳；老王顾不得头上的包了，脸笑得一朵玫瑰似的，似乎再碰它七八个包也没大关系。三言五语，卖了一针六〇六。我们的两位女看护给军官解开制服，然后四只白手扶着他的胳臂，王太太过来先用小胖食指在针穴轻轻点了两下，然后老王才给用针。军官不知道东西南北了，看着看护一个劲儿说："得劲！得劲！得劲！"我在旁边说了话，再给他一针。老邱也是福至心灵，早预备好了——香片茶加了点盐。老王叫看护扶着军官的胳臂，王太太又过来用小胖食指点了点，一针香片下去了。军官还说得劲，老王这回是自动的又给了他一针龙井。我们的医院里吃茶是讲究的，老是香片龙井两着沏。两针茶，一针六〇六，我们收了他二十五块钱。本来应当是十元一针，因为三针，减收五元。我们告诉他还得接着来，有十次管保除根。反正我们有的是茶，我心里说。把钱交了，军官还舍不得走，老王和我开始跟他瞎扯，我就夸奖他的不瞒着病——有花柳，赶快治，到我们这里来治，准保没危险。花柳是伟人病，正大光明，有病就治，几针六〇六，完了，什么事也没有。就怕像铺子里的小伙计，或是中学的学生，得了药藏藏掩掩，偷偷的去找老虎大夫，或是袖口来袖口去买私药——广告专贴在公共厕所里，非糟不可。军官非常赞同我的话，告诉我他已上过二十多次医院。不过哪一回也没有这一回舒服。我没往下接碴儿。

老王接过去，花柳根本就不算病，自要勤扎点六〇六。军官非常赞同老王的话，并且有事实为证——他老是不等完全好了便又接着去逛；反正再扎几针就是了。老王非常赞同军官的话，并且愿拉个主顾，军官要是长期扎扎的话，他愿减收一半药费：五块钱一针。包月也行，一月一百块钱，不论扎多少针。军官非常赞同这个主意，可是每次得照着今天的样子办，我们都没言语，可是笑着点了点头。

军官汽车刚开走，迎头来了一辆，四个丫环搀下一位太太来。一下车，五张嘴一齐问：有特别房没有？我推开一个丫环，轻轻的托住太太的手腕，搀到小院中。我指着转运公司的楼房说，"那边的特别室都住满了。您还算得凑巧，这里——我指着我们的几间小房说——还有两间头等房，您暂时将就一下吧。其实这两间比楼上还舒服，省得楼上楼下的跑，是不是，老太太？"

老太太的第一句话就叫我心中开了一朵花，"唉，这还像个大夫——病人不为舒服，上医院来干吗？东生医院那群大夫，简直的不是人！"

"老太太，您上过东生医院？"我非常惊异的问。"刚由那里来，那群王八羔子！"

乘着她骂东生医院——凭良心说，这是我们这里最大最好的医院——我把她搀到小屋里，我知道，我要是不引着她骂东生医院，她决不会住这间小屋，"您在那儿住了几天？"我问。

"两天；两天就差点要了我的命！"老太太坐在小床上。我直用腿顶着床沿，我们的病床都好，就是上了点年纪，爱倒。"怎么上那儿去了呢？"我的嘴不敢闲着，不然，老太太一定会注意到我的腿的。

"别提了！一提就气我个倒仰——。你看，大夫，我害的是胃病，他们不给我东西吃！"老太太的泪直要落下来。"不给您东西吃？"我的眼都瞪圆了。"有胃病不给东西吃？

蒙古大夫！就凭您这个年纪？老太太您有八十了吧？"老太太的泪立刻收回去许多，微微的笑着："还小呢。刚五十八岁。"

"和我的母亲同岁，她也是有时候害胃口疼！"我抹了抹眼睛。"老太太，您就在这儿住吧，我准把那点病治好了。这个病全仗着好保养，想吃什么就吃：吃下去，心里一舒服，病就减去几分，是不是，老太太？"

老太太的泪又回来了，这回是因为感激我。"大夫，你看，我专爱吃点硬的，他们偏叫我喝粥，这不是故意气我吗？"

"您的牙口好，正应当吃口硬的呀！"我郑重的说。

"我是一会儿一饿，他们非到时候不准我吃！"

"糊涂东西们！"

"半夜里我刚睡好，他们把小玻璃棍放在我嘴里，试什么度。"

"不知好歹！"

"我要便盆，那些看护说，等一等，大夫就来，等大夫查过病去再说！"

"该死的玩艺儿！"

"我刚挣扎着坐起来，看护说，躺下。"

"讨厌的东西！"

我和老太太越说越投缘，就是我们的屋子再小一点，大概她也不走了。爽性我也不再用腿顶着床了，即使床倒了，她也能原谅。

"你们这里也有看护呀？"老太太问。

"有，可是没关系，"我笑着说。"您不是带来自个丫环吗？叫她们也都住院就结了。您自己的人当然伺候的周到；我干脆不叫看护们过来，好不好？"

"那敢情好啦，有地方呀？"老太太好像有点过意不去了。"有地方，您干脆包了这个小院吧。四个丫环之外，不妨再叫个厨子来，您爱吃什么吃什么。我只算您一个人的钱，丫环厨子都白住，就算您五十块钱一天。"

老太太叹了口气："钱多少的没有关系，就这么办吧。春香，你回家去把厨子叫来，告诉他就手儿带两只鸭子来。"我后悔了：怎么才要五十块钱呢？真想抽自己一顿嘴巴！幸而我没说药费在内；好吧，在药费上找齐儿就是了；反正看这个来派，这位老太太至少有一个儿子当过师长。况且，她要是天天吃火烧夹烤鸭，大概不会三五天就出院，事情也得往长里看。

医院很有个样子了：四个丫环穿梭似的跑出跑入，厨师傅在院中墙根砌起一座炉灶，好像是要办喜事似的。我们也不客气，老太太的果子随便拿起就尝，全鸭子也吃它几块。始终就没人想起给她看病，因为注意力全用在看她买来什么好吃食。

老王和我总算开了张，老邱可有点挂不住了。他手里老拿着刀子。我都直躲他，恐怕他拿我试试手。老王直劝他不要着急，可是他太好胜，非也给医院弄个几十块不甘心。我佩服他这种精神。

吃过午饭，来了！割痔疮的！四十多岁，胖胖的，肚子很大。王太太以为他是来生小孩，后来看清他是男性，才把他让给老邱。老邱的眼睛都红了。三言五语，老邱的刀子便下去了。四十多岁的小胖子疼得直叫唤，央告老邱用点麻药。老邱可有了话：

"咱们没讲下用麻药哇！用也行，外加十块钱。用不用？快着！"

小胖子连头也没敢摇。老邱给他上了麻药。又是一刀，又停住了："我说，你这可有管子，刚才咱们可没讲下割管子。还往下割不割？往下割的话，外加三十块钱。不的话，这就算完了。"

我在一旁，暗伸大指，真有老邱的！拿住了往下敲，是个办法！

四十多岁的小胖子没有驳回，我算计着他也不能驳回。老邱的手术漂亮，话也说得脆，一边割管子一边宣传："我告诉你，这点事儿值得你二百块钱；不过，我们不敲人；治好了只求你给传传名。赶明天你有工夫的时候，不妨来看看。我这些家伙用四万五千倍的显微镜照，照不出半点微生物！"胖子一声也没出，也许是气胡涂了。

老邱又弄了五十块。当天晚上我们打了点酒，托老太太的厨子给做了几样菜。菜的材料多一半是利用老太太的。一边吃一边讨论我们的事业，我们决定添设打胎和戒烟。老王主张暗中宣传检查身体，凡是要考学校或保寿险的，哪怕已经做下寿衣，预备下棺材，我们也把体格表填写得好好的；只要交五元的检查费就行。这一案也没费事就通过了。老邱的老丈人最后建议，我们匀出几块钱，自己挂块匾。老人出老办法。可是总算有心爱护我们的医院，我们也就没反对。老丈人已把匾文拟好——仁心仁术。陈腐一点，不过也还恰当。我们议决，第二天早晨由老丈人上早市去找块旧匾。王太太说，把匾油饰好，等门口有过婆妇的，借着人家的乐队吹打的时候，我们就挂匾。到底妇女的心细，老王特别显着骄傲。

# 歪毛儿

小的时候，我们俩——我和白仁禄——下了学总到小茶馆去听评书。我俩每天的点心钱不完全花在点心上，留下一部分给书钱。虽然茶馆掌柜孙二大爷并不一定要我们的钱，可是我俩不肯白听。其实，我俩真不够听书的派儿：我那时脑后梳着个小坠根，结着红绳儿；仁禄梳俩大歪毛。孙二大爷用小笸箩打钱的时候，一到我俩面前便低声的说，"歪毛子！"把钱接过去，他马上笑着给我们抓一大把煮毛豆角，或是花生米来："吃吧，歪毛子！"他不大爱叫我小坠根，我未免有点不高兴。可是说真的，仁禄是比我体面的多。他的脸正像年画上的白娃娃的，虽然没有那么胖。单眼皮，小圆鼻子，清秀好看。一跑，俩歪毛左右开弓的敲着脸蛋，像个拨浪鼓儿。青嫩头皮，剃头之后，谁也想轻敲他三下——剃头打三光。就是稍打重了些，他也不急。

他不淘气，可是也有背不上书来的时候。歪毛仁禄背不过书来本可以不挨打，师娘不准老师打他，他是师娘的歪毛宝贝：上街给她买一缕白棉花线，或是打俩小钱的醋，都是仁禄的事儿。可是他自己找打。每逢背不上书来，他比老师的脾气还大。他把小脸憋红，鼻子皱起一块儿，对先生说："不背！不背！"不等老师发作，他又添上："就是不背，看你怎样！"老师磨不开脸了，只好拿板子吧。仁禄不擦磨手心，也不迟宕，单眼皮眨巴的特别快，摇着俩歪毛，过去领受平板。打完，眼泪在眼眶里转，转好大半天，像水花打旋而渗不下去的样儿。始终他不许泪落下来。

过了一会儿，他的脾气消散了，手心搓着膝盖，低着头念书，没有声音，小嘴像热天的鱼，动得很快很紧。

奇怪，这么清秀的小孩，脾气这么硬。

到了入中学的年纪，他更好看了。还不甚胖，眉眼可是开展了。我们脸上都起了小红脓泡，他还是那么白净。后一无入中学，上一班的学生便有一个挤了他一膀子，然后说："对不起，姑娘！"仁禄一声没出，只把这位学友的脸打成酸面包子。他不是打架呢，是拼命，连劝架的都受了点罣误伤。第二天，他没来上课。他又考入别的学校。

一直有十几年的工夫，我们俩没见面。听说，他在大学毕了业，到外边去做事。

去年旧历年前的末一次集，天很冷。千佛山上盖着些厚而阴寒的黑云。尖溜溜的小风，鬼似的掐人鼻子与耳唇。我没事，住的又离山水沟不远，想到集上看看。集上往往也有几本好书什么的。

我以为天寒人必少，其实集上并不冷静；无论怎冷，年总是要过的。我转了一圈，没看见什么对我的路子的东西——大堆的海带菜，财神的纸像，冻得铁硬的猪肉片子，都与我没有多少缘分。本想不再绕，可是极南边有个地摊，摆着几本书，引起我的注意，这个摊子离别的买卖有两三丈远，而且地点是游人不大来到的。设若不是我已走到南边，设若不是我注意书籍，我决不想过去。我走过去，翻了翻那几本书——都是旧英文教科书，我心里说，大年底下的谁买旧读本？看书的时候，我看见卖书人的脚，一双极旧的棉鞋，可是缎子的：袜子还是夏季的单线袜。别人都踩跺着脚，天是真冷；这双脚好像冻在地上，不动。把书合上我便走开了。

大概谁也有那个时候：一件极不相干的事，比如看见一群蚁擒住一个绿虫，或是一个癞狗被打，能使我们不痛快半天，那个挣扎的虫或是那条癞狗好似贴在我们心上，像块病似的。这双破缎子鞋就是这样贴在我的心上。走了几步，我不由的回了头。卖书的正弯身摆那几本书呢。其实我并没给弄乱：只那么几本，也无从乱起。我看出来，他不是久干这个的。逢集必赶的卖零碎的不这样细心。他穿着件旧灰色棉袍，很单薄，头上戴着顶没人要的老式帽头。由他的身上，我看到南圩子墙，千佛山，山上的黑云，结成一片清冷。我好似被他吸引住了。决定回去，虽然觉得不好意思的。我知道，走到他跟前，我未必敢端详他。他身上有那么一股高傲劲儿，像破庙似的，虽然破烂而仍令人心中起敬。我说不上来那几步是怎样走回去的，无论怎说吧，我又立在他面前。

我认得那两只眼，单眼皮儿。其余的地方我一时不敢相认，最清楚的记忆也不敢反抗时间，我俩已十几年没见了。他看了我一眼，赶快把眼转向千佛山去：一定是他了，我又认出这个神气来。

"是不是仁禄哥？"我大着胆问。

他又扫了我一眼，又去看山，可是极快的又转回来。他的瘦脸上没有任何表示，只是腮上微微的动了动，傲气使他不愿与我过话，可是"仁禄哥"三个字打动了他的心。他没说一个字，拉住我的手。手冰硬。脸朝着山，他无声的笑了笑。

"走吧，我住的离这儿不远。"我一手拉着他，一手拾起那几本书。

他叫了我一声。然后待了一会儿，"我不去！"

我抬起头来，他的泪在眼内转呢。我松开他的手，把几本书夹起来，假装笑着，"你走也得走，不走也得走！"

"待一会儿我找你去好了，"他还是不动。

"你不用！"我还是故意打哈哈似的说："待一会儿？管保再也找

不到你了？”

他似乎要急，又不好意思；多么高傲的人也不能不原谅梳着小辫时候的同学。一走路，我才看出他的肩往前探了许多。他跟我来了。

没有五分钟便到了家。一路上，我直怕他和我转了影壁。他坐在屋中了，我才放心，仿佛一件宝贝确实落在手中。可是我没法说话了。问他什么呢？怎么问呢？他的神气显然的是很不安，我不肯把他吓跑了。

想起来了，还有瓶白葡萄酒呢。找到了酒，又发现了几个金丝枣。好吧，就拿这些待客吧。反正比这么僵坐着强。他拿起酒杯，手有点颤。喝下半杯去，他的眼中湿了一点，湿得像小孩冬天下学来喝着热粥时那样。

“几时来到这里的？”我试着步说。

“我？有几天了吧？”他看着杯沿上一小片木塞的碎屑，好像是和这片小东西商议呢。

“不知道我在这里？”

“不知道。”他看了我一眼，似乎表示有许多话不便说，也不希望我再问。

我问定了。讨厌，但我俩是幼年的同学。“在哪儿住呢？”他笑了，“还在哪儿住？凭我这个样？”还笑着，笑得极无聊。

“那好了，这儿就是你的家，不用走了。咱们一块儿听鼓书去。趵突泉有三四处唱大鼓的呢：《老残游记》，嗳？”我想把他哄喜欢了。“记得小时候一同去听《施公案》？”我的话没得到预期的效果，他没言语。但是我不失望。劝他酒，酒会打开人的口。还好，他对酒倒不甚拒绝，他的俩脸渐渐有了红色。我的主意又来了：“说，吃什么？面条？饺子？饼？说，我好去预备。”

"不吃，还得卖那几本书去呢！"

"不吃？你走不了！"

待了老大半天，他点了点头，"你还是这么活泼！"

"我？我也不是咱们梳着小辫时的样子了！光阴多么快，不知不觉的三十多了，想不到的事！"

"三十多也就该死了。一个狗才活十来年。"

"我还不那么悲观，"我知道已把他引上了路。"人生还就不是个好玩艺！"他叹了口气。

随着这个往下说，一定越说越远：我要知道的是他的遭遇。我改变了战略，开始告诉他我这些年的经过，好歹的把人生与悲观扯在里面，好不显着生硬。费了许多周折，我才用上了这个公式——"我说完了，该听你的了。"其实他早已明白我的意思，始终他就没留心听我的话。要不然，我在引用公式以前还得多绕几个弯儿呢。他的眼神把我的话删短了好多。我说完，他好似没法子了，问了句："你叫我说什么吧？"

这真使我有点难堪。律师不是常常逼得犯人这样问么？可是我扯长了脸，反正我俩是有交情的。爽性直说了吧，这或者倒合他的脾气：

"你怎么落到这样？"

他半天没回答出。不是难以出口，他是思索呢。生命是没有什么条理的，老朋友见面不是常常相对无言么？"从哪里说起呢？"他好像是和生命中那些小岔路商议呢。"你记得咱们小的时候，我也不短挨打？"

"记得，都是你那点怪脾气。"

"还不都在乎脾气，"他微微摇着头。"那时候咱俩还都是小孩子，所以我没对你说过；说真的那时节我自己也还没觉出来是怎回事。后来我才明白了，是我这两只眼睛作怪。"

"不是一双好好的眼睛吗？"我说。

"平日是好好的一对眼；不过，有时候犯病。"

"怎样犯病？"我开始怀疑莫非他有点精神病。

"并不是害眼什么的那种肉体上的病，是种没法治的毛病。有时候忽然来了，我能看见些——我叫不出名儿来。"

"幻象？"我想帮他的忙。

"不是幻象，我并没看见什么绿脸红舌头的。是些形象。也还不是形象；是一股神气。举个例说，你就明白了，你记得咱们小时候那位老师？很好的一个人，是不是？可是我一犯病，他就非常的可恶，我所以跟他横着来了。过了一会儿，我的病犯过去，他还是他，我白挨一顿打。只是一股神气，可恶的神气。"

我没等他说完就问："你有时候你也看见我有那股神气吧？"

他微笑了一下："大概是，我记不甚清了。反正咱俩吵过架，总有一回是因为我看你可恶。万幸，我们一入中学就不在一处了。不然……你知道，我的病越来越深。小的时候，我还没觉出这个来，看见那股神气只闹一阵气就完了；后来，我管不住自己了，一旦看出谁可恶来，就是不打架，也不能再和他交往，连一句话也不肯过。现在，在我的记忆中只有幼年的一切是甜蜜的，因为那时病还不深。过了二十，凡是可恶的都记在心里！我的记忆是一堆丑恶像片！"他愣起来了。"人人都可恶？"我问。

"在我犯病的时节，没有例外。父母兄弟全可恶。要是敷衍，得敷衍一切，生命那才难堪。要打算不敷衍，得见一个打一个，办不到。慢慢的，我成了个无家无小没有一个朋友的人。干吗再交朋友呢？怎能交朋友呢？明知有朝一日便看出他可恶！"

我插了一句："你所谓的可恶或者应当改为软弱，人人有个弱点，不见得就可恶。"

　　"不是弱点。弱点足以使人生厌，可也能使人怜悯。譬如对一个爱喝醉了的人，我看见的不是这个。其实不用我这对眼也能看出点来，你不信这么试试，你也能看出一些，不过不如我的眼那么强就是了。你不用看人脸的全部，而单看他的眼，鼻子，或是嘴，你就看出点可恶来。特别是眼与嘴，有时一个人正和你讲道德说仁义，你能看见他的眼中有张活的春画正在动。那嘴，露着牙喷粪的时节单要笑一笑！越是上等人越可恶。没受过教育的好些，也可恶，可是可恶得明显一些；上等人会遮掩。假如我没有这么一对眼，生命岂不是个大骗局？还举个例说吧，有一回我去看戏，旁边来了个三十多岁的人，很体面，穿得也讲究。我的眼一斜，看出来，他可恶。我的心中冒了火。不干我的事，诚然；可是，为什么可恶的人单要一张体面的脸呢？这是人生的羞耻与错处。正在这么个当儿，查票了。这位先生没有票，瞪圆了眼向查票员说："我姓王，没买过票，就是日本人查票，我姓王的还是不买！"我没法管束自己了。我并不是要惩罚他，是要把他的原形真面目打出来。我给了他一个顶有力的嘴巴。你猜他怎样？他嘴里嚷着，走了。要不怎说他可恶呢。这不是弱点，是故意的找打——只可惜没人常打他。他的原形是追着叫化子乱咬的母狗。幸而我那时节犯了病，不然，他在我眼中也是个体面的雄狗了。"

　　"那么你很愿意犯病！"我故意的问。

　　他似乎没听见，我又重了一句，他又微笑了笑。"我不能说我以这个为一种享受；不过，不犯病的时候更难堪——明知人们可恶而看不出，明知是梦而醒不了。病来了，无论怎样吧，我不至于无聊。你看，说打就打，多少有点意思。最有趣的是打完了人，人们还不敢当面说我什么，只在背后低声的说，这是个疯子。我没遇上一个可恶而硬正的人；都是些虚伪的软蛋。有一回我指着个军人的脸说他可恶，他急了，把枪掏出来，我很喜欢。我问他：你干什么？哼，他把枪收回去了，走出老远才敢回头看我一眼；可恶而没骨头的东西！"他又愣了一会儿。

"当初，我是怕犯病。一犯病就吵架，事情怎会作得长远？久而久之，我怕不犯病了。不犯病就得找事去做，闲着是难堪的事。可是有事便有人，有人就可恶。一来二去，我立在了十字路口：长期的抵抗呢？还是敷衍一下？不能决定。病犯了不由的便惹是非，可是也有一月两月不犯的时候。我能专等着犯病，什么也不干？不能！刚要干点什么，病又来了。生命仿佛是拉锯玩呢。有一回，半年多没犯病。好了，我心里说，再找回人生的旧辙吧；既然不愿放火，烟还是由烟筒出去好。我回了家，老老实实去做孝子贤孙。脸也常刮一刮，表示出诚意的敷衍。既然看不见人中的狗脸，我假装看见狗中的人脸，对小猫小狗都很和气，闲着也给小猫梳梳毛，带着狗去溜个圈。我与世界复和了。人家世界本是热热闹闹的混，咱干吗非硬拐硬碰不可呢。这时候，我的文章作多了。第一，我想组织家庭，把油盐柴米的责任加在身上也许会治好了病。况且，我对妇人的印象比较的好。在我的病眼中经过的多数是男人。虽然这也许是机会不平的关系，可是我硬认定女子比男子好一些。作文章吗？人们大概都很会替生命作文章。我想，自要找到个理想的女子，大概能马马虎虎的混几十年。文章还不尽于此，原先我不是以眼的经验断定人人可恶吗，现在改了。我这么想了：人人可恶是个推论，我并没亲眼看见人人可恶呀。也许人人可恶，而我不永远是犯着病，所以看不出。可也许世上确有好人，完全人，就是立在我的病眼前面，我也看不出他可恶来。我并不晓得哪时犯病；看见面前的人变了样，我才晓得我是犯了病？焉知没有我已犯病而看不出人家可恶的时候呢？假如那是个根本不可恶的人。这么一作文章，我的希望更大了。我决定不再硬了，结婚，组织家庭，生胖小子；人家都快活的过日子，我干吗放着熟葡萄不吃，单捡酸的吃呢？文章作得不错。"

他休息了一会儿，我没敢催促他。给他满上了酒。"还记得我的表妹？"他突然的问："咱们小时候和她一块儿玩耍过。"

"小名叫招弟儿？"我想起来，那时候她耳上戴着俩小绿玉艾叶儿。

"就是。她比我小两岁，还没出嫁；等着我呢，好像是。想作文章就有材料，你看她等着我呢。我对她说了一切，她愿意跟我。我俩定了婚。"他又半天没言语，连喝了两三口酒。"有一天，我去找她，在路上我又犯了病。一个七八岁小女孩，拿着个粗碗，正在路中走。来了辆汽车。听见喇叭响，她本想往前跑，可是跑了一步，她又退回来了。车到了跟前，她蹲下了。车幸而猛的收住。在这个工夫，我看见车夫的脸，非常的可恶。在事实上他停住了车；心里很愿意把那个小女孩轧死，轧，来回的轧，轧碎了。作文章才无聊呢。我不能再找表妹去了。我的世界是个丑恶的，我不能把她也拉进来。我又跑了出来；给她一封极简短的信——不必再等我了。有过希望以后，我硬不起来了。我忽然的觉到，焉知我自己不可恶呢，不更可恶呢？这一疑虑，把硬气都跑了。以前，我见着可恶的便打，至少是瞪他那么一眼，使他哆嗦半天。我虽不因此得意，可是非常的自信——信我比别人强。及至一想结婚，与世界共同敷衍，坏了；我原来不比别人强，不过只多着双病眼罢了。我再没有勇气去打人了，只能消极的看谁可恶就躲开他。很希望别人指着脸子说我可恶，可是没人肯那么办。"他又愣了一会儿。"生命的真文章比人作的更周到？你看，我是刚从狱里出来。是这么回事，我和土匪们一块混来着。我既是也可恶，跟谁在一块不可以呢。我们的首领总算可恶得到家，接了赎款还把票儿撕了。绑来票砌在炕洞里。我没打他，我把他卖了，前几天他被枪毙了。在公堂上，我把他的罪恶都抖出来。他呢，一句也没扳我，反倒替我解脱。所以我只住了几天狱，没定罪。顶可恶的人原来也有点好心：撕票儿的恶魔不卖朋友！我以前没想到过这个。耶稣为仇人，为土匪祷告：他是个人物。他的眼或者就和我这对一样，可是他能始终是硬的，因为他始终是软的。普通人只能软，不能硬，所以世界没有骨气。我只能硬，不能软，现在没法安置我自己。人生真不是个好玩艺。"

他把酒喝净，立起来。

"饭就好，"我也立起来。

"不吃！"他很坚决。

"你走不了，仁禄！"我有点急了。"这儿就是你的家！"

"我改天再来，一定来！"他过去拿那几本书。"一定得走？连饭也不吃？"我紧跟着问。

"一定得走！我的世界没有友谊。我既不认识自己，又好管教别人。我不能享受有秩序的一个家庭，像你这个样。只有瞎走乱撞还舒服一些。"

我知道，无须再留他了。愣了一会儿，我掏出点钱来。

"我不要！"他笑了笑："饿不死。饿死也不坏。"

"送你件衣裳横是行了吧？"我真没法儿了。

他愣了会儿。"好吧，谁叫咱们是幼时同学呢。你准是以为我很奇怪，其实我已经不硬了。对别人不硬了。对自己是没法不硬的，你看那个最可恶的土匪也还有点骨气。好吧，给我件你自己身上穿着的吧。那件毛衣便好。有你身上的一些热气便不完全像礼物了。我太好作文章！"

我把毛衣脱给他。他穿在棉袍外边，没顾得扣上钮子。

空中飞着些雪片，天已遮满了黑云。我送他出去，谁也没说什么，一个阴惨的世界，好像只有我们俩的脚步声儿。到了门口，他连头也没回，探着点身在雪花中走去。

# 柳家大院

这两天我们的大院里又透着热闹，出了人命。

事情可不能由这儿说起，得打头儿来。先交代我自己吧，我是个算命的先生。我也卖过酸枣、落花生什么的，那可是先前的事了。现在我在街上摆卦摊，好了呢，一天也抓弄个三毛五毛的。老伴儿早死了，儿子拉洋车。我们爷儿俩住着柳家大院的一间北房。

除了我这间北房，大院里还有二十多间房呢。一共住着多少家子？谁记得清！住两间房的就不多，又搭上今天搬来，明天又搬走，我没有那么好记性。大家见面招呼声"吃了吗"，透着和气；不说呢，也没什么。大家一天到晚为嘴奔命，没有工夫扯闲话儿。爱说话的自然也有啊，可是也得先吃饱了。

还就是我们爷儿俩和王家可以算作老住户，都住了一年多了。早就想搬家，可是我这间屋子下雨还算不十分漏；这个世界哪去找不十分漏水的屋子？不漏的自然有哇，也得住得起呀！再说，一搬家又得花三份儿房钱，莫如忍着吧。晚报上常说什么"平等"，铜子儿不平等，什么也不用说。这是实话。就拿媳妇们说吧，娘家要是不使彩礼，她们一定少挨点揍，是不是？

王家是住两间房。老王和我算是柳家大院里最"文明"的人了。"文明"是三孙子，话先说在头里。我是算命的先生，眼前的字儿颇念一气。天天我看俩大子的晚报。"文明"人，就凭看篇晚报，别装孙子啦！

老王是给一家洋人当花匠，总算混着洋事。其实他会种花不会，他自己晓得；若是不会的话，大概他也不肯说。给洋人院里剪草皮的也许叫做花匠；无论怎说吧，老王有点好吹。有什么意思？剪草皮又怎么低下呢？老王想不开这一层。要不怎么我们这种穷人没起色呢，穷不是，还好吹两句！大院里这样的人多了，老跟"文明"人学；好像"文明"人的吹胡子瞪眼睛是应当应分。反正他挣钱不多，花匠也罢，草匠也罢。

老王的儿子是个石匠，脑袋还没石头顺溜呢，没见过这么死巴的人。他可是好石匠，不说屈心话。小王娶了媳妇，比他小着十岁，长得像搁陈了的窝窝头，一脑袋黄毛，永远不乐，一挨挨就哭，还是不短挨挨。老王还有个女儿，大概也有十四五岁了，又贼又坏。他们四口住两间房。

除了我们两家，就得算张二是老住户了；已经在这儿住了六个多月。虽然欠下俩月的房钱，可是还对付着没叫房东给撵出去。张二的媳妇嘴真甜甘，会说话；这或者就是还没叫撵出去的原因。自然她只是在要房租来的时候嘴甜甘；房东一转身，你听她那个骂。谁能不骂房东呢；就凭那么一间狗窝，一月也要一块半钱？！可是谁也没有她骂得那么到家，那么解气。连我这老头子都有点爱上她了，不是为别的，她真会骂。可是，任凭怎么骂，一间狗窝还是一块半钱。这么一想，我又不爱她了。没有真力量，骂骂算得了什么呢。

张二和我的儿子同行，拉车。他的嘴也不善，喝俩铜子的"猫尿"能把全院的人说晕了；穷嚼！我就讨厌穷嚼，虽然张二不是坏心肠的人。张二有三个小孩，大的捡煤核，二的滚车辙，三的满院爬。

提起孩子来了，简直的说不上来他们都叫什么。院子里的孩子足够一混成旅，怎能记得清楚呢？男女倒好分，反正能光眼子就光着。在院子里走道总得小心点；一慌，不定踩在谁的身上呢。踩了谁也得闹一场气。

大人全别着一肚子委屈，可不就抓个碴儿吵一阵吧。越穷，孩子越多，难道穷人就不该养孩子？不过，穷人也真得想个办法。这群小光眼子将来都干什么去呢？又跟我的儿子一样，拉洋车？我倒不是说拉洋车就低贱，我是说人就不应当拉车；人嘛，当牛马？可是，好些个还活不到能拉车的年纪呢。今年春天闹瘟疹，死了一大批。最爱打孩子的爸爸也咧着大嘴哭，自己的孩子哪有不心疼的？可是哭完也就完了，小席头一卷，夹出城去；死了就死了，省吃是真的。腰里没钱心似铁，我常这么说。这不像一句话，总得想个办法！

除了我们三家子，人家还多着呢。可是我只提这三家子就够了。我不是说柳家大院出了人命吗？死的就是王家那个小媳妇。我说过她像窝窝头，这可不是拿死人打哈哈。我也不是说她"的确"像窝窝头。我是替她难受，替和她差不多的姑娘媳妇们难受。我就常思索，凭什么好好的一个姑娘，养成像窝窝头呢？从小儿不得吃，不得喝，还能油光水滑的吗？是，不错，可是凭什么呢？

少说闲话吧；是这么回事：老王第一个不是东西。我不是说他好吹吗？是，事事他老学那些"文明"人。娶了儿媳妇，喝，他不知道怎么好了。一天到晚对儿媳妇挑鼻子弄眼睛，派头大了。为三个钱的油，两个大的醋，他能闹得翻江倒海。我知道，穷人肝气旺，爱吵架。老王可是有点存心找毛病；他闹气，不为别的，专为学学"文明"人的派头。他是公公；妈的，公公几个铜子儿一个！我真不明白，为什么穷小子单要充"文明"，这是哪一股儿毒气呢？早晨，他起得早，总得也把小媳妇叫起来，其实有什么事呢？他要立这个规矩，穷酸！她稍微晚起来一点，听吧，这一顿揍！

我知道，小媳妇的娘家使了一百块的彩礼。他们爷儿俩大概再有一年也还不清这笔亏空，所以老拿小媳妇出气。可是要专为这一百块钱闹气，也倒罢了，虽然小媳妇已经够冤枉的。他不是专为这点钱。他是学"文明"人呢，他要做足了当公公的气派。他的老伴不是死了吗，他想把婆婆给儿媳妇的折磨也由他承办。他变着方儿挑她的毛病。她呢，一个十七岁的孩子可懂得什么？跟她耍排场？我知道他那些排场是打哪儿学来的：在茶馆里听那些"文明"人说的。他就是这么个人——和"文明"人要是过两句话，替别人吹几句，脸上立刻能红堂堂的。在洋人家里剪草皮的时候，洋人要是跟他过一句半句的话，他能把尾巴摆动三天三夜。他确是有尾巴。可是他摆一辈子的尾巴了，还是他妈的住破大院啃窝窝头。我真不明白！

老王上工去的时候，把磨折儿媳妇的办法交给女儿替他办。那个贼丫头！我一点也没有看不起穷人家的姑娘的意思；她们给人家做丫环去呀，做二房去呀，是常有的事（不是应该的事），那能怨她们吗？不能！可是我讨厌王家这个二妞，她和她爸爸一样的讨人嫌，能钻天觅缝地给她嫂子小鞋穿，能大睁白眼地乱造谣言给嫂子使坏。我知道她为什么这么坏，她是由那个洋人供给着在一个学校念书，她一万多个看不上她的嫂子。她也穿一双整鞋，头发上也戴着一把梳子，瞧她那个美！我就这么琢磨这回事：世界上不应当有穷有富。可是穷人要是狗着①有钱的，往高处爬，比什么也坏。老王和二妞就是好例子。她嫂子要是做一双青布新鞋，她变着方儿给踩上泥，然后叫他爸爸骂儿媳妇。我没工夫细说这些事儿，反正这个小媳妇没有一天得着好气；有的时候还吃不饱。

小王呢，石厂子在城外，不住在家里。十天半月地回来一趟，一定揍媳妇一顿。在我们的柳家大院，揍儿媳妇是家常便饭。谁叫老婆吃着男

① 狗着：巴结的意思。

子汉呢，谁叫娘家使了彩礼呢，挨揍是该当的。可是小王本来可以不揍媳妇，因为他轻易不家来，还愿意回回闹气吗？哼，有老王和二妞在旁边挑拨啊。老王罚儿媳妇挨饿，跪着；到底不能亲自下手打，他是自居为"文明"人的，哪能落个公公打儿媳妇呢？所以挑唆儿子去打；他知道儿子是石匠，打一回胜似别人打五回的。儿子打完了媳妇，他对儿子和气极了。二妞呢，虽然常拧嫂子的胳臂，可也究竟是不过瘾，恨不能看着哥哥把嫂子当作石头，一下子捶碎才痛快。我告诉你，一个女人要是看不起另一个女人的，那就是活对头。二妞自居女学生；嫂子不过是花一百块钱买来的一个活窝窝头。

王家的小媳妇没有活路。心里越难受，对人也越不和气；全院里没有爱她的人。她连说话都忘了怎么说了。也有痛快的时候，见神见鬼地闹撞客①。总是在小王揍完她走了以后，她又哭又说，一个人闹欢了。我的差事来了，老王和我借宪书，抽她的嘴巴。他怕鬼，叫我去抽。等我进了她的屋子，把她安慰得不哭了——我没抽过她，她要的是安慰，几句好话——他进来了，掐她的人中，用草纸熏；其实他知道她已缓醒过来，故意的惩治她。每逢到这个节骨眼，我和老王吵一架。平日他们吵闹我不管；管又有什么用呢？我要是管，一定是向着小媳妇；这岂不更给她添毒？所以我不管。不过，每逢一闹撞客，我们俩非吵不可了，因为我是在那儿，眼看着，还能一语不发？奇怪的是这个，我们俩吵架，院里的人总说我不对；妇女们也这么说。他们以为她该挨揍。他们也说我多事。男的该打女的，公公该管教儿媳妇，小姑子该给嫂子气受，他们这群男女信这个！怎么会信这个呢？谁教给他们的呢？哪个王八蛋的"文明"可笑，又可哭！

――――――――――
① 闹撞客：神志昏迷、哭闹、说胡话，迷信的人认作是撞见鬼了。

前两天，石匠又回来了。老王不知怎么一时心顺，没叫儿子揍媳妇，小媳妇一见大家欢天喜地，当然是喜欢，脸上居然有点像要笑的意思。二妞看见了这个，仿佛是看见天上出了两个太阳。一定有事！她嫂子正在院子里做饭，她到嫂子屋里去搜开了。一定是石匠哥哥给嫂子买来了贴己的东西，要不然她不会脸上有笑意。翻了半天，什么也没翻出来。我说"半天"，意思是翻得很详细；小媳妇屋里的东西还多得了吗？我们的大院里一共也没有两张整桌子来，要不怎么不闹贼呢。我们要是有钱票，是放在袜筒儿里。

二妞的气大了。嫂子脸上敢有笑容？不管查得出私弊查不出，反正得惩治她！

小媳妇正端着锅饭澄米汤，二妞给了她一脚。她的一锅饭出了手。"米饭"！不是丈夫回来，谁敢出主意吃"饭"！她的命好像随着饭锅一同出去了。米汤还没澄干，稀粥似的白饭摊在地上。她拼命用手去捧，滚烫，顾不得手；她自己还不如那锅饭值钱呢。实在太热，她捧了几把，疼到了心上，米汁把手糊住。她不敢出声，咬上牙，扎着两只手，疼得直打转。

"爸！瞧她把饭全洒在地上啦！"二妞喊。

爷儿俩全出来了。老王一眼看见饭在地上冒热气，登时就疯了。他只看了小王那么一眼，已然是说明白了："你是要媳妇，还是要爸爸？"

小王的脸当时就涨紫了，过去揪住小媳妇的头发，拉倒在地。小媳妇没出一声，就人事不知了。

"打！往死了打！打！"老王在一旁嚷，脚踢起许多土来。二妞怕嫂子是装死，过去拧她的大腿。

院子里的人都出来看热闹，男人不过来劝解，女的自然不敢出声；

男人就是喜欢看别人揍媳妇——给自己的那个老婆一个榜样。

我不能不出头了。老王很有揍我一顿的意思。可是我一出头，别的男人也蹭过来。好说歹说，算是劝开了。

第二天一清早，小王老王全去工作。二妞没上学，为是继续给嫂子气受。

张二嫂动了善心，过来看看小媳妇。因为张二嫂自信会说话，所以一安慰小媳妇，可就得罪了二妞。她们俩抬起来了。当然二妞不行，她还说得过张二嫂！"你这个丫头要不……，我不姓张！"一句话就把二妞骂闷过去了，"三秃子给你俩大子，你就叫他亲嘴；你当我没看见呢？有这么回事没有？有没有？"二嫂的嘴就堵着二妞的耳朵眼，二妞直往后退，还说不出话来。

这一场过去，二妞搭讪着上了街，不好意思再和嫂子闹了。

小媳妇一个人在屋里，工夫可就大啦。张二嫂又过来看一眼，小媳妇在炕上躺着呢，可是穿着出嫁时候的那件红袄。张二嫂问了她两句，她也没回答，只扭过脸去。张家的小二，正在这么工夫跟个孩子打起来，张二嫂忙着跑去解围，因为小二被敌人给按在底下了。

二妞直到快吃饭的时候才回来，一直奔了嫂子的屋子去，看看她做好了饭没有。二妞向来不动手做饭，女学生嘛！一开屋门，她失了魂似的喊了一声，嫂子在房梁上吊着呢！一院子的人全吓惊了，没人想起把她摘下来，谁肯往人命事儿里搀合呢？

二妞捂着眼吓成孙子了。"还不找你爸爸去？！"不知道谁说了这么一句，她扭头就跑，仿佛鬼在后头追她呢。老王回来也傻了。小媳妇是没有救儿了；这倒不算什么，脏了房，人家房东能饶得了他吗？再娶一个，只要有钱，可是上次的债还没归清呢！这些个事叫他越想越气，真想咬吊死鬼儿几块肉才解气！

娘家来了人，虽然大嚷大闹，老王并不怕。他早有了预备，早问明白了二妞，小媳妇是受张二嫂的挑唆才想上吊；王家没逼她死，王家没给她气受。你看，老王学"文明"人真学得到家，能瞪着眼扯谎。

张二嫂可抓了瞎，任凭怎么能说会道，也禁不住贼咬一口，入骨三分！人命，就是自己能分辩，丈夫回来也得闹一阵。打官司自然是不会打的，柳家大院的人还敢打官司？可是老王和二妞要是一口咬定，小媳妇的娘家要是跟她要人呢，这可不好办！柳家大院的人是有眼睛的，不过，人命关天，大家不见得敢帮助她吧？果然，张二一回来就听说了，自己的媳妇惹了祸。谁还管青红皂白，先揍完再说，反正打媳妇是理所当然的事。张二嫂挨了顿好的。

小媳妇的娘家不打官司；要钱；没钱再说厉害的。老王怕什么偏有什么；前者娶儿媳妇的钱还没还清，现在又来了一档子！可是，无论怎样，也得答应着拿钱，要不然屋里放着吊死鬼，才不像句话。

小王也回来了，十分像个石头人，可是我看得出，他的心里很难过，谁也没把死了的小媳妇放在心上，只有小王进到屋中，在尸首旁边坐了半天。要不是他的爸爸"文明"，我想他决不会常打她。可是，爸爸"文明"，儿子也自然是要孝顺的，打吧！一打，他可就忘了他的胳臂本是砸石头的。他一声没出，在屋里坐了好大半天，而且把一条新裤子——就是没补钉呀——给媳妇穿上。他的爸爸跟他说什么，他好像没听见。他一个劲儿地吸蝙蝠牌的烟，眼睛不错眼珠地看着点什么——别人都看不见的一点什么。

娘家要一百块钱——五十是发送小媳妇的，五十归娘家人用。小王还是一语不发。老王答应了拿钱。他第一个先找了张二去。"你的媳妇惹的祸，没什么说的，你拿五十，我拿五十；要不然我把吊死鬼搬到你屋里来。"老王说得温和，可又硬张。

张二刚喝了四个大子的猫尿，眼珠子红着。他也来得不善："好王大爷的话，五十？我拿！看见没有？屋里有什么你拿什么好了。要不然我把这两个大孩子卖给你，还不值五十块钱？小三的妈！把两个大的送到王大爷屋里去！会跑会吃，决不费事，你又没个孙子，正好嘛！"

老王碰了个软的。张二屋里的陈设大概一共值不了几个铜子儿！俩孩子叫张二留着吧。可是，不能这么轻轻地便宜了张二；拿不出五十呀，三十行不行？张二唱开了《打牙牌》①，好像很高兴似的。"三十干吗？还是五十好了，先写在账上，多喒我叫电车轧死，多喒还你。"

老王想叫儿子揍张二一顿。可是张二也挺壮，不一定能揍得了他。张二嫂始终没敢说话，这时候看出一步棋来，乘机会自己找找脸："姓王的，你等着好了，我要不上你屋里去上吊，我不算好老婆，你等着吧！"

老王是"文明"人，不能和张二嫂斗嘴皮子。而且他也看出来，这种野娘们什么也干得出来，真要再来个吊死鬼，可得更吃不了兜着走了。老王算是没敲上张二。

其实老王早有了"文明"主意，跟张二这一场不过是虚晃一刀。他上洋人家里去，洋大人没在家，他给洋太太跪下了，要一百块钱。洋太太给了他，可是其中的五十是要由老王的工钱扣的，不要利钱。

老王拿着回来了，鼻子朝着天。

开张殃榜就使了八块；阴阳生要不开这张玩艺，麻烦还小得了吗。这笔钱不能不花。

小媳妇总算死得"值"。一身新红洋缎的衣裤，新鞋新袜子，一头

───────
① 打牙牌：流行于北京一带的民间曲调名。

银白铜的首饰。十二块钱的棺材。还有五个和尚念了个光头三[①]。娘家弄了四十多块去；老王无论如何不能照着五十的数给。

事情算是过去了，二妞可遭了报，不敢进屋子。无论干什么，她老看见嫂子在房梁上挂着呢。老王得搬家。可是，脏房谁来住呢？自己住着，房东也许马马虎虎不究真儿；搬家，不叫赔房才怪呢。可是二妞不敢进屋睡觉也是个事儿。况且儿媳妇已经死了，何必再住两间房？让出那一间去，谁肯住呢？这倒难办了。

老王又有了高招儿，儿媳妇一死，他更看不起女人了。四五十块花在死鬼身上，还叫她娘家拿走四十多，真堵得慌。因此，连二妞的身份也落下来了。干脆把她打发了，进点彩礼，然后赶紧再给儿子续上一房。二妞不敢进屋子呀，正好，去她的。卖个三百二百的除给儿子续娶之外，自己也得留点棺材本儿。

他搭讪着跟我说这个事。我以为要把二妞给我的儿子呢；不是，他是托我给留点神，有对事的外乡人肯出三百二百的就行。我没说什么。

正在这个时候，有人来给小王提亲，十八岁的大姑娘，能洗能做，才要一百二十块钱的彩礼。老王更急了，好像立刻把二妞铲出去才痛快。

房东来了，因为上吊的事吹到他耳朵里。老王把他唬回去了：房脏了，我现在还住着呢！这个事怨不上来我呀，我一天到晚不在家；还能给儿媳妇气受？架不住有坏街坊，要不是张二的娘们，我的儿媳妇能想得起上吊？上吊也倒没什么，我呢，现在又给儿子张罗着，反正混着洋事，自己没钱呀，还能和洋人说句话，接济一步。就凭这回事说吧，洋人送了我一百块钱！

房东叫他给唬住了，跟旁人一打听，的的确确是由洋人那儿拿来的

---

[①] 光头三：死了人，在第三天上念经超度亡魂。

钱。房东没再对老王说什么，不便于得罪混洋事的。可是张二这个家伙不是好调货，欠下两个月的房租，还由着娘们拉舌头扯簸箕，撵他搬家！张二嫂无论怎么会说，也得补上俩月的房钱，赶快滚蛋！

张二搬走了，搬走的那天，他又喝得醉猫似的。张二嫂臭骂了房东一大阵。

等着看吧。看二妞能卖多少钱，看小王又娶个什么样的媳妇。什么事呢！"文明"是孙子，还是那句！

# 抱　孙

　　难怪王老太太盼孙子呀；不为抱孙子，娶儿媳妇干吗？也不能怪儿媳妇成天着急；本来吗，不是不努力生养呀，可是生下来不活，或是不活着生下来，有什么法儿呢！就拿头一胎说吧：自从一有孕，王老太太就禁止儿媳妇有任何操作，夜里睡觉都不许翻身。难道这还算不小心？哪里知道，到了五个多月，儿媳妇大概是因为多眨巴了两次眼睛，小产了！还是个男胎；活该就结了！再说第二胎吧，儿媳妇连眨巴眼都拿着尺寸；打哈欠的时候有两个丫环在左右扶着。果然小心谨慎没错处，生了个大白胖小子。可是没活了五天，小孩不知为了什么，竟自一声没出，神不知鬼不觉的与世长辞了。那是十一月天气，产房里大小放着四个火炉，窗户连个针尖大的窟窿也没有，不要说是风，就是风神，想进来是怪不容易的。况且小孩还盖着四床被，五条毛毯，按说够温暖的了吧？哼，他竟自死了。命该如此！

　　现在，王少奶奶又有了喜，肚子大得惊人，看着颇像轧马路的石碾。看着这个肚子，王老太太心里仿佛长出两只小手，成天抓弄得自己怪要发笑的。这么丰满体面的肚子，要不是双胎才怪呢！子孙娘娘有灵，赏给一对白胖小子吧！王老太太可不只是祷告烧香呀，儿媳妇要吃活人脑子，老太太也不驳回。半夜三更还给儿媳妇送肘子汤，鸡丝挂面……儿媳妇也真作脸，越躺着越饿，点心点心就能吃二斤翻毛月饼；吃得顺着枕头往下流油，被窝的深处能扫出一大碗什锦来。孕妇不多吃怎么生胖小子呢？婆婆儿媳对于此点完全同意。婆婆这样，娘家妈也不能落后啊。她是七趟八趟来"催生"，每次至少带来八个食盒。两亲家，按着哲学上说，永远应当是对仇人。娘家妈带来的东西越多，婆婆越觉得这是有意羞辱人；婆婆越加紧张罗吃食，娘家妈越觉得女儿的嘴亏。这样一竞争，少奶奶可得其所哉，连嘴犄角都吃烂了。收生婆已经守了七天七夜，压根儿生不下来。偏方儿，丸药，子孙娘娘的香灰，吃多了；全不灵验。到第八天头上，少奶奶连鸡汤都顾不得喝了，疼得满地打滚。王老太太急得给子孙娘娘跪了一股香，娘家妈把天仙庵的尼姑接来念催生咒；还是不中用。一直闹到半夜，小孩算是露出头发来。收生婆施展了绝技，除了把少奶奶的下部全抓破了别无成绩。小孩一定不肯出来。长似一年的一分钟，竟自过了五六十来分，还是只见头发不见孩子。有人说，少奶奶得上医院。上医院？王老太太不能这么办。好吗，上医院去开肠破肚不自自然然的产出来，硬由肚子里往外掏！洋鬼子，二毛子，能那么办；王家要"养"下来的孙子，不要"掏"出来的。娘家妈也发了言，养小孩还能快了吗？小鸡生个蛋也得到了时候呀！况且催生咒还没念完，忙什么？不敬尼姑就是看不起神仙！

又耗了一点钟，孩子依然很固执。少奶奶直翻白眼。王老太太眼中含着老泪，心中打定了主意：保小的不保大人。媳妇死了，再娶一个；孩子更要紧。她翻白眼呀，正好一狠心把孩子拉出来。找奶妈养着一样的好，假如媳妇死了的话。告诉了收生婆，拉！娘家妈可不干了呢，眼看着女儿翻了两点钟的白眼！孙子算老几，女儿是女儿。上医院吧，别等念完催生咒了；谁知道尼姑们念的是什么呢，假如不是催生咒，岂不坏了事？把尼姑打发了。婆婆还是不答应；"掏"，行不开！婆婆不赞成，娘家妈还真没主意。嫁出的女儿泼出的水，活是王家的人，死是王家的鬼呀。两亲家彼此瞪着，恨不能咬下谁一块肉才解气。

又过了半点多钟，孩子依然不动声色，干脆就是不肯出来。收生婆见事不好，抓了一个空儿溜了。她一溜，王老太太有点拿不住劲儿了。娘家妈的话立刻增加了许多分量："收生婆都跑了，不上医院还等什么呢？等小孩死在胎里哪！"

"死"和"小孩"并举，打动了王太太的心。可是"掏"到底是行不开的。

"上医院去生产的多了，不是个个都掏。"娘家妈力争，虽然不一定信自己的话。

王老太太当然不信这个；上医院没有不掏的。

幸而娘家爹也赶到了。娘家妈的声势立刻浩大起来。娘家爹也主张上医院。他既然也这样说，只好去吧。无论怎说，他到底是个男人。虽然生小孩是女人的事，可是在这生死关头，男人的主意多少有些力量。

两亲家，王少奶奶，和只露着头发的孙子，一同坐汽车上了医院。刚露了头发就坐汽车，真可怜的慌，两亲家不住的落泪。

一到医院，王老太太就炸了烟。怎么，还得挂号？什么叫挂号呀？生小孩子来了，又不是买官米打粥，按哪门子号头呀？王老太太气坏了，孙子可以不要了，不能挂这个号。可是继而一看，若是不挂号，人家大有不叫进去的意思。这口气难咽，可是还得咽；为孙子什么也得忍受。设若自己的老爷还活着，不立刻把医院拆个土平才怪；寡妇不行，有钱也得受人家的欺侮。没工夫细想心中的委屈，赶快把孙子请出来要紧。挂了号，人家要预收五十块钱。王老太太可抓住了："五十？五百也行，老太太有钱！干脆要钱就结了，挂哪门子浪号，你当我的孙子是封信呢！"

医生来了。一见面，王老太太就炸了烟，男大夫！男医生当收生婆？我的儿媳妇不能叫男子大汉给接生。这一阵还没炸完，又出来两个大汉，抬起儿媳妇就往床上放。老太太连耳朵都哆嗦开了！这是要造反呀，人家一个年青青的孕妇，怎么一群大汉来动手脚的？"放下，你们这儿有懂人事的没有？要是有的话，叫几个女的来！不然，我们走！"恰巧遇上个顶和气的医生，他发了话："放下，叫她们走吧！"

王老太太咽了口凉气，咽下去砸得心中怪热的，要不是为孙子，至少得打大夫几个最响的嘴巴！现官不如现管，谁叫孙子故意闹脾气呢。抬吧，不用说废话。两个大汉刚把儿媳妇放在帆布床上，看！大夫用两只手在她肚子上这一阵按！王老太太闭上了眼，心中骂亲家母：你的女儿，叫男子这么按，你连一声也不发，德行！刚要骂出来，想起孙子；十来个月的没受过一点委屈，现在被大夫用手乱杵，嫩皮嫩骨的，受得住吗？她睁开了眼，想警告大夫。哪知道大夫反倒先问下来了："孕妇净吃什么来着？这么大的肚子！你们这些人没办法，什么也给孕妇吃，吃得小孩这么肥大。平日也不来检验，产不下来才找我们！"他没等王老太太回答，向两个大汉说："抬走！"

王老太太一辈子没受过这个。"老太太"到哪儿不是圣人，今天竟自听了一顿教训！这还不提，话总得说得近情近理呀；孕妇不多吃点滋养品，怎能生小孩呢，小孩怎会生长？难道大夫在胎里的时候专喝西北风？西医全是二毛子！不便和二毛子辩驳；拿娘家妈杀气吧，瞪着她！娘家妈没有意思挨瞪，跟着女儿就往里走。王老太太一看，也忙赶上前去。那位和气生财的大夫转过身来："这儿等着！"

两亲家的眼都红了。怎么着，不叫进去看看？我们知道你把儿媳妇抬到哪儿去啊？是杀了，还是剐了啊？大夫走了。王老太太把一肚子邪气全照顾了娘家妈："你说不掏，看，连进去看看都不行！掏？还许大切八块呢！宰了你的女儿活该！万一要把我的孙子——我的老命不要了。跟你拼了吧！"

娘家妈心中打了鼓，真要把女儿切了，可怎办？大切八块不是没有的事呀，那回医学堂开会不是大玻璃箱里装着人腿人腔子吗？没办法！事已至此，跟女儿的婆婆干吧！"你倒怨我？是谁一天到晚填我的女儿来着？没听大夫说吗？老叫儿媳妇的嘴不闲着，吃出毛病来没有？我见人见多了，就没看见一个像你这样的婆婆！"

"我给她吃？她在你们家的时候吃过饱饭吗？"王太太反攻。

"在我们家里没吃过饱饭，所以每次看女儿去得带八个食盒！"

"可是呀，八个食盒，我填她，你没有？"

两亲家混战一番，全不示弱，骂得也很具风格。

大夫又回来了。果不出王老太太所料，得用手术。手术二字虽听着耳生，可是猜也猜着了，手要是竖起来，还不是开刀问斩？大夫说：用手术，大人小孩或者都能保全。不然，全有生命的危险。小孩已经误了三小时，而且决不能产下来，孩子太大。不过，要施手术，得有亲族的签字。王老太太一个字没听见。掏是行不开的。

"怎样？快决定！"大夫十分的着急。

"掏是行不开的！"

"愿意签字不？快着！"大夫又紧了一板。

"我的孙子得养出来！"

娘家妈急了："我签字行不行？"

王老太太对亲家母的话似乎特别的注意："我的儿媳妇！你算哪道？"

大夫真急了，在王老太太的耳根子上扯开脖子喊："这可是两条人命的关系！"

"掏是不行的！"

"那么你不要孙子了？"大夫想用孙子打动她。

果然有效，她半天没言语。她的眼前来了许多鬼影，全似乎是向她说："我们要个接续香烟的，掏出来的也行！"她投降了。祖宗当然是愿要孙子；掏吧！"可有一样，掏出来得是活的！"她既是听了祖宗的话，允许大夫给掏孙子，当然得说明了——要活的。掏出个死的来干吗用？只要掏出活孙子来，儿媳妇就是死了也没大关系。

娘家妈可是不放心女儿："准能保大小都活着吗？"

"少说话！"王老太太教训亲家太太。

"我相信没危险，"大夫急得直流汗，"可是小孩已经耽误了半天，难保没个意外；要不然请你签字干吗？"

"不保准呀？乘早不用费这道手！"老太太对祖宗非常的负责任；好吗，掏了半天都再不会活着，对的起谁！"好吧，"大夫都气晕了，"请把她拉回去吧！你可记住了，两条人命！"

"两条三条吧，你又不保准，这不是瞎扯！"

大夫一声没出，抹头就走。

王老太太想起来了，试试也好。要不是大夫要走，她决想不起这一招儿来。"大夫，大夫！你回来呀，试试吧！"

大夫气得不知是哭好还是笑好。把单子念给她听，她画了个十字儿。

两亲家等了不晓得多么大的时候，眼看就天亮了，才掏了出来，好大的孙子，足分量十三磅！王老太太不晓得怎么笑好了，拉住亲家母的手一边笑一边刷刷的落泪。亲家母已不是仇人了，变成了老姐姐。大夫也不是二毛子了，是王家的恩人，马上赏给他一百块钱才合适。假如不是这一掏，叫这么胖的大孙子生生的憋死，怎对祖宗呀？恨不能跪下就磕一阵头，可惜医院里没供着子孙娘娘。

胖孙子已被洗好，放在小儿室内。两位老太太要进去看看。不只是看看，要用一夜没洗过的老手指去摸摸孙子的胖脸蛋。看护不准两亲家进去，只能隔着玻璃窗看着。眼看着自己的孙子在里面，自己的孙子，连摸摸都不准！娘家妈摸出个红封套来——本是预备赏给收生婆的——递给看护；给点运动费，还不准进去？事情都来得邪，看护居然不收。王老太太揉了揉眼，细端详了看护一番，心里说："不像洋鬼子妞呀，怎么给赏钱都不接着呢？也许是面生，不好意思的？有了，先跟她闲扯几句，打开了生脸就好办了。"指着屋里的一排小篮说："这些孩子都是掏出来的吧？"

"只是你们这个，其余的都是好好养下来的。"

"没那个事，"王老太太心里说，"上医院来的都得掏。"

"给孕妇大油大肉吃才掏呢，"看护有点爱说话。"不吃，孩子怎能长这么大呢！"娘家妈已和王老太太立在同一战线上。

"掏出来的胖宝贝总比养下来的瘦猴儿强！"王老太太有点觉得不掏出来的孩子没有住医院的资格。"上医院来'养'，脱了裤子放屁，费什么两道手！"

无论怎说，两亲家干瞪眼进不去。

王老太太有了主意，"丫环，"她叫那个看护，"把孩子给我，我们家去。还得赶紧去预备洗三请客呢！"

"我既不是丫环，也不能把小孩给你，"看护也够和气的。

"我的孙子，你敢不给我吗？医院里能请客办事吗？"

"用手术取出来的，大人一时不能给小孩奶吃，我们得给他奶吃。"

"你会，我们不会？我这快六十的人了，生过儿养过女，不比你懂得多；你养过小孩吗？"老太太也说不清看护是姑娘，还是媳妇，谁知道这头戴小白盔的是什么呢。

"没大夫的话，反正小孩不能交给你！"

"去把大夫叫来好了，我跟他说；还不愿意跟你费话呢！"

"大夫还没完事呢，割开肚子还得缝上呢。"

看护说到这里，娘家妈想起来女儿。王老太太似乎还想不起儿媳妇是谁。孙子没生下来的时候，一想起孙子便也想到媳妇；孙子生下来了，似乎把媳妇忘了也没什么。娘家妈可是要看看女儿，谁知道女儿的肚子上开了多大一个洞呢？割病室不许闲人进去，没法，只好陪着王老太太瞭望着胖小子吧。

好容易看见大夫出来了。王老太太赶紧去交涉。

"用手术取小孩，顶好在院里住一个月，"大夫说。"那么三天满月怎么办呢？"王老太太问。

"是命要紧，还是办三天要紧呢？产妇的肚子没长上，怎能去应酬客人呢？"大夫反问。

王老太太确是以为办三天比人命要紧，可是不便于说出来，因为娘家妈在旁边听着呢。至于肚子没长好，怎能招待客人，那有办法："叫她躺着招待，不必起来就是了。"大夫还是不答应。王老太太悟出一条理来："住院不是为要钱吗？好，我给你钱，叫我们娘们走吧，这还不行？"

"你自己看看去，她能走不能？"大夫说。

两亲家反都不敢去了。万一儿媳妇肚子上还有个盆大的洞，多么吓人？还是娘家妈爱女儿的心重，大着胆子想去看看。王老太太也不好意思不跟着。

到了病房，儿媳妇在床上放着的一张卧椅上躺着呢，脸就像一张白纸。娘家妈哭得放了声，不知道女儿是活还是死。王老太太到底心硬，只落了一半个泪，紧跟着炸了烟："怎么不叫她平平正正的躺下呢？这是受什么洋刑罚呢？"

"直着呀，肚子上缝的线就绷了，明白没有？"大夫说。"那么不会用胶粘上点吗？"王老太太总觉得大夫没有什么高明主意。

娘家妈想和女儿说几句话，大夫也不允许。两亲家似乎看出来，大夫不定使了什么坏招儿，把产妇弄成这个样。无论怎说吧，大概一时是不能出院。好吧。先把孙子抱走，回家好办三天呀。

大夫也不答应，王老太太急了。"医院里洗三不洗？要是洗的话，我把亲友全请到这儿来；要是不洗的话，再叫我抱走；头大的孙子，洗三不请客办事，还有什么脸得活着？"

"谁给小孩奶吃呢？"大夫问。

"雇奶妈子！"王老太太完全胜利。

到底把孙子抱出来了。王老太太抱着孙子上了汽车，一上车就打嚏喷，一直打到家，每个嚏喷都是照准了孙子的脸射去的。到了家，赶紧派人去找奶妈子，孙子还在怀中抱着，以便接收嚏喷。不错，王老太太知道自己是着了凉；可是至死也不能放下孙子。到了晌午，孙子接了至少有二百多个嚏喷，身上慢慢的热起来。王老太太更不肯撒手了。到了下午三点来钟，孙子烧得像块火炭了。到了夜里，奶妈子已雇妥了两个，可是孙子死了，一口奶也没有吃。

王老太太只哭了一大阵；哭完了，她的老眼瞪圆了："掏出来的！掏出来的能活吗？跟医院打官司！那么沉重的孙子会只活了一天，哪有的事？全是医院的坏，二毛子们！"

王老太太约上亲家母，上医院去闹。娘家妈也想把女儿赶紧接出来，医院是靠不住的！

　　把儿媳妇接出来了；不接出来怎好打官司呢？接出来不久，儿媳妇的肚子裂了缝，贴上"产后回春膏"也没什么用，她也不言不语的死了。好吧，两案归一，王老太太把医院告了下来。老命不要了，不能不给孙子和媳妇报仇！

# 黑白李

爱情不是他们兄弟俩这档子事的中心，可是我得由这儿说起。

黑李是哥，白李是弟，哥哥比弟弟大着五岁。俩人都是我的同学，虽然白李一入中学，黑李和我就毕业了。黑李是我的好友；因为常到他家去，所以对白李的事儿我也略知一二。五年是个长距离，在这个时代。这哥儿俩的不同正如他们的外号——黑，白。黑李要是"古人"，白李是现代的。他们俩并不因此打架吵嘴，可是对任何事的看法也不一致。黑李并不黑；只是在左眉上有个大黑痣。因此他是"黑李"；弟弟没有那么个记号，所以是"白李"；这在给他们送外号的中学生们看，是很逻辑的。其实他俩的脸都很白，而且长得极相似。

他俩都追她——恕不道出姓名了——她说不清到底该爱谁，又不肯说谁也不爱。于是大家替他们弟兄捏着把汗。明知他俩不肯吵架，可是爱情这玩艺是不讲交情的。可是，黑李让了。

我还记得清清楚楚：正是个初夏的晚间，落着点小雨，我去找他闲谈，他独自在屋里坐着呢，面前摆着四个红鱼细磁茶碗。我们俩是用不着客气的，我坐下吸烟，他摆弄那四个碗。转转这个，转转那个，把红鱼要一点不差的朝着他。摆好，身子往后仰一仰，像画家设完一层色那么退后看看。然后，又逐一的转开，把另一面的鱼们摆齐。又往后仰身端详了一番，回过头来向我笑了笑，笑得非常天真。

他爱弄这些小把戏。对什么也不精通，可是什么也爱动一动。他并不假充行家，只信这可以养性。不错，他确是个好脾性的人。有点小玩艺，比如黏补旧书等等，他就平安的销磨半日。

叫了我一声，他又笑了笑，"我把她让给老四了，"按着大排行，白李是四爷，他们的伯父屋中还有弟兄呢。"不能因为个女子失了兄弟们的和气。"

"所以你不是现代人，"我打着哈哈说。

"不是；老狗熊学不会新玩艺了。三角恋爱，不得劲儿。我和她说了，不管她是爱谁，我从此不再和她来往。觉得很痛快！"

"没看见过这么讲恋爱的。"

"你没看见过？我还不讲了呢。干她的去，反正别和老四闹翻了。将来咱俩要来这么一出的话，希望不是你收兵，就是我让了。"

"于是天下就太平了？"

我们笑开了。

过了有十天吧，黑李找我来了。我会看，每逢他的脑门发暗，必定是有心事。每逢有心事，我俩必喝上半斤莲花白。我赶紧把酒预备好，因为他的脑门不大亮嘛。

喝到第二盅上，他的手有点哆嗦。这个人的心里存不住事。遇上点事，他极想镇定，可是脸上还泄露出来。他太厚道。

"我刚从她那儿来，"他笑着，笑得无聊；可还是真的笑，因为要对个好友道出胸中的闷气。这个人若没有好朋友，是一天也活不了的。

我并不催促他；我俩说话用不着忙，感情都在话中间那些空子里流露出来呢。彼此对看着，一齐微笑，神气和默默中的领悟，都比言语更有分量。要不怎么白李一见我俩喝酒就叫我们"一对糟蛋"呢。

"老四跟我好闹了一场，"他说，我明白这个"好"字——第一他不愿说兄弟间吵了架，第二不愿只说弟弟不对，即使弟弟真是不对。这个字带出不愿说而又不能不说的曲折。"因为她。我不好，太不明白女子心理。那天不是告诉你，我让了吗？我是居心无愧，她可出了花样。她以为我是特意羞辱她。你说对了，我不是现代人，我把恋爱看成该怎样就怎样的事，敢情人家女子愿意'大家'在后面追随着。她恨上了我。这么报复一下——我放弃了她，她断绝了老四。老四当然跟我闹了。所以今天又找她去，请罪。她骂我一顿，出出气，或者还能和老四言归于好。我这么希望。哼，她没骂我。她还叫我和老四都做她的朋友。这个，我不能干，我并没这么明对她讲，我上这儿跟你说说。我不干，她自然也不再理老四。老四就得再跟我闹。"

"没办法！"我替他补上这一小句。过了一会儿，"我找老四一趟，解释一下？"

"也好。"他端着酒盅愣了会儿，"也许没用。反正我不再和她来往。老四再跟我闹呢，我不言语就是了。"

我们俩又谈了些别的，他说这几天正研究宗教。我知道他的读书全凭兴之所至，我决不会因为谈到宗教而想他有点厌世，或是精神上有什么大的变动。

哥哥走后，弟弟来了。白李不常上我这儿来，这大概是有事。他在大学还没毕业，可是看起来比黑李精明着许多。他这个人，叫你一看，你就觉得他应当到处做领袖。每一句话，他不是领导着你走上他所指出的路子，便是把你绑在断头台上。他没有客气话，和他哥哥正相反。

我对他也不便太客气了，省得他说我是糟蛋。

"老二当然来过了？"他问；黑李是大排行行二。"也当然跟你谈到我们的事？"我自然不便急于回答，因为有两个"当然"在这里。果然，没等我回答，他说了下去："你知道，我是借题发挥？"

我不知道。

"你以为我真要那个女人吗？"他笑了，笑得和他哥哥一样，只是黑李的笑向来不带着这不屑于对我笑的劲儿。"我专为和老二捣乱，才和她来往；不然，谁有工夫招呼她？男与女的关系，从根儿上说，还不是……为这个，我何必非她不行？老二以为这个关系应当叫做神圣的，所以他郑重地向她磕头，及至磕了一鼻子灰，又以为我也应当去磕，对不起，我没那个瘾！"他哈哈的笑起来。

我没笑，也不敢插嘴。我很留心听他的话，更注意看他的脸。脸上处处像他哥哥，可是那股神气又完全不像他的哥哥。这个，使我忽而觉得是和一个顶熟识的人说话，忽而又像和个生人对坐着。我有点不舒坦——看着个熟识的面貌，而找不到那点看惯了的神气。

"你看，我不磕头；得机会就吻她一下。她喜欢这个，至少比受几个头更过瘾。不过，这不是正笔。正文是这个，你想我应当老和二爷在一块儿吗？"

我当时回答不出。

他又笑了笑——大概心中是叫我糟蛋呢。"我有我的志愿，我的计划；他有他的。顶好是各走各的路，是不是？"

"是；你有什么计划？"我好容易想起这么一句；不然便太僵得慌了。

"计划，先不告诉你。得先分家，以后你就明白我的计划了。"

"因为要分居，所以和老二吵；借题发挥？"我觉得自己很聪明似的。

他笑着点了头；没说什么，好像准知道我还有一句呢。我确是有一句："为什么不明说，而要吵呢？"

"他能明白我吗？你能和他一答一和的说，我不行。我一说分家，他立刻就得落泪。然后，又是那一套——母亲去世的时候，说什么来着？不是说咱俩老得和美吗？他必定说这一套，好像活人得叫死人管着似的。还有一层，一听说分家，他管保不肯，而愿把家产都给了我，我不想占便宜，他老拿我当作'弟弟'，老拿自己的感情限定住别人的行动，老假装他明白我，其实他是个时代落伍者。这个时代是我的，用不着他来操心管我。"他的脸上忽然的很严肃了。

看着他的脸，我心中慢慢地起了变化——白李不仅是看不起"俩糟蛋"的狂傲少年了，他确是要树立住自己。我也明白过来，他要是和黑李慢慢地商量，必定要费许多动感情的话，要讲许多弟兄间的情义，即使他不讲，黑李总要讲的。与其这样，还不如吵，省得拖泥带水；他要一刀两断，各自奔前程。再说，慢慢地商议，老二决不肯干脆地答应。老四先吵嚷出来，老二若还不干，便是显着要霸占弟弟的财产了。猜到这里，我心中忽然一亮："你是不是叫我对老二去说？"

"一点不错。省得再吵。"他又笑了。"不愿叫老二太难堪了，究竟是弟兄。"似乎他很不喜欢说这末后的两个字——弟兄。

我答应了给他办。

"把话说得越坚决越好。二十年内，我俩不能做弟兄。"他停了一会儿，嘴角上挤出点笑来。"也给老二想了，顶好赶快结婚，生个胖娃娃就容易把弟弟忘了。二十年后，我当然也落伍了，那时候，假如还活着的话，好回家做叔叔。不过，告诉他，讲恋爱的时候要多吻，少磕头，要死追，别死跪着。"他立起来，又想了想，"谢谢你呀。"他叫我明明的觉出来，这一句是特意为我说的，他并不负要说的责任。

为这件事，我天天找黑李去。天天他给我预备好莲花白。吃完喝完说完，无结果而散。至少有半个月的工夫是这样。我说的，他都明白，而且愿意老四去创练创练。可是临完的一句老是"舍不得老四呀！"

"老四的计划？计划？"他走过来，走过去，这么念道。眉上的黑痣夹陷在脑门的皱纹里，看着好似缩小了些。"什么计划呢？你问问他，问明白我就放心了。"

"他不说，"我已经这么回答过五十多次了。

"不说便是有危险性！我只有这么一个弟弟！叫他跟我吵吧，吵也是好的。从前他不这样，就是近来才和我吵。大概还是为那个女的！劝我结婚？没结婚就闹成这样，还结婚！什么计划呢？真！分家？他爱要什么拿什么好了。大概是我得罪了他，我虽不跟他吵，我知道我也有我的主张。什么计划呢？他要怎样就怎样好了，何必分家……"

这样来回磨，一磨就是一点多钟。他的小玩艺也一天比一天增多：占课、打卦、测字、研究宗教……什么也没能帮助他推测出老四的计划，只添了不少的小恐怖。这可并不是说，他显着怎样的慌张。不，他依旧是那么婆婆妈妈的。他的举止动作好像老追不上他的感情，无论心中怎样着急，他的动作是慢的，慢得仿佛是拿生命当作玩艺儿似的逗弄着。

我说老四的计划是指着将来的事业而言，不是现在有什么具体的办法。他摇头。

就这么耽延着，差不多又过了一个多月。

"你看，"我抓住了点理，"老四也不催我，显然他说的是长久之计，不是马上要干什么。"

他还是摇头。

时间越长，他的故事越多。有一个礼拜天的早晨，我看见他进了礼拜堂。也许是看朋友，我想。在外面等了他一会儿。他没出来。不便再等了，我一边走一边想：老李必是受了大的刺激——失恋，弟兄不和，或者还有别的。只就我知道的这两件事说，大概他已经支持不下去了。他的动作仿佛是拿生命当作小玩艺，那正是因他对任何小事都要慎重地考虑。茶碗上的花纹摆不齐都觉得不舒服。哪一件小事也得在他心中摆好，摆得使良心上舒服。上礼拜堂去祷告，为是坚定良心。良心是古圣先贤给他制备好了的，可是他又不愿将一切新事新精神一笔抹杀。结果，他"想"怎样，老不如"已是"怎样来得现成，他不知怎样才好。他大概是真爱她，可是为了弟弟，不能不放弃她，而且失恋是说不出口的。他常对我说，"咱们也坐一回飞机。"说完，他一笑，不是他笑呢，是"身体发肤，受之父母"笑呢。

过了晌午，我去找他。按说一见面就得谈老四，在过去的一个多月都是这样。这次他变了花样，眼睛很亮，脸上有点极静适的笑意，好像是又买着一册善本的旧书。"看见你了，"我先发了言。

他点了点头，又笑了一下，"也很有意思！"

什么老事情被他头次遇上，他总是说这句。对他讲个闹鬼的笑话，也是"很有意思！"他不和人家辩论鬼的有无，他信那个故事，"说不定世上还有比这更奇怪的事"。据他看，什么事都是可能的。因此，他接受的容易，可就没有什么精到的见解。他不是不想多明白些，但是每每在该用脑筋的时候，他用了感情。

"道理都是一样的，"他说，"总是劝人为别人牺牲。"

"你不是已经牺牲了个爱人？"我愿多说些事实。"那不算，那是消极的割舍，并非由自己身上拿出点什么来。这十来天，我已经读完'四福音书'。我也想好了，我应当分担老四的事，不应当只是不准他离开我。你想想吧，设若真是专为分家产，为什么不来跟我明说？"

"他怕你不干，"我回答。

"不是！这几天我用心想过了，他必是真有个计划，而且是有危险性的。所以他要一刀两断，以免连累了我。你以为他年青，一冲子性？他正是利用这个骗咱们；他实在是体谅我，不肯使我受屈。把我放在安全的地方，他好独作独当地去干。必定是这样！我不能撒手他，我得为他牺牲，母亲临去世的时候——"他没往下说，因为知道我已听熟了那一套。

我真没想到这一层。可是还不深信他的话；焉知他不是受了点宗教的刺激而要充分地发泄感情呢？

我决定去找白李，万一黑李猜得不错呢！是，我不深信他的话，可也不敢耍玄虚。

怎样找也找不到白李。学校、宿舍、图书馆、网球场、小饭铺，都看到了，没有他的影儿。和人们打听，都说好几天没见着他。这又是白李之所以为白李；黑李要是离家几天，连好朋友们他也要通知一声。白李就这么人不知鬼不觉地不见了。我急出一个主意来——上"她"那里打听打听。

她也认识我，因为我常和黑李在一块儿。她也好几天没见着白李。她似乎很不满意李家兄弟，特别是对黑李。我和她打听白李，她偏跟我谈论黑李。我看出来，她确是注意——假如不是爱——黑李。大概她是要圈住黑李，做个标本。有比他强的呢，就把他免了职；始终找不到比他高明的呢，最后也许就跟了他。这么一想，虽然只是一想，我就没乘这个机会给他和她再撮合一下；按理说应当这么办，可是我太爱老李，总觉得他值得娶个天上的仙女。

从她那里出来，我心中打开了鼓。白李上哪儿去了呢？不能告诉黑李！一叫他知道了，他能立刻登报找弟弟，而且要在半夜里起来占课测字。可是，不说吧，我心中又痒痒。干脆不找他去？也不行。

走到他的书房外边，听见他在里面哼唧呢。他非高兴的时候不哼唧着玩。可是他平日哼唧，不是诗便是那句代表一切歌曲的"深闺内，端的是玉无瑕"，这次的哼唧不是这些。我细听了听，他是练习圣诗呢。他没有音乐的耳朵，无论什么，到他耳中都是一个调儿。他唱出的时候，自然也还是一个调儿。无论怎样吧，反正我知道他现在是很高兴。为什么事高兴呢？

我进到屋中，他赶紧放下手中的圣诗集，非常的快活："来得正好，正想找你去呢！老四刚走。跟我要了一千块钱去。没提分家的事，没提！"

显然他是没问过弟弟，那笔钱是干什么用的。要不然他不能这么痛快。他必是只求弟弟和他同居，不再管弟弟的行动；好像即使弟弟有带危险性的计划，只要不分家，便也没什么可怕的了。我看明白了这点。

"祷告确是有效，"他郑重地说。"这几天我天天祷告，果然老四就不提那回事了。即使他把钱都扔了，反正我还落下个弟弟！"

我提议喝我们照例的一壶莲花白。他笑着摇摇头："你喝吧，我陪着吃菜，我戒了酒。"

我也就没喝，也没敢告诉他，我怎么各处去找老四。老四既然回来了，何必再说？可是我又提起"她"来。他连接碴儿也没接，只笑了笑。

对于老四和"她"，似乎全没有什么可说的了。他给我讲了些《圣经》上的故事。我一面听着，一面心中嘀咕——老李对弟弟与爱人所取的态度似乎有点不大对；可是我说不出所以然来。我心中不十分安定，一直到回在家中还是这样。又过了四五天，这点事还在我心中悬着。有一天晚上，王五来了。他是在李家拉车，已经有四年了。

王五是个诚实可靠的人，三十多岁，头上有块疤——据说是小时候被驴给啃了一口。除了有时候爱喝口酒，他没有别的毛病。

他又喝多了点，头上的疤都有点发红。

"干吗来了，王五？"我和他的交情不错，每逢我由李家回来得晚些，他总张罗把我拉回来，我自然也老给他点"酒钱"。

"来看看你，"说着便坐下了。

我知道他是来告诉我点什么。"刚沏上的茶，来碗？"

"那敢情好；我自己倒；还真有点渴。"

我给了他支烟卷，给他提了个头儿："有什么事吧？"

"哼，又喝了两壶，心里痒痒；本来是不应当说的事！"他用力吸了口烟。

"要是李家的事，你对我说了准保没错。"

"我也这么想，"他又停顿了会儿，可是被酒气催着，似乎不能不说："我在李家四年零三十五天了！现在叫我很为难。二爷待我不错，四爷呢，简直是我的朋友。所以不好办。四爷的事，不准告诉二爷；二爷又是那么傻好的人。对二爷说吧，又对不起四爷——我的朋友。心里别提多么为难了！论理说呢，我应当向着四爷。二爷是个好人，不错；可究竟是个主人。多么好的主人他还是主人，不能肩膀齐为弟兄。他真待我不错，比如说吧，在这老热天，我拉二爷出去，他总设法在半道上耽搁会儿，什么买包洋火呀，什么看看书摊呀，为什么？为是叫我歇歇，喘喘气。要不，怎说他是好主人呢。他好，咱也得敬重他，这叫做以好换好。久在街上混，还能不懂这个？"

我又让了他碗茶，显出我不是不懂"外面"的人。他喝完，用烟卷指着胸口说："这儿，咱这儿可是爱四爷。怎么呢？四爷年青，不拿我当个拉车的看。他们哥儿俩的劲儿——心里的劲儿——不一样。二爷吧，一看天气热就多叫我歇会儿，四爷就不管这一套，多么热的天也得拉着他飞跑。可是四爷和我聊起来的时候，他就说，凭什么人应当拉着人呢？他是为我们拉车的——天下的拉车的都算在一块儿——抱不平。二爷对'我'不错，可想不到大家伙儿。所以你看，二爷来的小，四爷来的大。四爷不管我的腿，可是管我的心；二爷是家长里短，可怜我的腿，可不管这儿。"他又指了指心口。

我晓得他还有话呢，直怕他的酒气叫酽茶给解去，所以又紧了他一板："往下说呀，王五！都说了吧，反正我还能拉老婆舌头？"

他摸了摸头上的疤，低头想了会儿。然后把椅子往前拉了拉，声音放得很低："你知道，电车道快修完了？电车一开，我们拉车的全玩完！这可不是为我自个儿发愁，是为大家伙儿。"他看了我一眼。

我点了点头。

"四爷明白这个；要不怎么我俩是朋友呢。四爷说：王五，想个办法呀！我说：四爷，我就有一个主意，揍！四爷说：王五，这就对了！揍！一来二去，我们可就商量好了。这我不能告诉你。我要说的是这个，"他把声音放得更低了，"我看见了，侦探跟上了四爷！未必是为这件事，可是叫侦探跟着总不妥当。这就来到难办的地方了：我要告诉二爷吧？对不起四爷；不告诉吧？又怕把二爷也饶在里面。简直的没法儿！"把王五支走，我自己琢磨开了。

黑李猜的不错，白李确是有个带危险性的计划。计划大概不一定就是打电车，他必定还有厉害的呢。所以要分家，省得把哥哥拉扯在内。他当然是不怕牺牲，也不怕别人牺牲，可是还不肯一声不发的牺牲了哥哥——把黑李牺牲了并无济于事。现在，电车的事来到眼前，连哥哥也顾不得了。我怎办呢？警告黑李是适足以激起他的爱弟弟的热情。劝白李，不但没用，而且把王五搁在里边。

事情越来越紧了，电车公司已宣布出开车的日子。我不能再耗着了，得告诉黑李去。

他没在家，可是王五没出去。

"二爷呢？"

"出去了。"

"没坐车？"

"好几天了，天天出去不坐车！"

由王五的神气，我猜着了："王五，你告诉了他？"王五头上的疤都紫了："又多喝了两盅，不由的就说了。"

"他呢？"

"他直要落泪。"

"说什么来着？"

"问了我一句——老五，你怎样？我说，王五听四爷的。

他说了声，好。别的没说，天天出去，也不坐车。"我足足的等了三点钟，天已大黑，他才回来。

"怎样？"我用这两个字问到了一切。

他笑了笑，"不怎样。"

决没想到他这么回答我。我无须再问了，他已决定了办法。我觉得非喝点酒不可，但是独自喝有什么味呢。我只好走吧。临别的时候，我提了句："跟我出去玩几天，好不好？"

"过两天再说吧。"他没说别的。

感情到了最热的时候是会最冷的。想不到他会这样对待我。

电车开车的头天晚上，我又去看他。他没在家，直等到半夜，他还没回来。大概是故意地躲我。

王五回来了，向我笑了笑，"明天！"

"二爷呢？"

"不知道。那天你走后，他用了不知什么东西，把眉毛上的黑瘩子烧去了，对着镜子直出神。"

完了，没了黑痣，便是没有了黑李，不必再等他了。我已经走出大门，王五把我叫住："明天我要是——"他摸了摸头上的疤，"你可照应着点我的老娘！"约摸五点多钟吧，王五跑进来，跑得连裤子都湿了。"全——揍了！"他再也说不出话来。直喘了不知有多少工夫，他才缓过气来，抄起茶壶对着嘴喝了一气。"啊！全揍了！马队冲下来，我们才散。小马六叫他们拿去了，看得真真的。我们吃亏没有家伙，专仗着砖头哪行！小马六要玩完。"

"四爷呢？"我问。

"没看见。"他咬着嘴唇想了想。"哼，事闹得不小！要是拿的话呀，准保是拿四爷，他是头目。可也别说，四爷并不傻，别看他年青。小马六要玩完，四爷也许不能。"

"也没看见二爷？"

"他昨天就没回家。"他又想了想，"我得在这儿藏两天。"

"那行。"

第二天早晨，报纸上登出——砸车暴徒首领李——当场被获，一同被获的还有一个学生，五个车夫。

王五看着纸上那些字，只认得一个"李"字，"四爷玩完了！四爷玩完了！"低着头假装抓那块疤，泪落在报上。

消息传遍了全城，枪毙李——和小马六，游街示众。

毒花花的太阳，把路上的石子晒得烫脚，街上可是还挤满了人。一辆敞车上坐着两个人，手在背后捆着。土黄制服的巡警，灰色制服的兵，前后押着，刀光在阳光下发着冷气。车越走越近了，两个白招子随着车轻轻地颤动。前面坐着的那个，闭着眼，额上有点汗，嘴唇微动，像是祷告呢。车离我不远，他在我面前坐着摆动过去。我的泪迷住了我的心。等车过去半天，我才醒了过来，一直跟着车走到行刑场。他一路上连头也没抬一次。

　　他的眉皱着点，嘴微张着，胸上汪着血，好像死的时候正在祷告。我收了他的尸。

　　过了两个月，我在上海遇见了白李，要不是我招呼他，他一定就跑过去了。

　　"老四！"我喊了他一声。

　　"啊？"他似乎受了一惊。"呕，你？我当是老二复活了呢。"

　　大概我叫得很像黑李的声调，并非有意的，或者是在我心中活着的黑李替我叫了一声。

　　白李显着老了一些，更像他的哥哥了。我们俩并没说多少话，他好似不大愿意和我多谈。只记得他的这么两句："老二大概是进了天堂，他在那里顶合适了；我还在这儿砸地狱的门呢。"

# 眼　镜

　　宋修身虽然是学着科学，可是在日常生活上不管什么科学科举的那一套。他相信饭馆里苍蝇都是消过毒的，所以吃芝麻酱拌面的时候不劳手挥目送的瞎讲究。他有对儿近视眼，也有对儿近视镜。可是他除非读书的时候不戴上它们。据老说法：越戴镜子眼越坏。他信这个。得不戴就不戴，譬如走路逛街，或参观运动会的时候，他的镜子是在手里拿着。即使什么也看不见，而且脑袋常常的发晕，那也活该。

　　他正往学校里走。溜着墙根，省得碰着人；不过有时候踩着狗腿。这回，眼镜盒子是卷在两本厚科学杂志里。他准知道这个办法不保险，所以走几步，站住摸一摸。把镜子丢了，上堂听课才叫抓瞎。况且自己的财力又不充足，买对眼镜说不定就会破产。本打算把盒子放在袋里，可是身上各处的口袋都没有空地方：笔记本，手绢，铅笔，橡皮，两个小瓶，一块吃剩下的烧饼，都占住了地盘。还是这么拿着吧，小心一点好了；好在盒子即使掉在地上也会有响声的。

　　一拐弯，碰上了个同学。人家招呼他，他自然不好不答应。站住说了几句。来了辆汽车，他本能的往里手一躲，本来没有躲的必要，可是眼力不济，得特别的留神，于是把鼻子按在墙上。汽车和朋友都过去了，他紧赶了几步，怕是迟到。走到了校门，一摸，眼镜盒子没啦！登时头上见了汗。抹回头去找，哪里有个影儿。拐弯的地方，老放着几辆洋车。问拉车的，他们都没看见，好像他们也都是近视眼似的。又往回找到校门，只摸了两手的土。心里算是别扭透了！掏出那块干烧饼狠命的摔在校门上，假如口袋里没这些零碎？假如不是遇上那个臭同学？假如不躲那辆闯丧的汽车？巧！越巧心里越堵得慌！一定是被车夫拾了去，瞪着眼不给，什么世界！天天走熟了的路，掉了东西会连告诉一声都不告诉，而捡起放在自己的袋里？一对近视镜有什么用？

宋修身的鼻子按在墙上的时候，眼镜盒子落在墙根。车夫王四看见了。

王四本想告诉一声，可是一看是"他"，一年到头老溜墙根，没坐过一回车。话到了嘴边，又回去了。汽车刚拐过去，他顺手捡起盒子，放在腰中。

当着别的车夫，不便细看，可是心中不由得很痛快，坐在车上舒舒服服的微笑。

他看见宋修身回来了，满头是汗，怪可怜的。很想拿出来还给他。可是别人都说没看见，自己要是招认了，吃了又吐，怪不好意思的。况且给他也是白给，他还能给点报酬？白叫他拿去，而且还得叫朋友们奚落一场——喝，拾了东西连一声都不出，怕我们抢你的？喝，拾了又白给了人家，真大方？莫若也说没看见。拾了就是拾了，活该。学生反正比拉车的阔。

宋修身往回走，王四拉起车来，搭讪着说，"别这儿耗着啦，东边去搁会儿。"心里可是说，"今儿个咱算票不了啦，连盒子带镜子还不卖个块儿八七的？！"到了个僻静地方，放下车，把盒子掏出来。

好破的盒子，大概换洋火也就是换上一小包。盒子上面的布全磨没了，倒好，油汪汪的，上边还好像粘着点柿子汁儿。打开，眼镜框子还不坏，挺粗挺黑——王四就是不喜欢细铁丝似的那路镜框，看见戴稀软活软的镜框的人，他连"车"也不问一声。用手弹了弹耳插子，不像是铁的，可也不是木头的——许是玳瑁的！他心中一跳。

镜子真脏，往外凸着，上面净是一圈一圈的纹，腻着一圈圈的土，越到镜边上越厚。镜子底下还压着半根火柴。他把火柴划着，扔在地上。从车厢里拿出小破蓝布掸子来。给镜子哈了两口气，开始用掸子布擦。连哈了四次气，镜子才有个样儿；又沾了一回唾沫，才完全擦干净。自己戴了戴，不行，架子太小，戴不上；宋修身本是个小头小脸的人。"卖不出去，连自己戴着玩都不行！"王四未免有点失望。可是继而一想：拉车戴眼镜，不大像样儿；再说，怎能卖不出去呢？

拉着车，找着一个破货摊。"嘻，卖给你这个。"

"不要。"摆摊的人——一个红鼻子黄眼的家伙——连看也没看，虽然他的摊上有许多眼镜，而且有老式绣花的镜套子呢。

王四不想打架，连"妈的真和气！"都没说出声来。又遇上个挑筐买卖破烂的，"嘻！卖给你这个，玳瑁框子！"

"没见过这样的玳瑁！"挑筐的看了一眼，"干脆要多少钱？"

"干脆你给多少？"王四把镜子递过去。

"二十子儿。"

"什么？"王四把镜子抢回来。

"给的不少。平光好卖，老花镜也好卖；这是近视镜。框子是化学的，说不定挑来挑去就弄碎了；白赔二十枚。"

王四的心凉了，可是还不肯卖；二十子？早知道还送给那个溜墙根的学生呢！

不卖了，他决定第二天把镜子送归原主；也许倒能得几毛钱的报酬。

第二天早晨，王四把车放在拐弯的地方。学校打了钟，溜墙根的近视眼还没来。一直等到十点多，还是没他的影儿。拉了趟买卖，约摸有十二点多了，又特意放回来。学生下了课，只是不见那个近视眼。

宋修身没来上课。

眼镜丢了以后，他来到教室里。虽然坐在前面，黑板上的字还是模糊不清。越看不清，越用力看；下了课，他的脑袋直抽着疼。他越发心里堵得慌。第二堂是算术习题。他把眼差不多贴在纸上，算了两三个题，他的心口直发痒，脑门非常的热。他好像把自己丢失了。平日最欢喜算术，现在他看着那些字码心里起急。心中熟记的那些公式，都加上了点新东西——眼镜，汽车，车夫。公式和懊恼搀杂在一块，把最喜爱的一门功课变成了最讨厌的一些气人的东西。他不能再安坐在课室里，他想跑到空旷的地方去嚷一顿才痛快。平日所不爱想的事，例如生命观等，这时候都在心中冒出来。一个破近视镜，拾去有什么用？可是竟自拾去！经济的压迫，白拾一根劈柴也是好的。不怨那个车夫。虽然想到这个，心中究竟是难过。今天的功课交不上。明天当然还是头疼。配镜子去，做不到。学期开始的时候，只由家中拿来七十几块钱，下俩月的饭费还没有着落。家中打的粮不少，可是卖不出去。想到了父亲，哥哥，一天到头受苦受累，粮可是卖不出去。平日他没工夫想这些问题，也不肯想这些问题；今天，算术的公式好像给它们匀出来点地方。他想不出一个办法，他头一次觉得生命没着落，好像一切稳定的东西都随着眼镜丢了，眼前事事模糊不清。他不想退学，也想不出继续求学的意义。

长极了的一点钟，好容易才过去。下课的钟声好像不和平日一样，好像有点特别的声调，是一种把大家都叫到野地去喊叫的口令。他出了教室，有一股怨气引着他走出校门；第三堂不上了，也没去请假。他就没想到还有什么第三堂，什么请假的规则。

溜着墙根，他什么也没想，又像想着点什么。到了拐弯的地方，他想起眼镜。几个车夫在那儿说话呢，他想再过去问问他们，可是低着头走了过去。

第二天，他没去上课。

王四没有等到那个近视眼。一天的工夫，心老在车箱里——那里有那个破眼镜盒子。不知道为什么老忘不了它。将要收车的时候，小赵来了。小赵家里开着个小杂货铺，可是他不大管铺子里的事。他的父亲很希望他能管点事，可是叫他管事他就偷钱；儿子还不如伙计可靠呢。小赵的父亲每逢行个人情，或到庙里烧香，必定戴上平光的眼镜——八毛钱在小摊儿上买的。大铺户的掌柜和先生们都戴平光的眼镜，以便在戏馆中，庙会上，表示身份。所以小铺掌柜也不能落伍。小赵并不希望他父亲一病身亡，虽然死了也并没大关系。假如父亲马上死了，他想不出怎样表示出他变成了正式的掌柜，除非他也戴上平光的眼镜。八毛钱买的眼镜，价值不限于八毛。那是掌权立业，袋中老带着几块现洋的象征。

他常和王四们在一块儿。每逢由小铺摸出几毛来，他便和王四们押个宝，或者有时候也去逛个土窑子。车夫们都管他叫"小赵"，除非赌急红了脸才称呼他"少掌柜"，而在这种争斗的时节，他自己也开始觉到身份。平日，他没有什么脾气，对王四们都很"自己"。

"押押？我的庄？"小赵叫他们看了看手中的红而脏的毛票，然后掏出烟卷，吸着。

王四从耳朵上取下半截烟，就着小赵的火儿吸着。大家都蹲在车后面。

不大一会儿，王四那点铜子全另找到了主人。他脑袋上的筋全不服气的涨起来。想往回捞一捞——"嗐，红眼，借给我几个子儿！"

红眼把手中的铜子押上，押了五道；手中既空，自然不便再回答什么，挤着红眼专等看骰子。

王四想不出招儿来。赌气子立起来，向四外看了看，看有巡警往这里来没有。虽然自己是输了，可是巡警要抓的话，他也跑不了。

小赵赢了，问大家还接着干不。大家还愿意干，可是小赵得借给他们资本。小赵满手是土，把铜子和毛票一齐放在腰里："别套着烂，要干，拿钱。"

大家快要称呼他"少掌柜"了。卖烧白薯的李六过来了。"每人一块，赵掌柜的给钱！"小赵要宴请众朋友。"这还不离，小赵！"大家围上了白薯挑子。王四也弄了块，深呼吸的吃着。吃完白薯，王四想起来了："小赵，给你这个。"从车箱里把眼镜找出来："别看盒子破，里面有好玩艺儿。"小赵一见眼镜，"掌柜的"在心中放大起来；把没吃完的白薯扔在地上，请了野狗的客。果然是体面的镜子，比父亲的还好。戴上试试。不行，"这是近视镜，戴上发晕！"

"戴惯就好了，"王四笑着说。

"戴惯？为戴它，还得变成近视眼？"小赵觉得不上算，可是又真爱眼镜。试着走了几步。然后，摘下来，看看大家。大家都觉得戴上镜子确是体面。王四领着头说："真有个样儿！"

"就是发晕呢！"小赵还不肯撒手它。

"戴惯就好了！"王四觉得只有这一句还像话。

小赵又戴上镜子，看了看天。"不行，还是发晕！"

"你拿着吧，拿着吧。"王四透着很"自己"。"送给你的，我拿着没用。拿着吧，等过二年，你的眼神不这么足了，再戴也就合适了。"

"送给我的？"小赵钉了一句。"真的？操！换个盒子还得好几毛！"

"真送给你，我拿着没用；卖，也不过卖个块儿八七的！"王四更显着"自己"了。

"等我数数，"小赵把毛票都掏出来，给了李六白薯钱。"还有六毛，才他妈的赢了两毛！"

"你还有铜子呢！"有人提醒他一声。

"至多也就有一毛来钱的铜子，"小赵可是没往外掏它们，大家也不就深信他的话。小赵可是并不因为赢得少而不高兴；他的确很欢喜。往常，他每耍必输。输几毛原不算什么，不过被大家拿他当"大头"，有些难堪。今天总算恢复了名誉，虽然连铜子算上才三毛来钱——也许是三毛多，铜子的分量怪沉的吗。"王四，我也不白要你的。看见没？有六毛。你三毛，我三毛，像回事儿不像？"

王四没想到他能给三毛。他既然开通，不妨再挤一下："把铜子再掏出点来，反正是赢去的。"

"吹！吉祥钱，腰里带着好。明儿个还得跟你们干呢！"小赵觉得明天再来，一定还要赢的。这两天运气必是不坏。"好啦，三毛。三毛买那么好的镜子！"王四把票子接过来。放在贴肉的小兜里。

"你不是说送给我吗？这小子！"

"好啦，好啦，朋友们过得多，不在乎这个。"小赵把眼镜放在盒子里，走开。"明儿再干！"走了几步，又把盒子打开。回头看了看，拉车的们并没把眼看着他。把镜子又戴上，眼前成了模糊的一片。可是不肯马上摘下来——戴惯就好了。他觉得王四的话有理。有眼镜不戴，心中难过。况且掌柜们都必须戴镜子的。眼镜，手表，再安上一个金门牙；南岗子的小凤要不跟我才怪呢！

刚一拐弯，猛的听见一声喇叭。他看不清，不知往哪面儿躲。他急于摘镜子……学校附近，这些日子了，不见了溜墙根的近视学生，不见了小赵，不见了王四。"王四这些日子老在南城搁车，"李六告诉大家。

# 铁牛和病鸭

王明远的乳名叫"铁柱子"。在学校里他是"铁牛"。好像他总离不开铁。这个家伙也真是有点"铁"。大概他是不大爱吃石头罢了；真要吃上几块的话，那一定也会照常的消化。

他的浑身上下，看哪儿有哪儿，整像匹名马。他可比名马还泼辣一些，既不娇贵，又没脾气。一年到头，他老笑着。两排牙，齐整洁白，像个小孩儿的。可是由他说话的时候看，他的嘴动得那么有力量，你会承认这两排牙，看着那么白嫩好玩，实在能啃碎石头子儿。

认识他的人们都知道这么一句——老王也得咧嘴。这是形容一件最累人的事。王铁牛几乎不懂什么叫累得慌。他要是咧了嘴，别人就不用想干了。

铁牛不念《红楼梦》——"受不了那套妞儿气！"他永远不闹小脾气，真的。"看看这个，"他把袖子搂到肘部，敲着筋粗肉满的胳臂，"这么粗的小棒锤，还闹小性，羞不羞？"顺势砸自己的胸口两拳，咚咚的响。

他有个志愿，要和和平平的做点大事。他的意思大概是说，做点对别人有益的事，而且要自自然然做成，既不锣鼓喧天，也不杀人流血。

由他的谈吐举动上看，谁也看不出他曾留过洋，念过整本的洋书，他说话的时候永不夹杂着洋字。他看见洋餐就拧头，虽然请他吃，他也吃得不比别人少。不服洋服，不会跳舞，不因为街上脏而堵上鼻子，不必一定吃美国橘子。总而言之，他既不闹中国脾气，也不闹外国脾气。比如看电影，《火烧红莲寺》和《三剑客》，对他，并没有多少分别。除了"妞儿气"的片子，都"不坏"。

他是学农的。这与他那个"和和平平的做点大事"颇有关系。他的态度大致是这样：无论政治上怎样革命，人反正得吃饭。农业改良是件大事。他不对人们用农学上的专名词；他研究的是农业，所以心中想的是农民，他的感情把研究室的工作与农民的生活联成一气。他不自居为学者。遇上好转文的人，他有句善意的玩笑话："好不好由武松打虎说起？"《水浒传》是他的"文学"。

自从留学回来，他就在一个官办的农场做选种的研究与试验。这个农场的成立，本是由几个开明官儿偶然灵机一动，想要关心民瘼，所以经费永远没有一定的着落。场长呢，是照例每七八个月换一位，好像场长的来去与气候有关系似的。这些来来往往的场长们，人物不同，可是风格极相似，颇似秀才们作的八股儿。他们都是咧着嘴来，咧着嘴去，设若不是"场长"二字在履历上有点作用，他们似乎还应当痛哭一番。场长既是来熬资格，自然还有愿在他们手下熬更小一些资格的人。所以农场虽成立多年，农场试验可并没有做过。要是有的话，就是铁牛自己那点事儿。

为他，这个农场在用人上开了个官界所不许的例子——场长到任，照例不撤换铁牛。这已有五六年的样子了。铁牛不大记得场长们的姓名，可是他知道怎样央告场长。在他心中，场长，不管姓甚名谁，是必须央告的。"我的试验需要长的时间。我爱我的工作。能不撤换我，是感激不尽的！请看看我的工作来，请来看看！"场长当然是不去看的；提到经费的困难；铁牛请场长放心，"减薪我也乐意干，我爱这个工作！"场长手下的人怎么安置呢？铁牛也有办法："只要准我在这儿工作，名义倒不拘。"薪水真减了,他照常的工作,而且做得颇高兴。

可有一回,他几乎落了泪。场长无论如何非撤他不可。可是头天免了职,第二天他照常去做试验,并且拉着场长去看他的工作:"场长,这是我的命!再有些日子,我必能得到好成绩;这不是一天半天能做成的。请准我上这里做试验好了,什么我也不要。到别处去,我得从头另做,前功尽弃。况且我和这个地方有了感情,这里的一切是我的手,我的脚。我永不对它们发脾气,它们也老爱我。这些标本,这些仪器,都是我的好朋友!"他笑着,眼角里有个泪珠。耶稣收税吏做门徒①必是真事,要不然场长怎会心一软,又留下了铁牛呢?从此以后,他的地位稳固多了,虽然每次减薪,他还是跑不了。"你就是把钱都减了去,反正你减不去铁牛!"他对知己的朋友总这样说。

他虽不记得场长们的姓名,他们可是记住了他的。在他们天良偶尔发现的时候,他们便想起铁牛。因此,很有几位场长在高升了之后,偶尔凭良心做某件事,便不由的想"借重"铁牛一下,向他打个招呼。铁牛对这种"抬爱"老回答这么一句:"谢谢善意,可是我爱我的工作,这是我的命!"他不能离开那个农场,正像小孩离不开母亲。

为维持农场的存在,总得做点什么给人们瞧瞧,所以每年必开一次农品展览会。职员们在开会以前,对铁牛特别的和气。"王先生,多偏劳!开完会请你吃饭!"吃饭不吃饭,铁牛倒不在乎;这是和农民与社会接触的好机会。他忙开了:征集,编制,陈列,讲演,招待,全是他,累得"四脖子汗流"。有的职员在旁边看着,有点不大好意思。所以过来指摘出点毛病,以便表示他们虽没动手,可是眼睛没闲着。铁牛一边擦汗一

---

① 耶稣收税吏做门徒:耶稣收税吏做门徒,见《新约·马太福音》第九章第九节至十三节。

边道歉："幸亏你告诉我！幸亏你告诉我！"对于来参观的农民，他只恨长着一张嘴，没法儿给人人掰开揉碎的讲。

有长官们坐在中间，好像兔儿爷摊子的开会纪念像片里，十回有九回没铁牛。他顾不得照像。这一点，有些职员实在是佩服了他。所以会开完了，总有几位过来招呼一声："你可真累了，这两天！"铁牛笑得像小姑娘穿新鞋似的："不累，一年才开一次会，还能说累？"

因此，好朋友有时候对他说，"你也太好脾性了，老王！"他笑着，似乎是要害羞："左不是多卖点力气，好在身体棒。"他又搂起袖子来，展览他的胳臂。他决听不出朋友那句话是有不满而故意欺侮他的意思。他自己的话永远是从正面说，所以想不到别人会说偏锋话。有的时候招得朋友不能不给他解释一下，他这才听明白。可是"谁有工夫想那么些个弯子！我告诉你，我的头一放在枕头上，就睡得像个球；要是心中老绕弯儿，怎能睡得着？人就仗着身体棒；身体棒，睁开眼就唱。"他笑开了。

铁牛的同学李文也是个学农的。李文的腿很短，嘴很长，脸很瘦，心眼很多。被同学们封为"病鸭"。病鸭是牢骚的结晶，袋中老带着点"补丸"之类的小药，未曾吃饭先叹口气。他很热心的研究农学，而且深信改良农事是最要紧的。可是他始终没有成绩。他倒不愁得不到地位，而是事事人人总跟他闹别扭。就了一个事，至多半年就得散伙。即使事事人人都很顺心，他所坐的椅子，或头上戴的帽子，或做试验用的器具，总会跟他捣乱；于是他不能继续工作。世界上好像没有给他预备下一个可爱的东西，一个顺眼的地方，一个可以交往的人；他只看他自己好，而人人事事和样样东西都跟他过不去。不是他做不出成绩来，是到处受人们的排挤，没法子再做下去。比如他刚要动手做工，旁边有位先生说了句："天很冷啊！"于是他的脑中转开了螺丝：什么意思呢，这句话？是不是说我刚才没有把门关严呢？他没法安心工作下去。受了欺侮是不能再做工的。早晚他要报复这个，可是马上就得想办法，他和这位说天气太冷的先生势不两立。

他有时候也能交下一两位朋友，可是交过了三个月，他开始怀疑，然后更进一步去试探，结果是看出许多破绽，连朋友那天穿了件蓝大衫都有作用。三几个月的交情于是吵散。一来二去，他不再想交友。他慢慢把人分成三等，一等是比他位分高的，一等是比他矮的，一等是和他一样儿高的。他也决定了，他可以成功，假如他能只交比他高的人，不理和他肩膀齐的，管辖着奴使着比他矮的。"人"既选定，对"事"便也有了办法。"拿过来"成了他的口号。非自己拿到一种或多种事业，终身便一无所成。拿过来自己办，才能不受别人的气。拿过来自己办，椅子要是成心捣乱，砸碎了兔崽子！非这样不可，他是热心于改良农事的；不能因受闲气而抛弃了一生的事业；打算不受闲气，自己得站在高处。有志者事竟成，几年的工夫他成了个重要的人物，"拿过来"不少的事业。原先本是想拿过来便去由自己做，可是既拿过来一样，还觉得不稳固。还有斜眼看他的人呢！于是再去拿。越拿越多，越多越复杂，各处的椅子不同，一种椅子有一种气人的办法。他要统一椅子都得费许多时间。因此，每拿过来一个地方，他先把椅子都漆白了，为是省得有污点不易看见。椅子倒是都漆白了，别的呢？他不能太累了，虽然小药老在袋中，到底应当珍惜自己；世界上就是这样，除了你自己爱你自己，别人不会关心。

他和铁牛有好几年没见了。

正赶上开农业学会年会。堂中坐满了农业专家。台上正当中坐着病鸭，头发挺长，脸色灰绿，长嘴放在胸前，眼睛时开时闭，活像个半睡的鸭子。他自己当然不承认是个鸭子；时开时闭的眼，大有不屑于多看台下那群人的意思。他明知道他们的学问比他强，可是他坐在台上，他们坐在台下；无论怎说，他是个人物，学问不学问的，他们不过是些小兵小将。他是主席，到底他是主人。他不能不觉着得意，可是还要露出有涵养，所以眼睛不能老睁着，好像天下最不要紧的事就是做主席。可是，眼睛也不能老闭着，也得留神下边有斜眼看他的人没有。假如有的话，得设法收拾他。就是在这么一睁眼的工夫，他看见了铁牛。

铁牛仿佛不是来赴会，而是料理自家的丧事或喜事呢。出来进去，好似世上就忙了他一个人了。

有人在台上宣读论文。病鸭的眼闭死了，每隔一分多钟点一次头，他表示对论文的欣赏，其实他是琢磨铁牛呢。他不愿承认他和铁牛同过学，他在台上闭目养神，铁牛在台下当"碎催"，好像他们不能做过学友；现在距离这么远，原先也似乎相离不应当那么近。他又不能不承认铁牛确是他的同学，这使他很难堪：是可怜铁牛好呢，还是夸奖自己好呢？铁牛是不是看见了他而故意的躲着他？或者也许铁牛自惭形秽不敢上前？是不是他应当显着大度包容而先招呼铁牛？他不能决定，而越发觉得"同学"是件别扭事。

台下一阵掌声，主席睁开了眼。到了休息的时间。病鸭走到会场的门口，迎面碰上了铁牛。病鸭刚看见他，便赶紧拿着尺寸一低头，理铁牛不理呢？得想一想。可是他还没想出主意，就觉出右手像掩在门缝里那么疼了一阵。一抽手的工夫，他听见了："老李！还是这么瘦？老李——"

病鸭把手藏在衣袋里，去暗中舒展舒展；翻眼看了铁牛一下，铁牛脸上的笑意像个开花弹似的，从脸上射到空中。病鸭一时找不到相当的话说。他觉得铁牛有点过于亲热。可又觉得他或者没有什么恶意——"还是这么瘦"打动了自怜的心，急于找话说，往往就说了不负责任的话。"老王，跟我吃饭去吧？"说完很后悔，只希望对方客气一下。可是铁牛点了头。病鸭脸上的绿色加深了些。"几年没有见了，咱们得谈一谈！"铁牛这个家伙是赏不得脸的。

两个老同学一块儿吃饭，在铁牛看，是最有意思的。病鸭可不这样看——两个人吵起来才没法下台呢！他并不希望吵，可是朋友到一块儿，有时候不由的不吵。脑子里一转弯，不能不吵；谁还能禁止得住脑子转弯？

铁牛是看见什么吃什么，病鸭要了不少的菜。病鸭自己可是不吃，他的筷子只偶尔的夹起一小块锅贴豆腐。"我只能吃点豆腐，"他说。他把"豆腐"两个字说得不像国音，也不像任何方音，听着怪像是外国字。他有好些字这么说出来。表示他是走南闯北，自己另制了一份儿"国语"。"哎？"铁牛听不懂这两个字。继而一看他夹的是豆腐，才明白过来："咱可不行；豆腐要是加上点牛肉或者还沉重点儿。我说，老李，你得注意身体呀。那么瘦还行？"

太过火了！提一回正足以打动自怜的惰感。紧自说人家瘦，这是看不起人！病鸭的脑子里皱上了眉。不便往下接着说，换换题目吧：

"老王，这几年净在哪儿呢？"

"——农场，不坏的小地方。"

"场长是谁？"

幸而铁牛这回没忘了——"赵次江。"

病鸭微微点了点头，唯恐怕伤了气。"他呀？待你怎样？"

"无所谓，他干他的，我干我的；只希望他别撤换我。"铁牛为是显着和气。也动了一块豆腐。

"拿过来好了。"病鸭觉得说了这半天，只有这一句还痛快些。"老王，你干吧！"

"我当然是干哪，我就怕干不下去，前功尽弃。咱们这种工作要是没有长时间，是等于把钱打了水漂儿。"

"我是让你干场长。现成的事，为什么不拿过来？拿过来，你爱怎办怎办；赵次江是什么玩艺！"

"我当场长，"铁牛好像听见了一件奇事。"等过个半年来的，好被别人顶了？"

有点给脸不兜着！病鸭心里默演对话："你这小子还不晓得李老爷有多大势力？轻看我？你不放心哪，我给你一手儿看看。"他略微一笑，说出声来："你不干也好，反正咱们把它拿过来好了。咱们有的是人。你帮忙好了。你看看，我说不叫赵次江干，他就干不了！这话可不用对别人说。"铁牛莫名其妙。

病鸭又补上一句："你想好了，愿意干呢，我还是把场长给你。"

"我只求能继续做我的试验；别的我不管。"铁牛想不出别的话。

"好吧，"病鸭又"那么"说了这两个字，好像德国人在梦里练习华语呢。

直到年会开完，他们俩没再坐在一块谈什么。从铁牛那面儿说，他觉得病鸭是拿着一点精神病做事呢。"身体弱，见了喜神也不乐。"编好了这么句唱儿，就把病鸭忘了。铁牛回到农场不久，场长果然换了。新场长对他很客气，头一天到任便请他去谈话："王先生，李先生的老同学。请多帮忙，我们得合作。老实不客气的讲，兄弟对于农学是一窍不通。不过呢，和李先生的关系还那个。王先生帮忙就是了，合作，我们合作。"铁牛想不出，他怎能和个不懂农学的人合作。"精神病！"他想到这么三个字，就顺口说出来。

新场长好像很明白这三个字的意思，脸沉下去："兄弟老实不客气的讲，王先生，这路话以后请少说为是。这倒与我没关系，是为你好。你看，李先生打发我到这儿来的时候，跟我谈了几句那天你怎么与他一同吃饭，说了什么。李先生露出一点意思，好像是说你有不合作的表示。不过他决不因为这个便想——啊，同学的面子总得顾到。请原谅我这样太不客气！据我看呢，大家既是朋友，总得合作。我们对于李先生呢，也理当拥护。自然我们不拥护他，那也没什么。不过是我们——不是李先生——先吃亏罢了。"

铁牛莫名其妙。

新场长到任后第一件事是撤换人，第二件事是把椅子都漆白了。第一件与铁牛无关，因为他没被撤职。第二件可不这样，场长派他办理油饰椅子，因这是李先生视为最重要的事，所以选派铁牛，以表示合作的精神。

铁牛既没那个工夫，又看不出漆刷椅子的重要，所以不管。

新场长告诉了他："我接收你的战书；不过，你既是李先生的同学，我还得留个面子，请李先生自己处置这回事。李先生要是——什么呢，那我可也就爱莫能助了！"

"老李——"铁牛刚一张嘴，被场长给截住："你说的是李先生？原谅我这样爽直，李先生大概不甚喜欢你这个'老李'。"

"好吧，李先生知道我的工作，他也是学农的。场长就是告诉他，我不管这回事，他自然会晓得我什么不管。假如他真不晓得，他那才真是精神病呢。"铁牛似乎说高了兴："我一见他的面，就看出来，他的脸是绿的。他不是坏人，我知道他；同学好几年，还能不知道这个？假如他现在变了的话，那一定是因为身体不好。我看见不是一位了，因为身体弱常闹小性。我一见面就劝了他一顿，身体弱，脑子就爱转弯。看我，身体棒，睁开眼就唱。"他哈哈的笑起来。场长一声没出。

过了一个星期，铁牛被撤了差。

他以为这一定不能是病鸭的主意，因此他并不着慌。他计划好：援据前例，第二天还照常来工作；场长真禁止他进去呢，再找老李——老李当然要维持老同学的。可是，他临出来的时候，有人来告诉他："场长交派下来，你要明天是——的话，可别说用巡警抓你。"

他要求见场长，不见。

他又回到试验室，呆呆的坐了半天，几年的心血……不能，不能是老李的主意，老李也是学农的，还能不明白我的工作的重要？他必定能原谅咱铁牛，即使真得罪了他。什么地方得罪了他呢？想不出来。除非他真是精神病。不能，他那天不是还请我吃饭来着？不论怎着吧，找老李去，他必定能原谅我。

铁牛越这样想越心宽，一见到病鸭，必能回职继续工作。他看着试验室内东西，心中想象着将来的成功——再有一二年，把试验的结果拿到农村去实地应用，该收一个粮的便收两个……和和平平的做了件大事！他到农场去绕了一圈，地里的每一棵谷每一个小木牌，都是他的儿女。回到屋内，给老李写了封顶知己的信，告诉他在某天去见他。把信发了，他觉得已经是一天云雾散。

按着信上规定的时间去见病鸭，病鸭没在家。可是铁牛不肯走，等一等好了。

等到第四个钟头上，来了个仆人："请不用等我们老爷了，刚才来了电话，中途上暴病，入了医院。"

铁牛顾不得去吃饭，一直跑到医院去。

病人不能接见客人。

"什么病呢？"铁牛和门上的人打听。

"没病，我们这儿的病人都没病。"门上的人倒还和气。

"没病干吗住院？"

"那咱们就不晓得了，也别说，他们也多少有点病。"铁牛托那个人送进张名片。

待了一会，那个人把名片拿起来，上面有几个铅笔写的字："不用再来，咱们不合作。"

"和和平平的做件大事！"铁牛一边走一面低声的念道。

# 也是三角

从前线上溃退下来，马得胜和孙占元发了五百多块钱的财。两支快枪，几对镯子，几个表……都出了手，就发了那笔财。在城里关帝庙租了一间房，两人享受着手里老觉着痒痒的生活。一人做了一身洋缎的衣裤，一件天蓝的大夹袄，城里城外任意的逛着，脸都洗得发光，都留下平头。不到两个月的工夫，钱已出去快一半。回乡下是万不肯的；做买卖又没经验，而且资本也似乎太少。钱花光再去当兵好像是唯一的，而且并非完全不好的途径。两个人都看出这一步。可是，再一想，生活也许能换个样，假如别等钱都花完，而给自己一个大的变动。从前，身子是和军衣刺刀长在一块，没事的时候便在操场上摔脚，有了事便朝着枪弹走。性命似乎一向不由自己管着，老随着口令活动。什么是大变动？安稳的活几天，比夜间住关帝庙，白天逛大街，还得安稳些。得安份儿家！有了家，也许生活自自然然的就起了变化。因此而永不再当兵也未可知，虽然在行伍里不完全是件坏事。两人也都想到这一步，他们不能不想到这一步，为人要没成过家，总是一辈子的大缺点。成家的事儿还得赶快的办，因为钱的出手仿佛比军队出发还快。钱出手不能不快，弟兄们是热心肠的，见着朋友，遇上叫化子多央告几句，钱便不由的出了手。婚事要办得马上就办，别等到袋里只剩了铜子的时候。两个人也都想到这一步，可是没法儿彼此商议。论交情，二人是盟兄弟，一块儿上过阵，一块儿入过伤兵医院，一块儿吃过睡过抢过，现在一块儿住着关帝庙。衣裳袜子可以不分；只是这件事没法商议。衣裳吃喝越不分彼此，越显着义气。可是俩人不能娶一个老婆，无论怎说。钱，就是那一些；一人娶一房是办不到的。还不能口袋底朝上，把洋钱都办了喜事。刚入了洞房就白瞪眼，耍空拳头玩，不像句话。那么，只好一个娶妻，一个照旧打光棍。叫谁打光棍呢，可是？论岁数，都三十多了；谁也不是小孩子。论交情，过得着命；谁肯自己成了家，叫朋友愣着翻白眼？把钱平分了，各自为政；谁也不能这么说。十几年的朋友，一旦忽然散伙，连想也不能这么想。简直的没办法。越没办法越都常想到：三十多了；钱快完了；也该另换点事做了，当兵不是坏事，可是早晚准碰上一两个枪弹。逛窑子还不能哥儿俩挑一个"人儿"呢，何况是娶老婆？俩人都喝上四两白干，把什么知心话都说了，就是"这个"不能出口。

马得胜——新印的名片，字国藩，算命先生给起的——是哥，头像个木瓜，脸皮并不很粗，只是七棱八瓣的不整庄。孙占元是弟，肥头大耳朵的，是猪肉铺的标准美男子。马大哥要发善心的时候先把眉毛立起来，有时候想起死去的老母就一边落泪一边骂街。孙老弟永远很和气，穿着便衣问路的时节也给人行举手礼。为"那件事"，马大哥的眉毛已经立了三天，孙老弟越发的和气，谁也不肯先开口。

马得胜躺在床上，手托着自己那个木瓜，怎么也琢磨不透"国藩"到底是什么意思。其实心里本不想琢磨这个。孙占元就着煤油灯念《大八义》，遇上有女字旁的字，眼前就来了一顶红轿子，轿子过去了，他也忘了念到哪一行。赌气子不念了，把背后贴着金玉兰像片的小圆镜拿起来，细看自己的牙。牙很齐，很白，很没劲，翻过来看金玉兰，也没劲，胖娘们一个。不知怎么想起来："大哥，小洋凤的《玉堂春》妈的才没劲！"

"野娘们都妈的没劲！"大哥的眉毛立起来，表示同情于盟弟。

盟弟又翻过镜子看牙，这回是专看两个上门牙，大而白亮亮的不顺眼。

俩人全不再言语，全想着野娘们没劲，全想起和野娘们完全不同的一种女的——沏茶灌水的，洗衣裳做饭，老跟着自己，生儿养女，死了埋在一块。由这个又想到不好意思想的事，野娘们没劲，还是有个正经的老婆。马大哥的木瓜有点发痒，孙老弟有点要坐不住。更进一步的想到，哪怕是合伙娶一个呢。不行，不能这么想。可是全都这么想了，而且想到一些更不好意思想的光景。虽然不好意思，但也有趣。虽然有趣，究竟是不好意思。马大哥打了个很勉强的哈欠，孙老弟陪了一个更勉强的。关帝庙里住的卖猪头肉的回来了。孙占元出去买了个压筐的猪舌头。两个弟兄，一人点心了一半猪舌头，一饭碗开水，还是没劲。

他们二位是庙里的财主。这倒不是说庙里都是穷人。以猪头肉作坊的老板说，炕里头就埋着七八百油腻很厚的洋钱。可是老板的钱老在炕里埋着。以后殿的张先生说，人家曾做过县知事，手里有过十来万。可是知事全把钱抽了烟，姨太太也跟人跑了。谁也比不上这兄弟俩，有钱肯花，而且不抽大烟。猪头肉作坊卖得着他们的钱，而且永远不驳价儿，该多少给多少，并不因为同住在关老爷面前而想打点折扣。庙里的人没有不爱他们的。

最爱他们哥俩的是李永和先生。李先生大概自幼就长得像汉奸，要不怎么，谁一看见他就马上想起"汉奸"这两个字来呢。细高身量，尖脑袋，脖子像颗葱，老穿着通天扯地的瘦长大衫。脚上穿着缎子鞋，走道儿没一点响声。他老穿着长衣服，而且是瘦长。据说，他也有时候手里很紧，正像庙里的别人一样。可是不论怎么困难，他老穿着长衣服；没有法子的时候，他能把贴身的衣袄当了或是卖了，但是总保存着外边的那件。

所以他的长衣服很瘦，大概是为穿空心大袄的时候，好不太显着里边空空如也，而且实际上也可以保存些暖气。这种办法与他的职业大有关系。他必须穿长袍和缎子鞋。说媒拉纤，介绍典房卖地倒铺底，他要不穿长袍便没法博得人家信仰。他的自己的信仰是成三破四的"佣钱"，长袍是他的招牌与水印。

自从二位财主一搬进庙来，李永和把他们看透了。他的眼看人看房看地看货全没多少分别，不管人的鼻子有无，他看你值多少钱，然后算计好"佣钱"的比例数。他与人们的交情止于佣钱到手那一天——他准知道人们不再用他。他不大答理庙里的住户们，因为他们差不多都曾用过他，而不敢再领教。就是张知事照顾他的次数多些，抽烟的人是愣吃亏也不愿起来的。可是近来连张知事都不大招呼他了，因为他太不客气。有一次他把张知事的紫羔皮袍拿出去，而只带回几粒戒烟丸来。"顶好是把烟断了，"他教训张知事，"省得叫我拿羊皮皮袄满街去丢人；现在没人穿羊皮，连狐腿都没人屑于穿！"张知事自然不会一赌气子上街去看看，于是躺在床上差点没瘾死过去。

李永和已经吃过二位弟兄好几顿饭。第一顿吃完，他已把二位的脉都诊过了。假装给他们设计想个生意，二位的钱数已在他的心中登记备了案。他继续着白吃他们，几盅酒的工夫把二位的心事全看得和写出来那么清楚。他知道他们是萤火虫的屁股，亮儿不大，再说当兵不比张知事，他们急了会开打。所以他并不勒紧了他们，好在先白吃几顿也不坏。等到他们找上门来的时候，再勒他们一下，虽然是一对萤火虫，到底亮儿是个亮儿；多吧少吧，哪怕只闹新缎子鞋穿呢，也不能得罪财神爷——他每到新年必上财神庙去借个头号的纸元宝。

二位弟兄不好意思彼此商议那件事，所以都偷偷的向李先生谈论过。李先生一张嘴就使他们觉到天下的事还有许多他们不晓得的呢。

"上阵打仗，立正预备放的事儿，你们弟兄是内行；行伍出身，那不是瞎说的！"李先生说，然后把声音放低了些："至于娶妻成家的事儿，我姓李的说句大话，这里边的深沉你们大概还差点经验。"

这一来，马孙二位更觉非经验一下不可了。这必是件极有味道，极重要，极其"妈的"的事。必定和立正开步走完全不同。一个人要没尝这个味儿，就是打过一百回胜仗也是瞎掰！

得多少钱呢，那么？

谈到了这个，李先生自自然然的成了圣人。一句话就把他们问住了："要什么样的人呢？"

他们无言答对，李先生才正好拿出心里那部"三国志"。原来女人也有三六九等，价钱自然都不一样。比如李先生给陈团长说的那位，专说放定时候用的喜果就是一千二百包，每包三毛五分大洋。三毛五；十包三块五；一百包三十五；一千包三百五；一共四百二十块大洋，专说喜果！此外，还有"小香水"、"金刚钻"的金刚钻戒指，四个！此外……二位兄弟心中几乎完全凉了。幸而李先生转了个大弯：咱们弟兄自然是图个会洗衣裳做饭的，不挑吃不挑喝的，不拉舌头扯簸箕的，不偷不摸的，不叫咱们戴绿帽子的，家贫志气高的大姑娘。

这样大姑娘得多少钱一个呢？

也得三四百，岳父还得是拉洋车的。

老丈人拉洋车或是赶驴倒没大要紧；"三四百"有点噎得慌。二弟兄全觉得噎得慌，也都勾起那个"合伙娶"。

李先生——穿着长袍缎子鞋——要是不笑话这个办法，也许这个办法根本就不错。李先生不但没摇头，而且拿出几个证据，这并不是他们的新发明。就是阔人们也有这么办的，不过手续上略有不同而已。比如丁督办的太太常上方将军家里去住着，虽然方将军府并不是她的娘家。

况且李先生还有更动人的道理：咱们弟兄不能不往远处想，可也不能太往远处想。该办的也就得办，谁知道今儿个脱了鞋，明天还穿不穿！生儿养女，谁不想生儿养女？可是那是后话，目下先乐下子是真的。

二位全想起枪弹满天飞的光景。先前没死，活该；以后谁敢保不死？死了不也是活该？合伙娶不也是活该？难处自然不少，比如生了儿子算谁的？可是也不能"太往远处想"，李先生是圣人，配做个师部的参谋长！

有肯这么干的姑娘没有呢？

这比当窑姐强不强？李先生又问住了他们。就手儿二位不约而同的——他俩这种讨教本是单独的举动——把全权交给李先生。管他舅子的，先这么干了再说吧。他们无须当面商量，自有李先生给从中斡旋与传达意见。

事实越来越像真的了，二位弟兄没法再彼此用眼神交换意见；娶妻，即使是用有限公司的办法，多少得预备一下。二位费了不少的汗才打破这个差脸，可是既经打破，原来并不过火的难堪，反倒觉得弟兄的交情更厚了——没想到的事！二位决定只花一百二十块的彩礼，多一个也不行。其次，庙里的房别辞退，再在外边租一间，以便轮流入洞房的时候，好让换下班来的有地方驻扎。至于谁先上前线，孙老弟无条件的让给马大哥。马大哥极力主张抓阄决定，孙老弟无论如何也不服从命令。

吉期是十月初二。弟兄们全做了件天蓝大棉袍，和青缎子马褂。

李先生除接了十元的酬金之外，从一百二十元的彩礼内又留下七十。

老林四不是卖女儿的人。可是两个儿子都不孝顺，一个住小店，一个不知下落，老头子还说得上来不自己去拉车？女儿也已经二十了。老林四并不是不想给她提人家，可是看要把女儿再撒了手，自己还混个什么劲？这不纯是自私，因为一个车夫的女儿还能嫁个阔人？跟着自己呢，好吧歹吧，究竟是跟着父亲；嫁个拉车的小伙子，还未必赶上在家里好呢。自然这个想法究竟不算顶高明，可是事儿不办，光阴便会走得很快，一晃儿姑娘已经二十了。

他最恨李先生，每逢他有点病不能去拉车，李先生必定来递嘻和①。他知道李先生的眼睛是看着姑娘。老林四的价值，在李先生眼中：就在乎他有个女儿。老林四有一回把李先生一个嘴巴打出门外。李先生也没着急，也没生气，反倒更和气了，而且似乎下了决心，林姑娘的婚事必须由他给办。

林老头子病了。李先生来看他好几趟。李先生自动的借给老林四钱，叫老林四给扔在当地。

病到七天头上，林姑娘已经两天没有吃什么。当没的当，卖没的卖，借没地方去借。老林四只求一死，可是知道即使死了也不会安心——扔下个已经两天没吃饭的女儿。不死，病好了也不能马上就拉车去，吃什么呢？

李先生又来了，五十块现洋放在老林四的头前："你有了棺材本，姑娘有了吃饭的地方——明媒正娶。要你一句干脆话。行，钱是你的。"他把洋钱往前推一推。"不行，吹！"

老林四说不出话来，他看着女儿，嘴动了动——你为什么生在我家里呢？他似乎是说。

"死，爸爸，咱们死在一块儿！"她看着那些洋钱说，恨不能把那

① 递嘻和：方言。笑脸向人，表示亲热或歉意。

些银块子都看碎了，看到底谁——人还是钱——更有力量。

老林四闭上了眼。

李先生微笑着，一块一块的慢慢往起拿那些洋钱，微微的有点铮铮的响声。

他拿到十块钱上，老林四忽然睁开眼了，不知什么地方来的力量，"拿来！"他的两只手按在钱上。"拿来！"他要李先生手中的那十块。

老林四就那么趴着，好像死了过去。待了好久，他抬起点头来："姑娘，你找活路吧，只当你没有过这个爸爸。"

"你卖了女儿？"她问。连半个眼泪也没有。

老林四没作声。

"好吧，我都听爸爸的。"

"我不是你爸爸。"老林四还按着那些钱。

李先生非常的痛快，颇想夸奖他们父女一顿，可是只说了一句："十月初二娶。"

林姑娘并不觉得有什么可羞的，早晚也得这个样，不要卖给人贩子就是好事。她看不出面前有什么光明，只觉得性命像更钉死了些；好歹，命是钉在了个不可知的地方。那里必是黑洞洞的，和家里一样，可是已经被那五十块白花花的洋钱给钉在那里，也就无法。那些洋钱是父亲的棺材与自己将来的黑洞。

马大哥在关帝庙附近的大杂院里租定了一间小北屋，门上贴了喜字。打发了一顶红轿把林姑娘运了来。林姑娘没有可落泪的，也没有可兴奋的。她坐在炕上，看见个木瓜脑袋的人。她知道她变成木瓜太太，她的命钉在了木瓜上。她不喜欢这个木瓜，也说不上讨厌他来，她的命本来不是她自己的，她与父亲的棺材一共才值五十块钱。

木瓜的口里有很大的酒味。她忍受着；男人都喝酒，她知道。她记得父亲喝醉了曾打过妈妈。木瓜的眉毛立着，她不怕；木瓜并不十分厉害，她也不喜欢。她只知道这个天上掉下来的木瓜和她有些关系，也许是好，也许是歹。她承认了这点关系，不大愿想关系的好歹。她在固定的关系上觉得生命的渺茫。

　　马大哥可是觉得很有劲。扛了十几年的枪杆，现在才抓到一件比枪杆还活软可爱的东西。枪弹满天飞的光景，和这间小屋里的暖气，绝对的不同。木瓜旁边有个会呼吸的，会服从他的，活东西。他不再想和盟弟共享这个福气，这必须是个人的，不然便丢失了一切。他不能把生命刚放在肥美的土里，又拔出来；种豆子也不能这么办！

　　第二天早晨，他不想起来，不愿再见孙老弟。他盘算着以前不会想到的事。他要把终身的事画出一条线来，这条线是与她那一条并行的。因为并行，这两条线的前进有许多复杂的交叉与变化，好像打秋操时摆阵式那样。他是头道防线，她是第二道，将来会有第三道，营垒必定一天比一天稳固。不能再见盟弟。

　　但是他不能不上关帝庙去，虽然极难堪。由北小屋到庙里去，是由打秋操改成游戏，是由高唱军歌改成打哈哈凑趣，已经画好了的线，一到关帝庙便涂抹净尽。然而不能不去，朋友们的话不能说了不算。这样的话根本不应当说，后悔似乎是太晚了。或者还不太晚，假如盟弟能让步呢？

　　盟弟没有让步的表示！孙老弟的态度还是拿这事当个笑话看。既然是笑话似的约定好，怎能翻脸不承认呢？是谁更要紧呢，朋友还是那个娘们？不能决定。眼前什么也没有了。只剩下晚上得睡在关帝庙，叫盟弟去住那间小北屋。这不是换防，是退却，是把营地让给敌人！马大哥在庙里懊睡了一下半天。

晚上，孙占元朝着有喜字的小屋去了。

屋门快到了，他身上的轻松劲儿不知怎的自己销灭了。他站住了，觉得不舒服。这不同逛窑子一样。天下没有这样的事。他想起马大哥，马大哥昨天夜里成了亲。她应当是马大嫂。他不能进去！

他不能不进去，怎知道事情就必定难堪呢？他进去了。

林姑娘呢——或者马大嫂合适些——在炕沿上对着小煤油灯发愣呢。

他说什么呢？

他能强奸她吗？不能。这不是在前线上；现在他很清醒。他木在那里。

把实话告诉她？他头上出了汗。

可是他始终想不起磨回头就走，她到底"也"是他的，那一百二十块钱有他的一半。

他坐下了。

她以为他是木瓜的朋友，说了句："他还没回来呢。"

她一出声，他立刻觉出她应该是他的。她不甚好看，可是到底是个女的。他有点恨马大哥。像马大哥那样的朋友，军营里有的是；女的，妻，这是头一回。他不能退让。他知道他比马大哥长得漂亮，比马大哥会说话。成家立业应该是他的事，不是马大哥的。他有心问问她到底爱谁，不好意思出口，他就那么坐着，没话可说。

坐得工夫很大了，她起了疑。

他越看她，越舍不得走。甚至于有时候想过去硬搂她一下；打破了羞脸，大概就容易办了。可是他坐着没动。不，不要她，她已经是破货。还是得走。不，不能走；不能把便宜全让给马得胜；马得胜已经占了不小的便宜！

她看他老坐着不动，而且一个劲儿的看着她，她不由的脸上红了。

他确是比那个木瓜好看，体面，而且相当的规矩。同时，她也有点怕他，或者因为他好看。

她的脸红了。他凑过来。他不能再思想，不能再管束自己。他的眼中冒了火。她是女的，女的，女的，没工夫想别的了。他把事情全放在一边，只剩下男与女；男与女，不管什么夫与妻，不管什么朋友与朋友。没有将来，只有现在，现在他要施展出男子的威势。她的脸红得可爱！

她往炕里边退，脸白了。她对于木瓜，完全听其自然，因为婚事本是为解决自己的三顿饭与爸爸的一口棺材；木瓜也好，铁梨也好，她没有自由。可是她没预备下更进一步的随遇而安。这个男的确是比木瓜顺眼，但是她已经变成木瓜太太！

见她一躲，他痛快了。她设若坐着不动，他似乎没法儿进攻。她动了，他好像抓着了点儿什么，好像她有些该被人追击的错处。当军队乘胜追追的时候，谁也不拿前面溃败着的兵当作人看，孙占元又尝着了这个滋味。她已不是任何人，也不和任何人有什么关系。她是使人心里痒痒的一个东西，追！他也张开了口，这是个习惯，跑步的时候得喊一二三——四，追敌人得不干不净的卷着。一进攻，嘴自自然然的张开了："不用躲，我也是——"说到这儿，他忽然的站定了，好像得了什么暴病，眼看着棚。

他后悔了。为什么事前不计议一下呢！？比如说，事前计议好：马大哥缠她一天，到晚间九点来钟吹了灯，假装出去撒尿，乘机把我换进来，何必费这些事，为这些难呢？马大哥大概不会没想到这一层，哼，想到了可是不明告诉我，故意来叫我碰钉子。她既是成了马大嫂，难道还能承认她是马大嫂外兼孙大嫂？

她乘他这么发愣的当儿，又凑到炕沿，想抽冷子跑出去。可是她没法能脱身而不碰他一下。她既不敢碰他，又不敢老那么不动。她正想主意，他忽然又醒过来，好像是。"不用怕，我走。"他笑了。"你是我们俩娶的，我上了当。我走。"

她万也没想到这个。他真走了。她怎么办呢？他不会就这么完了，木瓜也当然不肯撒手。假如他们俩全来了呢？去和父亲要主意，他病病歪歪的还能有主意？找李先生去，有什么凭据？她愣一会子，又在屋里转几个小圈。离开这间小屋，上哪里去？在这儿，他们俩要一同回来呢？转了几个圈，又在炕沿上愣着。

约摸着有十点多钟了，院中住的卖柿子的已经回来了。

她更怕起来，他们不来便罢，要是来必定是一对儿！

她想出来：他们谁也不能退让，谁也不能因此拼命。他们必会说好了。和和气气的，一齐来打破了羞脸，然后……她想到这里，顾不得拿点什么，站起就往外走，找爸爸去。她刚推开门，门口立着一对，一个头像木瓜，一个肥头大耳朵的。都露着白牙向她笑，笑出很大的酒味。